KB230561

Goethe

Die Leiden des jungen Werther

•

젊은 베르터의 고뇌

창비세계문학
1

젊은 베르터의 고뇌

괴테
임홍배 옮김

창비

차례

•

1부
9

2부
99

일러두기

1. 이 책은 Johann Wolfgang von Goethe, *Die Leiden des jungen Werther* (München: Hamburger Ausgabe, Bd. 6, 1989)를 번역 저본으로 삼았다.

2. 본문 중의 각주는 옮긴이의 것이며, 저자의 각주는 '원주'로 표시하였다.

3. 외국어는 가급적 현지 발음에 준하여 표기하되, 일부 우리말로 굳어진 것은 관용을 따랐다.

나는 불쌍한 베르터의 이야기에 관해 찾아낼 수 있는 것은 열심히 수집하여 여기 독자 여러분에게 내놓습니다. 여러분은 나의 이러한 노력에 감사하리라 믿습니다. 여러분은 베르터의 정신과 성품에 감탄과 애정을, 그의 운명에는 눈물을 금하지 못할 것입니다.

선한 영혼을 가진 그대가 베르터와 같은 충동을 느낀다면 그의 고뇌에서 위안을 얻으십시오. 그리고 그대가 불운한 탓에 또는 자신의 잘못으로 절친한 벗을 찾지 못한다면 이 작은 책을 벗으로 삼기 바랍니다.

1부

1771년 5월 4일

이렇게 떠나오게 되어서 얼마나 기쁜가! 친구여, 사람의 마음은
얼마나 얄궂은가! 자네가 너무 좋아서 도저히 헤어질 수 없을 것
같았는데, 자네 곁을 떠나와서는 이렇게 기뻐하다니! 그래도 나의
이런 모습을 용서해주리라 믿네. 내가 누군가를 사귀면 언제나 운
명이 심술을 부려서 내 마음을 괴롭히지 않았던가? 불쌍한 레오노
레! 하지만 내 잘못은 아니었어. 그녀의 여동생이 독특한 매력으로
내 마음을 들뜨게 했었지. 그런데 불쌍한 레오노레의 가슴에 나에
대한 연정이 달아올랐으니 난들 어쩌겠나? 그런데 과연 내 잘못이

조금도 없다고 할 수 있을까? 내가 그녀의 감정을 키운 것은 아닐까? 그녀가 속마음을 숨김없이 진실하게 드러내면 나 자신도 즐거워하지 않았던가? 그러면 우리는 전혀 우습지 않은 일에도 마냥 웃음을 터뜨렸지. 그리고 또 나는…… 이렇게 자기 자신을 책망하다니 인간이란 대체 어떤 존재일까! 여보게, 자네한테 다짐하건대 나 자신을 고쳐가도록 노력하겠네. 운명이 우리에게 부과한 사소한 불행을 더이상 곱씹지 않겠네. 지금까지는 늘 그래왔지만 말이야. 이제 나는 현재만을 즐기려고 하네. 이미 지나간 일은 과거지사로 접어야지. 사람들은 너무나 극성맞게 상상에 몰입하여 지나간 불행의 기억에 휘둘리는데, 인간이 왜 이렇게 만들어졌는지 누가 알겠나. 확실히 자네 말이 맞아. 그럴 게 아니라 평정심을 갖고 현재를 감당해간다면 사람들 사이에 고통이 훨씬 줄어들겠지.

어머니가 맡기신 일은 잘 처리하고 있고, 조만간 어머니께 소식을 전해드리겠네. 자네가 어머니께 그렇게 말씀드려주면 고맙겠네. 아주머니도 만나서 얘기를 해보았는데, 우리가 전해들은 것과는 달리 전혀 나쁜 여자가 아니야. 마음이 극진하고 성격이 쾌활하고 괄괄한 여자일 뿐이지. 나는 아주머니가 유산의 지분을 내놓지 않아서 어머니가 힘들어하신다고 알아듣게 말씀을 드렸네. 그러자 아주머니는 그러는 이유와 사정을 말해주었고, 조건만 맞으면 모든 걸 내놓을 용의가 있다고 하시더군. 우리가 바라는 것 이상으로 내줄 수 있다는 거야. 아무튼 지금은 이 문제를 더 이야기하고 싶지 않아. 모든 일이 순조롭게 풀릴 거라고 어머니께 말씀드려주게.

이 작은 일에서도 나는 흉계와 악의보다는 오해와 나태함이 오히려 이 세상에 더 많은 혼란을 불러온다는 사실을 확인하게 되었다네. 적어도 흉계와 악의가 훨씬 드물다는 것만은 분명하네.

그건 그렇고 나는 여기서 잘 지내고 있네. 이 낙원 같은 고장에서 고독은 내 마음에 소중한 진정제가 되고 있어. 그리고 그지없이 충만한 청춘의 계절은 곧잘 움츠러드는 내 마음을 따사롭게 데워준다네. 나무 한그루 한그루, 산울타리 줄기 하나하나가 온통 꽃다발로 피어났다네. 차라리 풍뎅이로 변신해서 대기에 가득한 향기에 폭 잠겨들어 온갖 자양분을 얻고 싶은 심정이라네.

이 도시 자체는 마음에 들지 않지만, 주위에는 형언할 수 없이 아름다운 자연이 펼쳐져 있어. 작고한 M 백작은 이런 풍광에 마음이 끌려서 언덕 위에 정원을 가꾸었지. 언덕들은 너무나 아름답게 다양한 모습으로 포개져서 정겹기 이를 데 없는 골짜기를 이루고 있다네. 백작의 정원은 소박해. 정원에 들어서면 이 정원을 설계한 사람이 전문적인 조경사가 아니라 가슴으로 느낄 줄 아는 사람임을 금방 알아볼 수 있어. 여기서 스스로 즐기기 위해 만든 것이지. 다 쓰러져가는 조그만 정자에서 나는 고인을 생각하며 몇번이나 눈물을 흘렸다네. 고인은 이 정자를 즐겨 찾았고, 나 역시 그렇지. 이제 곧 내가 이 정원의 주인이 되겠지. 요 며칠 사이에 정원사는 내게 호의를 보이고 있으니 내가 주인 노릇을 한다고 해서 고깝게 여기지는 않을 거야.

5월 10일

내 마음은 신기할 만큼 명랑한 기분에 흠뻑 잠겨 있다. 벅찬 가
슴으로 즐기는 달콤한 봄날 아침 같다고나 할까. 바로 나 같은 영
혼을 위해 생겨난 듯한 이 고장에서 나는 홀로 있으면서 나만의 삶
을 즐기고 있다. 친구여, 나는 너무나 행복하다네. 이 평온한 생활
의 느낌에 너무 깊이 침잠해 있어서 감히 그림을 그릴 엄두조차 나
지 않는다. 나는 단 한 획도 그릴 수가 없다. 그런데도 내가 이 순
간보다 더 위대한 화가였던 적은 없다. 나를 둘러싼 정겨운 골짜기
가 안개 속에 잠겨들고, 드높은 태양은 햇빛이 들어가지 못하는 어
두운 숲의 겉면에 머물며 단지 몇 줄기 햇살만이 내밀한 성소聖所로
살며시 비쳐든다. 이럴 때면 나는 쏟아져 내려가는 개울 옆 우거진
풀숲에 드러눕고, 그러면 바로 대지 가까이서 수없이 다양한 작은
풀들이 신기하게 느껴진다. 풀줄기 사이에서는 꼬물거리는 작은
벌레들의 세계, 조그만 땅벌레와 날벌레 들의 헤아릴 수 없이 불가
사의한 형태들이 가슴으로 느껴진다. 그리고 자신의 모습대로 우
리 인간을 창조하신 전능한 분의 현존을 느끼며, 우리가 영원한 기
쁨 속에 머물도록 지켜주시는 자애로운 분의 입김을 느낀다. 이윽
고 시야가 어둠에 잠기고, 주위의 세계와 하늘까지도 사랑하는 여
인의 모습처럼 온전히 내 영혼 속에 고이 깃든다. 그럴 때면 나는
곧잘 그리움에 잠겨 이런 생각을 한다. 아, 내 마음속에 이렇게 충

만하고 뜨겁게 살아 있는 것을 재현할 수는 없을까! 내 마음을 종이 화폭에 입김처럼 불어넣을 수만 있다면! 그리하여 화폭이 내 영혼의 거울이 되고, 내 영혼이 무한한 신의 거울이 될 수만 있다면! 친구여, 하지만 이처럼 벅찬 생각에 쓰러질 것만 같고, 이런 장관의 장엄한 힘에 압도당하고 만다네.

5월 12일

마음을 홀리는 정령이 이 근방에 떠돌고 있는지 아니면 뜨거운 천상의 상상력이 내 가슴속에 살아 있어서 그런지 알 수 없지만, 주위의 모든 것이 낙원처럼 느껴진다. 마을 바로 앞에는 우물이 하나 있다. 나는 멜루지네[1]와 그 자매들처럼 무엇에 홀리기라도 한 듯이 이 우물가로 오곤 한다. 야트막한 언덕길을 내려가면 아치형 문이 나오고, 거기서부터 스무 계단 정도 내려가면 아래쪽에 대리석 바위틈에서 너무나 맑은 물이 솟아나온다. 우물 주위를 에워싸고 있는 작은 담장, 이곳을 빙 둘러 가려주는 높은 나무들, 이 일대의 서늘한 기운, 이 모든 것이 매력적이면서도 전율을 불러일으킨다. 나는 하루도 빠짐없이 매일 이곳에 들러 한시간씩 앉아 있곤 한다. 그러면 시내에 사는 소녀들이 와서 물을 길어 간다. 물 긷

---

[1] 유럽의 전설과 신화에 등장하는 물의 요정.

는 일은 가장 순박하고도 반드시 해야만 하는 일로서, 예전에는 공주님들도 손수 물을 길었다고 한다. 이 우물가에 앉아 있노라면 옛 가부장제 시대[2]로 돌아간 듯한 상념들이 내 주위에 생생하게 살아난다. 당시에는 인류의 조상들이 우물가에서 서로 사귀고 혼담도 나누고 하면서 마치 자애로운 정령들처럼 우물가와 샘가를 서성이곤 했다. 이런 광경을 생생하게 느끼지 못하는 자는 여름날 힘든 여정을 마치고서 시원한 샘물로 피로를 달래본 적이 없는 사람이리라.

5월 13일

내 책들을 나한테 보내주겠다는 말인가? 제발 부탁인데, 책 따위는 내 주위에서 치워주면 좋겠네! 나는 더이상 책을 통해 이끌리거나 고무되거나 자극받고 싶지 않아. 그렇지 않아도 내 가슴은 혼자서도 부글부글 끓어오르고 있으니까. 내게 필요한 것은 그걸 달래주는 노래야. 나는 호메로스에게서 그런 노래를 넘치도록 찾아내지. 끓어오르는 피를 얼마나 자주 그 노래들로 달랬던가. 자네가 보아온 대로 내 가슴은 누구보다 변덕스럽게 요동치니까. 친구여, 자네한테 굳이 이런 말을 할 필요가 있을까. 자네는 내가 고민에 빠

[2] 여기서는 구약성서에 나오는 아브라함과 이삭의 시대를 가리킴.

져 있다가도 정신없이 흥분하고, 달콤한 우울에 젖어 있다가도 몹쓸 격정에 휩쓸리는 모습을 종종 지켜보면서 마음 졸이지 않았던가? 내가 보기에도 내 여린 마음은 아픈 아이와 같아. 무엇이든 내가 하고 싶은 대로 하고자 해도 그냥 내버려두니까. 이런 얘기를 다른 사람한테 전하지는 말게나. 나의 이런 모습을 나쁘게 보는 사람도 있을 테니까.

5월 15일

이 고장의 서민들은 벌써 나와 친해져서 나를 좋아하는데, 특히 어린아이들이 그렇다. 그런데 한가지 서글픈 일을 겪기도 했다. 처음에는 이들과 어울려서 이것저것 다정하게 물어보기도 했는데, 그러자 어떤 이들은 내가 놀리는 줄 알고 거칠게 퇴짜를 놓는 경우도 있었던 것이다. 그렇다고 불쾌하게 받아들이지는 않았다. 다만 지금까지 종종 경험했듯이 지체 높은 사람들은 마치 하층민을 가까이하면 손해라도 본다고 생각하는지 그들을 차갑게 멀리한다는 것을 너무나 생생히 느꼈을 뿐이다. 그런가 하면 겉으로는 겸손한 체하면서 오히려 자신의 오만함을 불쌍한 사람들에게 더 민감하게 느끼게 하는 경박한 자들과 짓궂은 자들도 있다.

나는 우리가 평등하지 않으며 평등할 수도 없다는 것을 잘 안다. 그렇지만 이른바 천민들에게는 거리를 두어야 존경받을 수 있다고 생각하는 자는 패배가 두려워서 적 앞에서 자신을 숨기는 비겁한 자와 마찬가지로 비난받아 마땅하다고 생각된다.

얼마 전 우물가로 갔을 때 나는 젊은 하녀와 마주쳤다. 그녀는 물동이를 맨 아래 계단 위에 올려놓고는 물동이를 머리에 얹는 것을 도와줄 동료가 나타나지 않을까 하고 주위를 살피고 있었다. 나는 계단을 내려가서 그녀를 똑바로 마주 보면서 "도와드릴까요, 아가씨?"라고 물었다. 그러자 그녀는 새빨갛게 얼굴을 붉히면서 "괜찮습니다, 도련님!"이라고 대답했다. "사양하지 말아요." 결국 그녀는 똬리를 고쳐놓았고, 나는 그녀를 도와주었다. 그녀는 고맙다는 인사를 하고는 계단을 올라갔다.

5월 17일

나는 여러 부류의 사람들을 알게 되었지만, 더불어 어울릴 만한 사람은 아직 찾지 못했다. 나의 어떤 점이 사람들의 마음을 끌 수 있을지 모르겠다. 그런데 많은 사람들이 나를 좋아하고 정답게 대해준다. 하지만 우리가 동행할 수 있는 길이 너무 짧을 때는 마음이 아프다. 이곳 사람들이 어떠냐고 묻는다면 나는 어디를 가든 다 마찬가지라고 답할 수밖에 없다. 인간이란 모두 똑같이 생겨먹었으니까. 대다수의 사람들은 그저 먹고살기 위해서 대부분의 시간을 보내고, 자유로이 쓸 수 있는 약간의 시간은 그들을 괴롭히기 때문에 그런 자유로운 시간에서 벗어나고자 온갖 수단을 강구하는 것이다. 아, 인간의 운명이란!

하지만 정말 좋은 사람들도 있게 마련이다! 나는 이따금 나 자신을 잊고 그런 사람들과 더불어 아직 우리 인간에게 허락되는 기쁨을 누린다. 정갈하게 차려진 식탁에서 흉금을 털어놓고 즐거운 담소를 나누기도 하고, 때맞추어 마차 나들이를 하거나 춤판을 벌이기도 한다. 이 모든 일은 나에게 좋은 영향을 준다. 다만, 내 안에는 다른 많은 능력이 하릴없이 썩어가고 있고 나는 그런 능력을 조심스레 감추어야 하는데, 나는 이런 사실을 떠올리지 말아야 한다. 아, 그런 생각을 하면 가슴이 너무나 답답하다. 하지만 어쩌겠나! 이해받지 못하는 것이 어차피 우리 같은 사람의 운명인 것을.

아, 내 젊은 시절의 여자 친구가 세상을 떠났다니! 아, 내가 한때 그런 여성을 알았다니! 나 자신에게 이렇게 말하고 싶다. 너는 바보로구나! 이 세상에서 구할 수 없는 것을 찾고 있다니! 하지만 나는 한때 그녀를 차지했고, 그녀의 가슴을, 위대한 영혼을 느꼈지. 그녀의 영혼과 함께할 때면 내 자신이 실제보다 더 위대해 보였지. 나는 내가 원하는 모든 것이 될 수 있었으니까. 정말이지 당시 내 영혼에서 사용되지 않은 힘이 조금이라도 남아 있었던가? 그녀를 마주할 때면 내 가슴이 자연을 감싸안을 때의 경이로운 느낌이 솟구치지 않았던가? 우리의 교제는 지극히 섬세한 감성과 날카로운 위트의 영원한 결합이 아니었던가? 그러한 결합이 다양한 모습으로 변주되어 설령 도가 지나쳤다 하더라도 거기엔 어김없이 천재의 징

표가 아로새겨져 있지 않았던가? 아, 그런데 그녀는 나보다 나이가 많아서 먼저 저세상으로 가고 말았다. 결코 그녀를 잊지 않을 것이다. 그녀의 확고한 뜻과 거룩한 인내심을 결코 잊지 않을 것이다.

며칠 전에는 V라는 젊은이를 만났는데, 그는 성품이 진솔하고 외모도 준수한 편이었다. 그는 대학을 갓 졸업했고, 자기가 똑똑하다고 자만하지는 않았지만 그래도 남보다 더 많이 안다고 자부했다. 이모저모 살펴보니 부지런하기도 해서, 요컨대 상당히 박식했다. 내가 그림 그리기를 즐겨하고 희랍어를 할 줄 안다는 (희랍어 능력 덕분에 그 친구와 나는 이 일대에서 혜성 같은 존재로 통하는데) 소문을 듣고 그 친구는 나를 찾아와서 아는 것을 모조리 쏟아 놓았다. 바뙤[3]에서부터 우드[4]에 이르기까지, 드삘[5]에서 빙켈만[6]에 이르기까지. 또한 그 친구는 줄처[7]의 이론서 제1부를 완전히 독파했고 하이네[8]의 『고대미술연구』 필사본도 갖고 있다고 했다. 나는 그가 하는 말을 그저 좋은 뜻으로 듣기만 했다.

그리고 또 한명의 훌륭한 사람을 알게 되었는데, 공국公國의 법무관으로 진솔하고 신의가 있는 사람이다. 그분이 아홉명이나 되는 자녀들과 함께 있는 모습을 보면 마음속까지 흐뭇해진다고들 한다. 특히 그분의 맏딸은 칭찬이 자자하다. 아무튼 그분이 나를 초대

---

3 샤를 바뙤. 18세기 프랑스의 미학자.
4 로버트 우드. 18세기 영국의 고고학자 겸 정치가.
5 로제 드삘. 17세기 프랑스의 화가.
6 요한 요하임 빙켈만. 18세기 독일의 미술사가.
7 요한 게오르크 줄처. 18세기 독일의 미학자.
8 크리스티안 고트로프 하이네. 18세기 독일의 고전어문학자.

했기에 빠른 시일에 찾아뵐 생각이다. 그는 여기서 한시간 반쯤 떨어진 공작의 사냥 별장에 거주하고 있다. 부인과 사별한 후 거처를 그리로 옮겨도 좋다는 허락을 받았는데, 시내에 머물며 관사에서 생활하는 것이 너무 힘들었기 때문이다.

그밖에 어쩌다가 몇몇 유별난 사람들도 알게 되었는데, 한결같이 견디기 힘든 자들이다. 특히 짐짓 다정한 체하는 꼬락서니는 정말 목불인견이다.

그럼 잘 있게나. 이 편지는 내가 겪은 일들을 그대로 전하는 것이니 자네 마음에 들 걸세.

5월 22일

인생이 한바탕 꿈에 불과하다는 것은 대개 누구나 실감하게 마련이지만 나 역시 그런 느낌이 가시지 않는다. 인간의 활동력과 탐구정신을 가두는 갑갑한 제약을 접하면 그런 느낌이 든다. 또한 모든 활동이 오로지 생존욕구의 충족만을 추구하는 것을 볼 때도 그러하다. 그런 욕구 충족은 우리의 한심한 생존을 더 연장시키는 것 말고는 다른 아무런 목적도 없는 것이다. 그리고 온갖 위안이라는 것도 조금만 곰곰이 생각해보면 그저 꿈꾸듯이 체념하는 것에 지나지 않는다는 사실을 확인할 때도 인생이 꿈만 같다는 느낌이 든다. 우리는 사방의 벽에 갇혀 있는데도 벽에다 형형색색의 형태와

화사한 전망을 그리는 것이다. 빌헬름, 이 모든 걸 생각하면 할 말이 없어진다네. 그러면 나는 나 자신의 내면으로 돌아가서 하나의 세계를 발견하는 것이지! 마음을 드러내거나 생생한 활동력을 표출하기보다는 알 수 없는 소망과 예감에 휩싸인 채로. 그러면 모든 것이 나의 감각에 어른거리고, 나는 꿈꾸듯이 그 내면의 세계를 향해 마냥 미소를 보내는 것이다.

어린아이들은 무언가를 원해도 왜 원하는지 그 이유를 모른다고들 하는데, 이 점에 관해서는 학식 높은 교사와 스승의 견해가 모두 일치한다. 그런데 어른들도 어린아이처럼 이 땅에서 허우적거리며 살아가고, 어디에서 와서 어디로 가는지 모르며, 참된 목적에 따라 행동하는 법이 없고 비스킷이나 자작나무 회초리에 휘둘리기는 마찬가지다. 누구도 이런 사실을 믿고 싶지는 않겠지만, 내 생각에는 너무나 명백한 사실이다.

내가 이런 말을 하면 자네가 뭐라고 할지 잘 알기에 기꺼이 고백을 하겠네. 사실 어린아이처럼 아무 생각 없이 그날그날 살아가는 사람들이 가장 행복한 법이지. 어린아이처럼 인형을 끌고 다니며 옷을 입혔다 벗겼다 하고, 엄마가 과자를 넣어두고 잠근 서랍 주위를 조심스럽게 살금살금 맴돌고, 그러다가 마침내 원하던 것을 낚아채면 한입 가득 먹을 것을 물고도 "더 줘요!"라고 보채는 것이다. 그렇게 사는 자야말로 행복한 것이다. 그런가 하면 자신이 수행하는 허접한 업무나 정열을 바치는 일에 거창한 명분을 달아서 그것이 곧 인류의 구제와 복지를 위한 막중한 사업이라고 눙치는 자들도 나름대로 잘산다고 할 수 있을 것이다. 그렇게 할 수 있는 자에게 복이 있을지니! 하지만 그 모든 일이 과연 어떻게 끝날지 겸손하게 깨닫고 있는 사람, 자신의 소박한 정원을 낙원처럼 가꾸는 일에 만족하는 평범한 시민이면 누구나 행복하다는 걸 아는 사람, 그런가 하면 불행한 사람도 무거운 짐을 지고 아무런 불평 없이 자신의 길을 꿋꿋이 개척해간다는 걸 아는 사람, 그리고 누구나 똑같이 이 햇빛을 단 일분이라도 더 오래 보고 싶어한다는 것을 아는 사람—그런 사람은 조용히 자신의 내면으로부터 하나의 세계를 만들어가는 것이다. 그런 사람도 행복하다. 그 역시 한 사람의 인간이므로. 그런 사람은 아무리 제한된 환경에 처하더라도 스스로 원할 때는 언제라도 이 감옥 같은 세상을 떠나버릴 수 있다는 달콤한 자유의 감정을 항상 가슴속에 품고 있는 것이다.

5월 26일

자네는 예전부터 내가 마음을 다스리는 방식을 익히 알고 있지. 나는 어딘가 마음에 드는 곳이 있으면 작은 오두막이라도 짓고 꼼짝 않고 틀어박혀 지내곤 하지. 여기서도 마음이 끌리는 호젓한 장소를 발견했다네.

시내에서 약 한시간 정도 떨어진 곳에 발하임[9]이라는 마을이 있다. 이 마을은 언덕진 곳에 자리 잡고 있어서 아주 묘한 느낌을 준다. 도보길을 따라 마을로 올라가면 한순간 골짜기 전체가 시야에 들어온다. 마음씨 좋은 여관집 안주인은 나이가 지긋하고 스스럼 없이 쾌활한 성품으로, 포도주와 맥주와 커피 등을 날라온다. 그런데 무엇보다 볼만한 것은 두그루의 보리수인데, 교회 앞 작은 광장을 드넓은 가지로 가리고 있다. 광장은 농가와 헛간과 앞마당으로 빙 둘러싸여 있다. 나는 이렇게 정겹고 아늑한 장소를 좀처럼 본 적이 없다. 나는 여관에 작은 식탁과 의자를 그쪽으로 내달라고 해서 거기서 차를 마시거나 호메로스를 읽기도 한다. 어느 화창한 날 오후에 우연히 그 보리수 아래로 처음 찾아갔을 때는 그 공터가 너무나 쓸쓸해 보였다. 모두들 들일을 나가고 없었던 것이다. 단 한 명, 네살쯤 되어 보이는 소년이 땅바닥에 앉은 채로 생후 여섯달쯤 되어 보이는 아이를 양다리 사이에 앉혀놓고 두 팔로 가슴에 꼭 끌어안고 있었다. 그렇게 소년은 아이에게 안락의자 구실을 해주었는데, 사방을 두리번거리는 검은 눈동자에는 명랑한 기운이 넘쳤지만 아주 차분하게 앉아 있었다. 그런 모습을 보자 나는 마음이 흐뭇해졌다. 나는 맞은편에 놓인 쟁기에 걸터앉아서 아주 흡족한 기분으로 형제의 모습을 그림으로 그렸다. 바로 옆에 있는 울타리와 헛간 문 그리고 부서진 마차 바퀴 몇개도 함께 그려넣었다. 그렇게 차례대로 서 있는 것들을 모조리 그려넣자 한시간 후에는 나

---

9 원주 독자 여러분은 여기서 언급한 지명을 찾으려고 애쓰지 말기 바란다. 베르터가 남긴 편지 원문에 있던 실제 지명을 바꾼 것이다. ('발하임'(Wahlheim)은 '선택한 고향', 즉 '제2의 고향'이라는 뜻이다. 로테가 있는 곳을 새로운 삶의 터전으로 삼고자 하는 베르터의 의중을 시사하는 가상의 지명이다. ─역주)

의 주관은 조금도 보태지 않았는데도 짜임새 있고 무척 흥미로운 그림 한점을 완성할 수 있었다. 그러자 앞으로는 오로지 자연에만 충실해야겠다는 결심이 더욱 굳어졌다. 오로지 자연만이 무한히 풍요로우며, 오로지 자연만이 위대한 예술가를 만드는 법이다. 규칙의 장점을 높이 살 수도 있지만, 그것은 예컨대 시민사회를 예찬하는 것과 비슷한 의미를 가질 뿐이다. 규칙에 따라 자신을 도야하는 사람은 몰취미하거나 조악한 것은 결코 만들어내지 않을 테지만, 그것은 법규와 예의범절에 맞게 처신하는 사람이 결코 참을 수 없는 이웃이나 별종 불한당은 되지 않는 것과 같은 이치일 뿐이다. 그 반면 어떤 규칙이든 간에 모든 규칙은 진정한 자연감정과 자연의 참된 표현을 파괴하는 법이다! 자네 같으면 '그건 너무 심한 말이군! 규칙은 단지 제한을 가하고 웃자란 덩굴을 쳐낼 뿐이야'라는 식으로 항변을 하겠지. 여보게, 비유를 하나 들어볼까? 이건 마치 사랑과 같은 거야. 한 젊은이가 어떤 처녀한테 완전히 빠져서 하루 중의 모든 시간을 그녀 곁에서만 보내고, 오로지 애인에게 자기 자신을 송두리째 바치고 있다는 것을 매순간 표현하기 위해 자신의 모든 역량과 재산을 쏟아붓는다고 가정해보세. 그런데 공직에 종사하는 어떤 속물 사내가 그 젊은이한테 이렇게 말한다고 쳐보세. '얌전한 젊은 양반! 사랑이라는 것도 사람의 일이니 반드시 사람답게 사랑을 해야 돼요! 시간을 쪼개서 한쪽은 일하는 데 쓰고, 여가시간을 애인한테 바치도록 해요. 자기 재산을 헤아려보고 꼭 필요한 만큼은 제하고 남는 것을 가지고 애인한테 선물을 한다면 굳이 말리지 않겠소. 하지만 선물도 너무 자주 하지는 말고, 이를테면 애인의 생일이나 세례일에만 해야 할 거요.' 만약 젊은이가 이런 충고를 따른다면 그는 쓸모있는 젊은이라 할 수 있으며, 나는 어떤 영주에게라도 그를 관직에 앉혀달라고 추천할 것이다. 하지만 그의 사랑은 그걸로 끝장이다. 만약 예술가라면 그의 예술도 끝장이다. 아아, 나의 벗들이여, 과연 어째서 천재의 격류는 좀처럼 콸콸 흘러 넘치지 못하고, 홍수처럼 도도히 밀려와서 경탄하는 그대들의 영혼을 뒤흔들어놓지 못한단 말인가? 사랑하는 벗들이여, 이 격류가 닿지 않는 양쪽 둔덕에는 느긋한 신사들이 살고 있다. 그들은 정원의 오두막이나 튤립 꽃밭, 채소밭이 격류에 떠내려갈까봐 제때에 둑을 쌓고 물길을 돌려서 장차 닥쳐올 위험에 대비할 줄 안다.

5월 27일

그러고 보니 내가 너무 흥분해서 비유와 열변을 늘어놓느라 앞에서 얘기한 아이들이 그후 어떻게 되었는지 끝까지 이야기하는 것을 깜박 잊고 말았다. 나는 어제 편지에서 아주 단편적으로 묘사한 대로 마치 화가가 된 듯한 느낌에 푹 빠져서 족히 두시간은 쟁기 위에 앉아 있었다. 그러다가 저녁 무렵이 되자 젊은 부인이 아직도 꼼짝 않고 있는 아이들을 향해 달려왔는데, 바구니를 팔에 걸친 부인은 멀리서부터 소리쳤다. "필립스, 정말 착하구나." 부인은 나에게 인사를 건넸고, 나도 답례를 하고는 자리에서 일어나 가까이 다가가서 아이들의 엄마 되느냐고 물었다. 그녀는 그렇다고 하더니 큰 아이한테 흰 빵 반 조각을 주고는 갓난아이를 받아 한없는 모성의 사랑으로 아이에게 입을 맞추었다. 그녀가 말했다. "필립스한테 꼬맹이를 봐달라고 맡기고는 맏둥이와 함께 시내로 가서 흰 빵과 설탕, 죽 끓일 질그릇 냄비를 사왔어요." 그 모든 물품이 덮개가 떨어져나간 바구니에 담겨 있었다. "한스(꼬맹이의 이름이 한스였다)한테 저녁으로 수프를 끓여주려구요. 개구쟁이인 맏둥이가 어제 죽이 눌어붙은 누룽지를 차지하겠다고 필립스와 다투다가 냄비를 깨뜨렸답니다." 나는 맏이는 어디 있느냐고 물어보았다. 맏이는 풀밭에서 거위 몇마리를 몰고 있다고 그녀가 대답하자마자 곧장 큰아이가 뛰어와서 둘째한테 개암나무 가지를 선물로 주었다. 나는 부인과 계속 이야기를 나누었는데, 그녀가 학교 선생님의 딸이라는 사실을 알게 되었다. 그녀의 남편은 사촌형의 유산을 물려받기 위해 스위스로 여행을 떠났다고 했다. 그녀가 말했다. "친척들이 남편을 속이려고 남편의 편지에 답장도 해주지 않았어요. 그래서 남편이 직접 그리로 간 거예요. 별 탈이 없으면 좋겠는데, 아무런 소식이 없거든요." 나는 부인의 곁을 그냥 떠나기가 난감해서 아이들한테 1크로이처 동전 한닢씩을 쥐여주었고, 꼬맹이 몫으로도 부인에게 1크로이처를 주고는 시내에 가거든 수프에 곁들여 먹을 흰 빵이라도 하나 사주라고 했다. 우리는 그렇게 헤어졌다.

　친구여, 자네한테 하는 말이지만 나는 마음을 다잡을 수 없을 때면 이런 사람들의 모습을 보면서 온갖 격정을 가라앉힌다네. 이들은 행복하게 편안한 마음으로 좁은 범위 안에서 생활을 영위하고 그날그날의 일을 스스로 헤쳐가면서, 낙엽이 떨어지는 것을 볼 때면 겨울이 다가오고 있다는 것 말고는 다른 어떤 생각도 하지 않지.

그때부터 나는 종종 그곳을 찾아갔다. 아이들은 나와 친해졌고, 내가 커피를 마실 때면 설탕을 얻고, 저녁때면 버터 바른 빵과 요구르트를 함께 나누어 먹었다. 일요일이 되면 아이들한테 어김없이 1크로이처씩을 주었고, 내가 혹시 예배에 때맞추어 참석하지 못할 때는 여관 안주인에게 부탁해서 대신 동전을 나눠주도록 했다.

아이들은 나를 믿고 온갖 이야기를 털어놓는다. 특히 마을에서 아이들이 많이 모여들면 두 아이는 더욱 신이 나서 하고 싶은 말을 마냥 쏟아내는데, 나는 그런 모습에 마음이 흐뭇해진다.

아이들이 나를 성가시게 한다고 아이들 엄마가 걱정을 하는 바람에 나는 그녀의 걱정을 덜어주려고 무던히 애를 썼다.

5월 30일

최근에 자네한테 그림에 관해 했던 말은 당연히 문학에도 적용되지. 문제는 빼어난 것을 알아보고 과감히 표현하는 것이다. 이 말은 짧지만 많은 의미를 함축하고 있다. 나는 오늘 어떤 장면을 목격했는데, 그런 장면은 있는 그대로 묘사하기만 해도 세상에서 가장 아름다운 목가牧歌가 될 것이다. 대체 문학이란 무엇이며, 근사한 장면과 목가란 무엇인가? 자연현상에 몰입하면 되는데도 굳이 애써 가공할 필요가 있단 말인가?

내가 이렇게 서두를 꺼내서 뭔가 고상하고 탁월한 것을 기대할지 모르겠으나, 그렇다면 자네는 이번에도 속은 셈이야. 이처럼 격렬하게 관심이 끌리고 내 마음을 사로잡는 것은 어느 농가의 머슴 이야기일 뿐이다. 나는 평소에 늘 그렇듯이 이야기 솜씨가 서툴 것이고, 그러면 자네는 평소처럼 내가 과장한다고 생각할 것이다. 이번에도 발하임에서 겪은 일인데, 이런 진기한 이야기를 낳는 곳은 언제나 발하임이다.

보리수 아래에서 한 무리의 사람들이 어울려서 커피를 마시고 있었다. 나는 그들이 썩 마음에 들지는 않아서 적당한 핑계를 대고 그 자리를 피해 물러났다.

농가의 머슴 한 사람이 이웃집에서 나오더니 내가 요전에 그렸던 쟁기를 수리하는 일에 매달렸다. 나는 그의 태도가 마음에 들어서 말을 걸었고, 형편이 어떤지도 물어보았다. 우리는 금방 친해졌고, 이런 부류의 사람들과 어울리면 늘 그렇듯 금방 마음을 터놓게 되었다. 그는 어느 과부의 집에서 머슴으로 일하는데, 여주인은 자기한테 잘 대해준다고 했다. 그는 여주인에 관해 아주 많은 이야기를 했고 그녀를 너무나 칭송해서 나는 그가 몸과 마음을 다 바쳐 그녀를 좋아하고 있다는 것을 금세 알아차렸다. 그의 말에 따르면 여주인이 젊다고 할 수는 없으며, 첫 남편한테 구박을 당해서 이젠 더이상 결혼할 의사가 없다고 했다. 그의 이야기를 듣고 있으니 그 여주인이 그에게 얼마나 아름답고 매력적인 존재인지 오롯이 드러 났다. 또한 그가 그녀를 아내로 맞이하여 첫 남편의 잘못으로 인한 기억을 말끔히 씻어줄 수 있기를 얼마나 간절히 바라는지도 분명 히 드러났다. 그래서 자네한테 이 사람의 순수한 애정과 사랑 그리 고 충심을 생생하게 전달하려면 그의 말을 하나하나 그대로 전달 해주어야 할 판이다. 사실 그의 몸가짐에서 배어나오는 분위기나 목소리의 조화, 눈길에서 조용히 이글거리는 불꽃을 생생하게 묘 사하려면 위대한 시인의 재능을 갖추어야만 할 것이다. 아니, 그의 전존재에서 표현되는 섬세함은 그 어떤 말로도 형언할 수 없다. 그 에 비하면 내가 다시 글로 옮길 수 있는 것은 치졸하기 짝이 없다. 그는 머슴과 여주인의 관계를 내가 서로 짝이 맞지 않는다고 생각 하지나 않는지, 또 과연 그녀의 행실이 곧은지 미심쩍어하지나 않 는지 걱정했는데, 특히 그런 모습에 나는 마음이 짠했다. 그가 여 주인의 자태에 관해 말하고, 젊음의 매력이 없음에도 그의 마음을 온통 사로잡은 그녀의 몸매에 관해 말할 때 그가 얼마나 매력적인 가는 오로지 나의 영혼 가장 깊은 곳에서만 재현할 수 있을 따름이 다. 나는 일찍이 인생에서 이토록 절실한 욕구와 뜨겁고 간절한 소 망을 이렇게 순수한 모습으로 목격한 적이 없으며, 이런 순수함이 가능하리라고는 상상조차 하지 못했다. 이렇게 순진무구하고 진실 한 사랑을 떠올리자니 내 영혼의 깊은 곳까지 뜨겁게 달아오르고, 어디를 가더라도 이 충직하고 다정다감한 사람의 모습이 뇌리에서 떠나지 않는다. 그 사랑의 불길이 나 자신에게도 옮겨붙기라도 한 듯이 나도 애간장이 타들어가는 것만 같다. 내가 이런 말을 한다고 부디 책망하지는 말기를.

이제 빠른 시일 안에 그 여주인도 만나보고 싶다. 아니, 곰곰이 생각해보면 그러지 않는 편이 차라리 나을지도 모르겠다. 그녀를 사랑하는 사람의 눈을 통해 그녀를 보는 편이 더 좋으니까. 아마도 내 눈으로 직접 보면 지금 내 앞에 떠오르는 모습과는 사뭇 다를지도 모르는데, 어째서 이 아름다운 모습을 망쳐야 한단 말인가?

6월 16일

어째서 한동안 자네한테 편지를 쓰지 않았느냐고? 배운 축에 든다는 사람이 그걸 질문이라고 하나? 익히 짐작했겠지만 나는 잘 지내고 있네. 게다가, 간단히 말하면, 나는 진심으로 마음이 끌리는 어떤 사람을 사귀게 되었지. 어떻게 말해야 좋을지 모르겠네.

내가 어떻게 해서 이처럼 사랑스럽기 그지없는 사람을 사귀게 되었는지 조리 있게 이야기하기는 어려워. 나는 지금 즐겁고 행복하기에 역사가처럼 자초지종을 이야기할 기분이 아니거든.

천사를 만났다고나 할까! 아니야! 그런 말은 누구나 자기 애인한테 하는 상투적인 표현 아닌가. 하지만 나는 그녀가 얼마나 완벽한 사람인지, 완벽한 이유가 무엇인지 자네한테 설명해줄 재간이 없어. 분명한 것은 그녀가 내 마음을 완전히 사로잡았다는 것이지.

그녀는 사려 분별이 깊으면서도 정말 소박하고, 심지가 굳으면서도 한없이 너그럽고, 진정한 생기와 활동을 유지하면서도 마음의 평정을 잃지 않는 그런 여성이야.

내가 그녀에 관해 이런저런 얘기를 해보았자 공허한 말에 불과하고, 그녀의 진면목을 조금도 보여주지 못하는 궁색한 추상적 표현에 지나지 않아. 그런즉 그녀에 대한 이야기는 다음번에 들려줄까 하네. 아니, 뒤로 미룰 것 없이 지금 당장 얘기해주겠네. 지금 당장 얘기하지 않으면 나중에는 영영 못할 테니까. 우리끼리 얘기지만, 이 편지를 쓰기 시작하면서 나는 벌써 세번이나 펜을 내려놓고 말안장을 채비하여 밖으로 달려가고 싶은 충동을 느꼈지. 하지만 오늘 아침에는 말을 타고 나가지 않기로 다짐을 했는데, 그러면서도 수시로 창가로 다가가서 아직도 해가 중천에 떠 있는 것을 확인하곤 한다네……

나는 결국 내 마음을 주체하지 못하고 그녀에게 가지 않을 수 없었지. 그러고는 이제 다시 돌아와 버터 바른 빵으로 저녁을 때우고 빌헬름 자네한테 편지를 쓰는 것일세. 그녀가 귀엽고 발랄한 아이들, 그러니까 여덟명이나 되는 동생들과 함께 있는 것을 보면 내 마음이 얼마나 큰 희열에 잠기는지!

이야기를 계속 이런 식으로 끌고 가면 자네는 무슨 영문인지 알아차리기 어렵겠지. 그러니 억지로라도 자초지종을 얘기해볼 테니 어디 들어보게나.

얼마 전 편지에서 S라는 법무관을 알게 되었고, 또한 그분이 나에게 조만간 자신의 은거지, 아니 작은 왕국을 한번 찾아오라고 했다는 얘기도 했었지. 나는 그 일을 깜빡 잊고 있었는데, 이 조용한 고장에 숨겨진 보배 같은 존재를 우연히 발견하지 못했더라면 아마 그 일이 영영 생각나지 않았을 거야.

우리 젊은 사람들은 시골에서 무도회를 열기로 했고, 나도 기꺼이 참석하기로 했다. 나는 착하고 예쁘지만 수수해 보이는 이 고장 아가씨에게 무도회 파트너가 되어달라고 부탁했다. 나는 마차를 빌려 타고 내 파트너와 그녀의 사촌언니를 태우고 흥겨운 연회가 열리는 곳으로 가기로 했는데, 도중에 샤를로테 S라는 아가씨도 태워서 가기로 했다. 우리 일행이 벌목을 한 넓은 숲을 지나서 사냥 별장을 향해 가고 있는데 내 파트너인 아가씨가 말했다. "멋진 여성을 만나게 될 거예요." 그러자 그녀의 사촌언니가 한마디 거들었다. "반하지 않도록 조심하셔야 해요." "어째서요?"라고 내가 물었더니 그녀가 이렇게 답했다. "이미 약혼한 몸이랍니다. 약혼자는 아주 훌륭한 분인데, 부친이 돌아가셔서 뒷수습을 하고 근사한 일자리도 알아볼 겸 여행을 떠났지요." 이런 이야기를 나는 그저 건성으로 흘려들었다.

산 너머로 해가 지려면 십오분가량 남았을 무렵 우리는 별장 대문 앞에 도착했다. 날씨가 후덥지근했고, 여성들은 비바람이 치지 않을까 걱정을 했는데, 지평선 위로 회색 먹구름이 뭉치는 것을 보니 비바람이 몰려올 것 같았다. 나는 알량한 기상학 지식으로 여성들의 걱정을 달래려고 애를 쓰긴 했지만, 정작 나 자신도 오늘의 즐거운 모임이 타격을 받지 않을까 걱정이 되었다.

내가 마차에서 내리자 하녀가 대문까지 나와서 잠시 기다리시면 로테 아가씨가 나오실 거라고 알려주었다. 나는 앞마당을 지나서 잘 지어진 집을 향해 걸어갔는데, 집 앞쪽의 계단을 올라가서 현관문을 들어서자 내가 일찍이 본 적이 없는 매혹적인 광경이 눈앞에 펼쳐졌다. 거실에는 두살부터 열한살까지 여섯명의 아이들이 아리따운 자태의 한 처녀를 둘러싸고 복닥거리고 있었다. 그녀는 중키에 소박한 흰색 옷을 입고 있었는데, 팔소매와 가슴에는 분홍색 리본을 달고 있었다. 그녀는 둘러서 있는 꼬마들에게 나이와 먹성에 따라 적당한 크기로 검은 빵을 한 조각씩 잘라서 나누어 주고 있었다. 그렇게 빵을 나누어주는 모습이 너무나 다정하여 빵을 받는 아이는 누구나 미처 빵을 자르기도 전에 고사리 같은 손을 높이 쳐들고 천진난만하게 "고맙습니다!"라고 외쳤다. 어떤 아이는 저녁 빵에 만족해서 뛰어나가기도 하고, 또 성격이 차분한 다른 아이는 조용히 자리를 떠나 대문 쪽으로 가서 로테 누나가 타고 갈 마차와 낯선 손님들을 둘러보기도 했다. 로테가 말했다. "일부러 집 안까지 들어오시게 하고 여자분들을 기다리시게 해서 죄송해요. 옷을 갈아입고 제가 집을 비웠을 때를 대비해서 이것저것 챙겨놓느라고 아이들한테 저녁 빵 주는 것을 깜박 잊었지 뭐예요. 아이들은 제가 나눠주는 빵만 받아먹는답니다." 나는 그녀에게 가볍게 인사를 건넸다. 내 마음은 온통 그녀의 자태와 목소리, 일거수일투족에 쏠려 있었다. 그녀가 장갑과 부채를 가지러 방 안으로 들어갔을 때야 비로소 나는 예기치 않은 황홀경에서 깨어날 시간 여유가 생겼다. 아이들은 몇 걸음 떨어져서 나를 옆쪽에서 지켜보았는데, 나는 그중 너무나 귀엽게 생긴 막내둥이 쪽으로 다가갔다. 그러자 아이는 멈칫하고 뒤로 물러났는데, 바로 그때 로테가 방에서 나오더니 "루이스, 사촌형과 악수해야지"라고 말했다. 그러자 꼬마는 스스럼없이 악수를 했는데, 아이의 작은 코에서 콧물이 흘렀지만 그래도 나는 아이한테 진심으로 입을 맞추지 않을 수 없었다. 나는 로테에게 손을 내밀어 악수를 청하면서 "사촌이라니요?"라고 되물었다. "제가 당신과 친척이 되는 행운을 누릴 자격이 있다고 생각하십니까?" 그러자 그녀는 가볍게 미소 지으며 말했다. "우리 집안은 사촌의 범위가 무척 넓은데, 그중에 선생님이 제일 처지는 축에 든다면 제가 서운하지요." 걸어가면서 그녀는 열한살쯤 되는 큰 여동생 쏘피에게 동생들을 잘 돌봐달라고 부탁했고, 아버지가 승마 산책을 하고 돌아오시면 잘 말씀을 드려달라고도 했다. 어린 동생들한테는 쏘피 누나를 큰누나라 생각하고 말을 잘 들어야 한다고 일러두었는데, 몇몇 아이들은 꼭 그러겠다고 약속을 했다. 그런데 여섯살쯤 되어 보이고 키가 작고 똑똑해 보이는 금발의 여자아이가 이렇게 말했다. "그렇지만 쏘피 언니는 로테 언니가 아니잖아. 우리는 로테 언니를 더 좋아해." 그러는 동안 큰 남동생 둘은 마차 뒤쪽에 매달려 있었다. 내가 간청을 하자 로테는 동생들에게 장난치지 않고 꼭 붙잡고 있겠다고 다짐을 받은 연후에야 숲이 시작되는 곳까지만 함께 마차를 타고 가도 좋다고 허락했다.

마차에 자리를 잡고 앉자마자 여자들은 인사를 나누었고, 서로 옷차림, 특히 모자에 대해 의견을 주고받았으며, 조만간 무도회에서 합류할 사람들에 관해서도 적당히 한마디씩 했다. 그러는 사이에 로테는 마차를 세우게 하고 동생들을 내려주었는데, 동생들은 다시 로테의 손에 입을 맞추려 했다. 큰 아이는 열다섯살의 나이에 걸맞게 최대한 섬세하게 입을 맞추었고, 다른 아이는 아주 격렬하고 경박하게 입을 맞추었다. 로테는 다시 한번 동생들에게 인사를 시켰고, 우리는 가던 길을 계속 갔다.

내 파트너의 사촌언니 되는 여성은 로테에게 지난번에 보내준 책을 다 읽었느냐고 물었다. "아니요." 로테가 대답했다. "책이 마음에 들지 않아서요. 다시 돌려드릴게요. 그 먼젓번 책도 별로였어요." 내가 어떤 책을 말하는 것이냐고 물었고 그녀가 대답하는 것을 듣고 나는 깜짝 놀랐다.[10] 나는 그녀가 하는 말마다 개성이 넘치는 것을 느꼈고, 그녀의 말 한마디 한마디에서 새로운 매력을 발견했으며, 그녀의 얼굴에서 새로운 정신의 광채가 발산되는 것을 느꼈다. 내가 자신의 말을 이해해주고 있다는 것을 알아차렸기 때문인지 그녀의 표정에는 점점 더 만족스러운 기색이 역력했다.

그녀가 말했다. "제가 어릴 적에는 소설만큼 좋아한 것이 없어

---

10 원주 누구에게도 폐를 끼치는 일이 없도록 하기 위하여 편지에서 이 부분은 삭제하기로 하겠다. 물론 근본적으로 따지면 어떤 작가도 한 소녀의 평가나 줏대 없는 젊은이의 평가에 신경을 쓰지는 않겠지만 말이다.

요. 일요일이 되어 구석진 곳에 자리를 잡고 앉아서 미스 제니[11] 같은 인물의 행복과 불행을 몹시 가슴 졸이며 읽을 때면 얼마나 뿌듯했는지 몰라요. 아직도 그런 부류의 독서에서 어느정도 매력을 느낀다는 것도 굳이 부인하지 않겠어요. 하지만 이젠 책을 손에 잡을 경황이 없어서 제 취향에 딱 맞는 책만 보려고 해요. 저는 저의 세계를 그대로 보여주는 작가를 가장 좋아해요. 저와 비슷한 환경에서 살아가면서 제 가정생활처럼 흥미롭고 가슴에 와닿는 이야기를 쓰는 작가 말이에요. 물론 저의 생활이 낙원 같다고 할 수는 없지만, 그래도 전체적으로 보면 이루 형언할 수 없는 행복의 원천이랍니다.”

나는 이런 이야기를 들으며 감동에 잠기는 것을 숨기려고 애썼다. 하지만 마냥 숨길 수는 없었다. 로테가 지나가는 말처럼 『웨이크필드의 시골 목사』[12]라든가 ○○○라는 작품[13]에 관해 너무나 진실하게 얘기하는 것을 듣고서 나는 완전히 자제력을 잃고 내가 아는 것을 모조리 그녀에게 털어놓았던 것이다. 그렇게 얼마간 시간이 흐른 후 로테가 다른 두 여성에게 화제를 돌리자 그제야 비로소 나는 두 여성이 눈을 동그랗게 뜨고 마치 이 자리에 없는 사람처럼 줄곧 앉아 있었다는 걸 알아차리게 되었다. 사촌언니 되는 여성은

---

11 프랑스의 여성 작가 마리잔느 리꼬보니의 소설 주인공.
12 영국의 소설가 올리버 골드스미스의 소설 제목.
13 원주 이 대목에서도 우리 독일의 몇몇 작가 이름을 삭제했다. 로테의 칭찬에 공감하는 독자라면 이 대목을 읽을 때 로테의 생각을 가슴으로 느낄 것이며, 그렇지 않은 독자라면 언급된 작가가 누구인지 전혀 알 필요조차 없을 것이다.

조롱하듯이 코를 실룩거리며 두어 차례 나를 째려보았지만, 나는 전혀 개의치 않았다.

화제는 즐거운 춤 이야기로 넘어갔다. 로테가 말했다. "춤에 너무 열중해도 곤란하겠지만, 솔직히 말씀드리면 저는 춤보다 더 홍겨운 것은 모르겠어요. 마음이 심란할 때면 제대로 조율도 안된 제 피아노로 대무곡對舞曲14이라도 치면 다시 마음이 개운해져요."

그녀가 이런 이야기를 하는 동안 나는 그녀의 검은 눈동자를 바라보며 황홀경에 잠겼다. 또한 그녀의 생기발랄한 입술과 싱그럽게 상기된 뺨은 내 마음을 완전히 사로잡았다. 그리고 나는 그녀가 하는 이야기의 근사한 의미에 푹 빠져서 정작 그녀의 말을 흘려듣기도 했다. 자네는 내가 어떤 사람인지 아니까 어떤 상황인지 상상이 될 걸세. 요컨대 우리가 연회장에 도착했을 때 나는 마치 꿈을 꾸는 사람처럼 마차에서 내렸고, 사방에 어둠이 깔리기 시작하는 가운데 줄곧 꿈속을 헤매고 있었기 때문에 조명이 밝혀진 위층 홀에서 흘러나오는 음악 소리도 거의 귀에 들어오지 않았다.

아우드란이라는 사람과 ○○○ 씨(누가 이런 이름을 다 기억하겠는가)가 사촌언니와 로테의 파트너였는데, 그 두 신사가 마차 문 앞까지 나와서 우리를 맞으면서 두 여성을 차지했고, 나는 내 파트너를 데리고 올라갔다.

우리는 미뉴에트를 추면서 서로 몸이 얽히며 빙빙 돌았다. 나는

---

14 남녀가 두 줄로 마주 서서 추는 춤.

차례대로 파트너를 바꾸었는데, 가장 마음에 안 드는 여성일수록 남자에게 손을 내밀어서 춤을 마칠 생각을 하지 않았다. 로테와 그녀의 파트너는 영국식 춤을 추기 시작했다. 마침내 로테도 우리와 같은 줄에서 함께 빙빙 돌기 시작했을 때 내가 얼마나 기뻤는지는 자네도 익히 짐작하겠지. 그녀가 춤추는 모습을 봤어야 하는데! 그녀가 마음과 영혼을 다해서 춤추는 모습을 보여주고 싶네. 그녀의 몸 전체가 통일된 조화를 이루며 마치 춤이 전부라는 듯, 춤 이외에 다른 아무것도 생각하지 않고 느끼지도 않는 듯이, 근심 걱정을 모두 잊고 스스럼없이 춤을 춘다. 바로 그 순간 그녀 앞에서 다른 모든 것은 완전히 사라진다.

나는 로테에게 두번째 대무對舞를 청했지만, 그녀는 세번째에 함께 추기로 응낙해주었다. 그녀는 세상에서 가장 사랑스럽고 진솔한 태도로 독일식 춤을 정말 좋아한다고 단언했다. 그녀는 말을 계속했다. "여기서는 독일식 춤을 출 때 파트너를 바꾸지 않는 것이 관례랍니다. 제 파트너는 왈츠가 서툴러서 제 상대역을 하는 수고를 면해주면 고마워한답니다. 선생님의 파트너 되는 분도 왈츠는 못 추고 좋아하지도 않아요. 영국식 춤을 출 때 보니까 선생님은 왈츠를 잘 추시더군요. 이제 독일식 춤으로 제 상대역이 되고 싶으시면 제 파트너한테 가서 허락을 받아오세요. 그러면 저는 선생님의 파트너한테 허락을 구하겠어요." 나는 그녀의 말에 동의했고, 우리는 우리가 함께 춤추는 동안 로테의 파트너가 내 파트너와 담소를 나누도록 주선했다.

다시 춤이 시작되었다. 우리는 다양한 형태로 서로 팔을 휘감으며 얼마 동안 흥겹게 춤을 추었다. 그녀는 얼마나 매력적으로, 얼마나 경쾌하게 몸을 움직였던가! 이윽고 왈츠 차례가 되어 모두가 마치 천구天球*처럼 빙빙 돌기 시작하자 이 춤을 제대로 아는 사람이 워낙 적었기 때문에 처음에는 춤이 다소 혼란스럽게 뒤엉켰다. 우리는 익히 이럴 줄 알았기에 그들이 멋대로 휘젓도록 내버려두었다. 그러다가 가장 서투른 사람들까지도 정해진 순서를 마치고 자리를 비운 후에야 우리는 다시 춤판에 끼어들어 다른 한 쌍, 즉 아우드란 커플과 함께 어울려 마음껏 춤을 추었다. 나는 이토록 경쾌하게 춤을 춰본 적은 일찍이 없었다. 마치 인간의 경지를 넘어선 듯한 느낌이었다. 사랑스럽기 그지없는 여성을 팔에 껴안고 바람처럼 날듯이 빙빙 돌다보니 주위의 세계가 사라지는 것만 같았다. 빌헬름, 자네한테 솔직히 고백하면 나는 내가 사랑하고 보고 싶어하는 아가씨가 결코 나 이외의 다른 남자와 왈츠를 추지 못하게 하리라고 맹세했지. 그로 인해 설령 내가 파멸하는 한이 있더라도. 자네는 내 심정을 이해하겠지!

우리는 숨을 돌리기 위해 홀 안을 두어바퀴 거닐었다. 그리고서 로테는 자리에 앉았는데, 내가 따로 챙겨둔 오렌지가 이제 유일하게 남아 있는 먹을거리로 톡톡히 제구실을 했다. 하지만 로테가 염치없는 옆자리 여자에게 몇 조각을 예의상 나누어주자 나는 그만 속이 상했다.

세번째로 영국식 춤을 출 때는 로테와 내가 두번째 쌍이 되었다.

우리가 열을 누비며 춤을 추는 동안 나는 그녀의 팔을 잡은 채 더 없이 진솔하고 지순한 만족감이 우러나오는 그녀의 눈을 바라보며 이루 형언할 수 없이 벅찬 희열에 잠겼다. 그러다가 우리는 어느 부인의 곁을 지나치게 되었다. 그녀는 이제 젊다고는 할 수 없는 얼굴이었지만 표정이 귀여워서 이상하게 눈에 띄었다. 그녀는 우리 옆을 스쳐지나갈 때 미소를 짓고 로테를 바라보면서 짐짓 겁을 주는 시늉으로 손가락을 치켜들며 의미심장하게 알베르트라는 이름을 두번이나 외쳤다.

"알베르트가 누구지요?" 나는 로테에게 물어보았다. "여쭤봐도 결례가 되지 않는다면요." 로테가 막 대답하려는 순간 우리는 커다란 팔자 대형을 만들기 위해 서로 떨어져야만 했다. 그리고 로테와 내가 교차해서 스쳐지나갈 때 보니 그녀의 이마에서 뭔가 생각에 잠긴 듯한 기색이 느껴졌다. 이윽고 그녀가 회전 연결동작의 스텝을 밟기 위해 나에게 손을 내밀면서 말했다. "선생님한테 뭘 숨기겠어요. 알베르트는 저와 약혼한 사이나 다름없어요. 훌륭한 사람이지요." 그것은 이곳으로 오는 도중에 동행한 여성들이 이미 알려준 내용이므로 전혀 새로운 사실은 아니었지만, 그럼에도 완전히 새로운 소식처럼 들렸다. 순식간에 나에게 너무나 소중한 존재로 다가온 로테와 결부지어 생각해본 적이 없었던 것이다. 아무튼 나는 혼란에 빠져서 정신을 차리지 못하고 엉뚱한 조에 끼어들고 말았다. 그래서 모든 게 뒤죽박죽이 되고 말았지만, 로테가 중심을 잡고 잘 수습해준 덕분에 금방 질서를 회복할 수 있었다.

오래전부터 지평선 너머에서 번개가 번쩍였으나 나는 그저 마른번개에 지나지 않을 거라고 능쳐왔다. 그런데 아직 무도회가 끝나지도 않았는데 번개가 강해지더니 천둥소리가 음악을 삼키고 말았다. 여성 세명이 춤의 대열에서 빠져나갔고, 남자들이 뒤따라갔다. 장내 분위기가 어수선해지고 음악도 중단되었다. 흥겨운 분위기에 빠져 있다가 갑자기 불행이나 끔찍한 일이 닥치면 여느 때보다 더 강한 인상을 주게 마련이다. 그것은 흥겨움과 불행의 대비가 그만큼 더 생생하게 느껴지기 때문이기도 하고, 우리 감각의 감수성이 일단 열린 상태에서는 어떤 인상을 그만큼 더 빨리 받아들이기 때문에 더더욱 그러하다. 몇몇 여자들이 갑자기 이상한 표정으로 인상을 찌푸린 것도 바로 그런 이유 때문일 것이다. 그중 현명한 여성은 등을 창문 쪽으로 돌린 채 구석 자리에 앉아서 귀를 막고 있었다. 또 어떤 여자는 그 여성 앞에 꿇어앉아서 머리를 무릎 사이에 파묻고 있었다. 그런가 하면 그 두 여자 사이에 비집고 들어가서 두 여자를 친자매처럼 끌어안고 하염없이 눈물을 흘리는 여자도 있었다. 몇몇 여자들은 집으로 돌아가려 했다. 젊은 술꾼들은 겁에 질린 채 하늘을 향해 다급하게 기도하는 귀여운 여성들의 입술을 훔치기 바빴는데, 여전히 정신을 차리지 못하는 또다른 여자들은 그런 망측한 꼴을 보고도 속수무책이었다. 몇몇 남자들은 조용히 담배나 피우려고 아래층으로 내려갔다. 그리고 이 집 안주인이 기지를 발휘하여 창을 완전히 차단해주는 덧창과 커튼이 달린 방으로 일행을 안내하자 나머지 사람들은 사양하지 않고 따라

갔다. 방에 들어가자마자 로테는 의자들을 빙 둘러놓게 했고, 게임을 하자는 그녀의 제안에 따라 일행은 모두 자리에 앉았다.

어떤 친구들은 벌써 달콤한 벌칙으로 입맞춤을 기대하며 주둥이를 뾰족이 내밀고 사지를 느긋하게 뻗고 있는 모습이 보였다. 이윽고 로테가 말을 꺼냈다. "숫자세기 놀이를 해요! 자, 주목하세요! 제가 오른쪽에서 왼쪽으로 돌 테니까 여러분은 돌아가면서 각자 자기 차례의 숫자를 대는 거예요. 마치 도화선이 타들어가듯 빨리 돌아야 해요. 멈칫하거나 숫자를 잘못 대는 사람은 뺨을 한대씩 맞는 거예요. 자, 그럼 천까지 해봅시다." 그리하여 흥겨운 광경이 벌어졌다. 로테는 한쪽 팔을 쭉 뻗고 원을 따라 빙빙 돌기 시작했다. 첫번째 사람이 '하나' 하고 시작하자 그다음 사람이 '둘', 또 다음 사람이 '셋' 하는 식으로 이어졌다. 그러자 로테는 점점 더 빨리 돌기 시작했고, 갈수록 속도가 빨라졌다. 그러다가 한 사람이 실수를 하자 찰싹! 하고 따귀를 맞았고, 폭소가 터지는 바람에 그다음 사람도 찰싹! 하고 한대 맞았다. 놀이는 점점 더 빨라졌다. 나도 두대를 맞았는데, 로테가 다른 사람을 때릴 때보다 더 세게 때리는 것 같아서 은근히 기분이 좋았다. 그렇게 모두가 웃고 떠드는 가운데 미처 천까지 세기 전에 놀이가 끝났다. 서로 친한 사람들끼리 짝을 지어 다시 자리를 옮겼고, 뇌우도 그쳤다. 나는 로테를 따라 홀로 되돌아왔다. 오는 도중에 로테가 말했다. "모두들 따귀를 맞느라고 천둥 번개 따위는 까맣게 잊었지 뭐예요!" 나는 그녀의 말에 아무 대답도 하지 못했다. 그녀가 말을 이었다. "실은 제가 가장 겁먹은 사람 중 하나였는데 다른 이들에게 사기를 북돋아주다보니까 저도 기운을 되찾았어요." 우리는 창가로 다가갔다. 저 멀리서 천둥소리가 울려오고 보슬비가 대지를 적시는 장관이 펼쳐졌다. 상쾌하기 이를 데 없는 향기가 대기를 가득 채우며 우리가 있는 위층에까지 번져왔다. 로테는 창틀에 팔꿈치를 괴고 서서 바깥 풍경을 골똘히 바라보고 있었다. 그녀는 하늘과 나를 번갈아 바라보았는데, 눈에는 눈물이 가득했다. 그녀는 자기 손을 내 손 위에 올려놓으며 "클롭슈토크!"[15] 하고 외쳤다. 나는 그녀가 염두에 두고 있는 장엄한 송가頌歌를 금방 떠올렸고, 그녀가 이 암호 같은 한마디로 내게 쏟아놓은 감정의 물결에 빠져들었다. 나는 도저히 견딜 수 없어서 몸을 숙이고 환희의 눈물을 흘리며 그녀의 손등에 입을 맞추었다. 그리고 다시 그녀의 눈을 쳐다보았다. 고귀한 시인이여! 이 여인이 당신을 신처럼 받들고 있다는 것을 이 여인의 눈길에서 보시기 바랍니다. 뭇사람의 입에 오르내리며 더럽혀진 당신의 이름을 이제는 로테 이외의 다른 누구의 입에서도 듣지 않겠습니다.

6월 19일

지난번에 어디까지 이야기했는지 모르겠다. 분명히 기억나는 것

---

[15] 프리드리히 고트로프 클롭슈토크. 괴테 앞 세대의 독일 시인.

은 잠자리에 들었을 때가 새벽 2시였다는 것이다. 그리고 내가 이렇게 편지를 쓰는 대신 직접 자네 앞에서 떠들어댔다면 아마 날이 새도록 자네를 붙잡아두었을 것이다.

무도회에서 돌아오는 길에 있었던 일은 아직 이야기하지 않았는데, 오늘까지도 그럴 정신이 없었다.

그날 해가 떠오르는 광경은 정말 장관이었다! 숲에서는 이슬이 맺혀서 떨어졌고 들판에는 싱그러운 기운이 넘쳤다. 동행하는 여성들은 꾸벅꾸벅 졸고 있었다. 로테는 나에게도 함께 눈을 붙이지 않겠느냐고 물었다. 자기한테는 신경 쓰지 않아도 된다고 했다. 그러자 내가 그녀를 똑바로 바라보며 말했다. "당신이 눈을 뜨고 있는 한 저도 잠들 염려는 없습니다." 그렇게 우리는 그녀의 집 문 앞에 당도할 때까지 졸음을 견뎌냈다. 이윽고 하녀가 조용히 문을 열어주었고, 로테가 묻는 말에 아버님과 아이들은 잘 있고 아직 자고 있다고 했다. 나는 로테와 작별을 하면서 오늘 중에 다시 만나게 해달라고 청했다. 그녀는 승낙했고, 나는 돌아왔다. 그후로도 해와 달과 별들은 묵묵히 제 갈 길을 가고 있었겠지만, 나는 낮인지 밤인지조차 분간되지 않았고, 내 주위의 세계가 완전히 사라졌다.

6월 21일

나는 하느님이 성자들에게 베풀어주신 것 같은 행복한 나날을 보내고 있다. 앞으로 어떻게 될지는 알 수 없지만, 내가 인생의 기쁨을, 지순한 희열을 맛보지 않았다고 하지는 못하리라. 자네는 나의 발하임을 잘 알지. 나는 여기에 완전히 정착한 셈이다. 여기서 삼십분만 가면 로테가 있다. 이곳에서 나는 진정으로 나 자신의 존재감을 느끼고, 인간이 누릴 수 있는 모든 행복감을 느끼고 있다.

내가 처음 발하임을 산책의 목적지로 정했을 때만 해도 천국이 이렇게 가까이 있을 줄은 미처 몰랐다! 나는 먼 길을 산책할 때면 이제 내 모든 소망을 담고 있는 그 사냥 별장을 때로는 산 위에서, 때로는 평지에서 강 건너로 얼마나 자주 바라보았던가!

빌헬름, 나는 인간이 자신을 확장하고, 새로운 발견을 하고, 여기저기 돌아다니고 싶어하는 욕망에 대하여 온갖 생각을 해보았네. 그런가 하면 제한된 환경에 기꺼이 몸을 맡기고 익숙한 생활 궤도만 따라가면서 좌우간 어떤 일에도 신경 쓰지 않으려는 내적 충동에 관해서도 생각해보았지.

참 이상하게도 이곳으로 와서 언덕 위에서 아름다운 골짜기를 내려다보면 주위 풍경에 너무나 마음이 끌린다. 저기 아담한 숲을 보라! 아아, 저 숲 그늘에 몸을 누일 수만 있다면! 저쪽에는 산봉우리가 보인다! 저 산 위에서 넓은 지역을 조망할 수만 있다면! 겹겹이 포개진 언덕과 정겨운 골짜기 들이여! 내가 저 속에 잠겨들 수만 있다면! 그리하여 나는 서둘러 달려갔다가 되돌아오기도 했다. 하지만 내가 기대하던 것은 찾을 수 없었다. 먼 곳은 미래와 같은 것이다! 위대한 전체가 어렴풋이 우리 영혼에 다가오고, 우리의 감각과 눈길은 그 어렴풋한 전체 속에 희미하게 잠겨든다. 아! 그러면서 우리는 우리의 전존재를 바치기를 갈망하고, 유일무이한 위대하고 숭고한 감정의 온전한 희열로 우리 자신이 충만해지기를 염원하는 것이다. 아! 우리가 황급히 달려가서 멀리 있던 것이 가까이 다가와도 결국 모든 것은 예전과 다를 바 없다. 우리는 여전히 빈곤하고, 제한된 삶을 살아가고, 우리의 영혼은 이미 고갈된 청량제를 갈구한다.

그리하여 아무리 정처 없는 방랑자라 하더라도 마침내 다시 조국을 그리워하게 되고, 소박한 보금자리와 아내의 품에서, 자식들과 함께 있는 곳에서, 처자식을 먹여살리기 위한 일자리에서 한때 넓은 세상에서 헛되이 찾아 헤매던 희열을 발견하는 것이다.

아침마다 동이 트면 나는 발하임으로 가서 그곳 음식점에 딸린 채마밭에서 완두콩을 내 손으로 직접 따고, 자리에 앉아 콩껍질을 까면서 호메로스의 작품을 읽는다. 그리고 작은 부엌에서 냄비를 하나 꺼내어 버터를 잘라 넣고 완두콩을 불에 올려놓은 다음 뚜껑을 닫고 이따금 콩을 저어준다. 그럴 때면 페넬로페[16]를 차지하려는 기고만장한 구혼자들이 황소와 돼지를 잡아서 토막내고 불에 굽는 장면이 너무나 생생하게 떠오른다. 그 가부장제 시대의 생활상만큼이나 조용하고 참된 느낌으로 나를 충만케 하는 것은 없으며, 다행히도 나는 아무런 과장 없이 그 시대의 느낌을 지금 나의 생활방

---

16 트로이아 전쟁에 출정한 오디세우스의 아내.

식에서 생생히 되살릴 수 있다.

내가 손수 가꾼 배추를 식탁에 올리는 사람의 소박하고 천진무구한 희열을 느낄 수 있다니 나는 얼마나 행복한가. 비단 식탁에 오른 배추만이 아니라, 배추를 심던 청명한 아침나절, 물을 주며 나날이 자라는 데서 기쁨을 얻었던 정겨운 저녁 시간, 즐거웠던 그 모든 나날의 온갖 기쁨을 단 한순간에 다시 누리는 것이다.

6월 29일

그저께는 시내에 거주하는 의사가 법무관을 찾아왔다. 그는 내가 로테의 동생들과 땅바닥에서 함께 어울려 노는 광경을 목격했다. 어떤 아이들은 내 몸에 기어올라와 버둥거리는가 하면 나를 놀려대는 아이들도 있었고, 나도 아이들을 간질이며 함께 고함을 지르기도 했다. 그 의사는 판에 박힌 독단적인 생각을 가진 사람으로, 이야기를 나누는 동안 옷소매의 주름을 잡거나 옷깃의 곱슬곱슬한 올을 쉴 새 없이 잡아당겼는데, 그런 식으로 나의 이런 모습이 점잖은 사람의 품위에 어긋난다는 것을 주지시키려는 듯했다. 그의 거만한 표정에서 그것을 알아차릴 수 있었다. 그렇지만 나는 전혀 개의치 않고 그가 잘난 체하며 지껄이도록 내버려두고는 아이들이 망가뜨린 카드집을 다시 지어주었다. 그런 일이 있은 후 의사는 시내를 돌아다니면서 법무관 집 아이들이 원래 버릇이 없는데 베르터라는 친구가 아이들을 완전히 망치고 있다고 험담을 늘어놓았다.

　빌헬름, 정말이지 세상에서 그 누구보다 진심으로 마음이 통하는 것은 아이들이라네. 아이들을 바라보면 나는 언젠가는 아주 요긴하게 사용할 모든 덕성과 능력의 싹을 아이들의 작은 세계에서 발견한다. 아이들의 고집은 장차 꿋꿋하고 굳건한 성격으로 발전하고, 아이들의 장난기는 세상의 위험을 헤쳐나가는 데 필요한 넉넉한 유머와 경쾌함으로 발전할 것이다. 그 모든 것이 조금도 훼손되지 않고 너무나 온전한 것이다! 그런 모습을 볼 때마다 나는 인류의 스승[17]이 가르쳐준 금언을 거듭 되새기게 된다. '너희가 어린 아이와 같이 되지 아니하면!' 그런데도 우리와 대등한 존재이고 어쩌면 우리가 모범으로 받들어야 할 아이들을 우리는 마치 하인처럼 다루는 것이다. 아이들은 자유의지를 가져서는 안된다는 것이다! 그렇다면 우리 자신에게도 자유의지가 없다는 말인가? 도대체 무슨 근거로 우리 어른들이 특권을 누린단 말인가? 단지 우리가 나이가 더 많고 더 영리하다는 이유로? 하느님 앞에 맹세하건대 단지 나이를 더 먹은 아이들과 아직 어린 아이들이 있을 뿐, 그 이상 아무런 차이도 없다. 하느님이 어느 쪽 아이를 더 어여삐 여기시는지는 이미 오래전에 하느님의 아들이 분명히 밝히셨다. 사람들은 말로는 그분을 믿는다고 하면서 정작 그분의 말씀을 듣지는 않는다. 인간은 아득한 옛날부터 원래 이렇게 생겨먹은 존재다. 그러고도

---

17 예수를 가리킴.

자기 자신을 모범으로 삼아 아이들을 키우는 것이다. 잘 있게, 빌헬름! 이런 허접한 소리는 더이상 지껄이고 싶지 않네.

7월 1일

로테가 아픈 사람에게 얼마나 소중한 존재인가를 나는 나 자신의 측은한 마음으로 절감한다. 내 마음은 병상에서 고통에 시달리는 어느 누구보다도 심하게 앓고 있다. 로테는 시내에 있는 어느 훌륭한 부인의 집에서 며칠 동안 머물 예정이다. 의사의 진단에 따르면 그 부인은 곧 생을 마감할 텐데, 마지막 순간에는 로테와 함께 있고 싶어한다는 것이다. 나는 지난주에 로테와 함께 성聖 ○○○라는 마을의 목사를 찾아갈 일이 있었다. 그곳은 산기슭 쪽으로 한시간 거리에 있는 작은 마을이었다. 우리는 4시 무렵에 그곳에 당도했다. 로테는 둘째 여동생을 데리고 갔다. 키가 큰 두그루의 호두나무가 그늘을 드리운 목사관 앞마당에 들어서자 그 선량한 노인네가 현관문 앞에 놓인 긴 의자에 앉아 있었다. 노인네는 로테를 보자 생기가 살아나서 지팡이도 잊은 채 무리하게 일어서며 마중 나오려 했다. 로테는 노인에게 달려가서 옆자리에 앉으면서 간신히 노인을 다시 제자리에 앉혔다. 그러면서 아버지의 곡진한 안부인사를 전했고, 또 노인네의 늦둥이 막내아들인 외모가 꾀죄죄하고 지저분한 꼬마를 안아주었다. 로테가 어떻게 노인네를 대하는지 자네가 봤어야만 하는데! 그녀는 반쯤 귀가 먹은 노인네가 알아들을 수 있도록 목소리를 높였고, 건장한 젊은이도 돌연사를 하는 경우가 있다는 이야기도 해주었다. 또한 카를스바트[18]가 얼마나 근사한지 들려주면서 이번 여름에 카를스바트에 가기로 한 것은 정말 잘 결심하신 거라고 추어주었고, 지난번에 찾아뵐 때보다 훨씬 건강하고 쾌활해 보인다고 말씀드렸다. 그러는 사이에 나는 목사 부인에게 예를 갖추어 인사를 드렸다. 노인은 기분이 썩 좋아졌다. 나는 우리가 있는 곳에 정겨운 그늘을 드리워주는 아름다운 호두나무를 예찬하지 않을 수 없었다. 그러자 노인은 다소 힘들어하면서도 그 호두나무에 얽힌 이야기를 들려주기 시작했다. "두그루 중에 더 늙은 나무를 처음 심은 분이 누구인지는 모른다네. 어떤 사람 말로는 모 목사님이라 하고, 또 어떤 사람은 다른 목사님이라고도 해. 어떻든 뒤쪽에 있는 작은 호두나무는 내 마누라와 동갑이야. 10월이면 쉰살이 되지. 집사람은 저녁 무렵에 태어났는데, 바로 그날 아침에 장인어른께서 심으셨다는군. 장인어른은 내 선임자로 봉직하셨지. 이 나무를 얼마나 좋아하셨는지 이루 말할 수 없어. 나 역시 못지않게 이 나무를 좋아해. 내가 이십칠년 전에 가난한 대학생으로 처음 이 집 마당에 들어섰을 당시 집사람은 저 나무 아래 발코니에 앉아서 뜨개질을 하고 있었지." 로테는 따님의 안부를 물었다. 목사의 딸은 슈미트 씨와 함께 들판의 일꾼들한테 갔다고 했다. 노인은 하던 이야기를 계속 이어서, 선임자께서 자신을 좋아하게 되었고, 그래서 딸까지 내주었으며, 처음에는 그분의 보좌목사로 있다가 나중에는 후임자가 되었다고 했다. 노인의 이야기가 끝나갈 무렵 목사의 딸이 슈미트 씨와 함께 정원을 가로질러 왔다. 목사의 딸은 로테를 진심으로 따뜻이 맞아주었다. 솔직히 말해서 그녀는 인상이 나빠 보이지는 않았다. 민첩해 보이고 몸매가 실팍한 갈색 머리 아가씨였는데, 이런 시골에서 잠깐 머무는 동안 즐거운 말동무가 될 법했다. 그녀의 애인(슈미트 씨는 자신을 그렇게 소개했다)은 섬세하지만 과묵한 사람으로, 로테가 계속 말을 붙여보려고 해도 좀처럼 대화에 섞여들지 않았다. 그런데 정말 서글프게도 그의 의사표현을 가로막는 장애는 머리가 모자라서가 아니라 고집이 세고 유머가 없기 때문이라는 것을 그의 표정에서 알아차릴 수 있었다. 시간이 지날수록 그 점이 더욱 분명해졌다. 산책을 하면서 목사의 딸 프리데리케는 로테와 나란히 걷거나 때로는 나와도 벗 삼아 함께 걸었는데, 그러면 원래 갈색 기운이 도는 슈미트 씨의 안색은 눈에 띄게 어두워졌던 것이다. 그러자 마침내 로테는 내 옷소매를 끌어당기며 프리데리케에게 너무 다정하게 대하지 말라고 알아듣게 일러주었다. 사람들이 서로를 괴롭히는 것보다 더 짜증나는 일은 없다. 특히 인생의 개화기를 맞아 온갖 기쁨에 가장 진술하게 반응하는 시절인데도 젊은이들이 인상을 찌푸린 채 짧은 호시절을 망치고는 뒤늦게 그렇게 허비한 시간을 다른 무엇으로도 보상할 수 없음을 깨닫는다면 무엇보다 애석한 일이다. 나는 그런 생각에 골몰했다. 이윽고 저녁 무렵 목사관으로 돌아와서 테이블에 자리를 잡고 우유를 마시면서 세상살이의 애환에 관한 문제로 화제가 옮겨가자 나는 기회를 놓치지 않고 우울한 기분에 대하여 솔직히 비판했다. 내가 먼저 말을 꺼냈다. "흔히 우리 인간은 행복한 나날은 짧고 불행한 나날은 길기만 하다고 하소연을 하지요. 그런데 제가 보기에는 그건 대개는 잘못된 생각입니다. 언제나 가슴을 활짝 열고 하느님이 하루하루 우리에게 베풀어주시는 좋은 것을 즐긴다면 능히 불행을 감당할 힘도 생길 것입니다." 그러자 프리데리케가 대꾸했다. "하지만 기분을 우리 뜻대로 제어할 수는 없지요. 몸 상태에 따라 얼마나 크게 좌우됩니까! 몸에 탈이 나면 어딜 가든 편치 않거든요." 나는 그녀의 말에 동의하고 말을 계속했다. "그렇다면 우울한 것도 일종의 병이라 생각하고 적절한 처방이 없을지 찾아봅시다." 그러자 로테가 말했다. "좋은 말씀이에요. 적어도 제 생각에는 많은 문제가 우리 자신에게 달려 있다고 봐요. 바로 제 자신에게서 그걸 느껴요. 어떤 문제로 화가 나고 짜증이 나려고 하면 저는 얼른 자리를 박차고 나가서 정원을 거닐며 춤곡을 몇 곡 부른답니다. 그러면 금방 기분이 괜찮아지거든요." 그러자 내가 말을 받았다. "제가 드리고 싶었던 말씀이 바로 그것입니다. 불쾌함은 나태함과 똑같은 것이지요. 불쾌함은 일종의 나태함입니다. 우리는 천성적으로 나태해지기 쉽지요. 그렇지만 일단 우리 스스로 각성할 수 있는 힘이 생기면 만사가 손쉽게 척척 풀리고, 그런 활동에서 진정한 기쁨을 얻게 됩니다." 프리데리케는 매우 주의 깊게 듣고 있었다. 그런데 슈미트라는 친구는 인간은 결코 자기 자신을 다스리지 못하며, 특히 자신의 감정만큼은 절대로 다스릴 수 없다고 이의를 제기했다. 내가 대꾸했다. "지금 우리가 문제 삼는 것은 불쾌한 감정입니다. 누구나 가능하면 불쾌한 감정에서는 벗어나고 싶어하지요. 그리고 그 누구도 일단 시도해보기 전까지는 자신의 힘이 어느 정도인지 알 수 없습니다. 아픈 사람은 확실히 온갖 의사들을 찾아다니고, 소망대로 건강을 지킬 수만 있다면 엄청난 절제와 쓰디쓴 약도 마다하지 않습니다." 이러는 동안 점잖은 노인은 우리의 대화에 끼어들고 싶어서 이야기를 들으려 애쓰는 것이 눈에 띄었다. 그래서 나는 노인네를 향해 말을 하면서 목소리를 높였다. "수많은 악덕을 경고하는 설교를 하지만, 정작 우울증을 경고하는 설교는 여태껏 들어보지 못했습니다."[19] 그러자 노인이 말했다. "그런 설교는 도시에 있는 목사들이 해야지. 농부들은 불쾌할 일이 별로 없으니까. 그렇긴 해도 그런 설교를 들으면 적어도 농부의 마누라한테는 도움이 되겠는데. 우리 법무관 나리한테도." 그러자 모두들 폭소를 터뜨렸고, 노인도 너무 웃다가 기침이 나오는 바람에 대화는 잠시 중단되었다. 이윽고 슈미트가 다시 말을 꺼냈다. "불쾌함도 악덕이라 하셨는데, 그건 너무 지나친 말씀 같은데요." 내가 답변에 나섰다. "절대로 그렇지 않습니다. 자기 자신과, 가까운 지인들에게 해를 끼치는 것을 악덕이

---

19 원주 이와 관련하여 우리는 라바터(괴테 당대의 신학자 ─ 역자)의 설교문에서 훌륭한 예를 찾아볼 수 있는데, 특히 요나서(書)에 관한 설교문이 그렇다.

라 불러 마땅하다면 말입니다. 우리가 서로를 행복하게 해주지는 못할망정 각자가 마음을 다해 스스로 지켜야 할 기쁨을 빼앗아버린다면 그게 악덕이 아니고 무엇입니까? 기분이 불쾌하면서도 그걸 감출 수 있을 만큼 점잖아서 불쾌함을 혼자 감당하고 주위 사람들의 기쁨을 망치지 않는 것이 과연 가능할까요? 그런 사람이 있다면 어디 한번 대보시지요. 오히려 불쾌함이란 우리 자신의 비천함에 대한 불만이 아닐까요? 우리 자신에 대한 그런 불만은 어리석은 허영심 때문에 조장되는 질투심과 늘 결부되어 있지요. 우리가 행복하게 해주지 않는데도 행복해하는 사람들을 보면 견디기 힘드니까요." 로테는 내가 격정적으로 말하자 나를 바라보며 살며시 웃었다. 그리고 프리데리케의 눈에 눈물이 고이는 것을 보자 나는 한껏 흥분되어 하던 말을 계속했다. "어떤 사람의 마음을 억지로 움켜쥐고 있어서 저절로 싹터 나오는 소박한 기쁨을 빼앗아버린다면 그런 사람이야말로 불행한 것입니다. 이 세상의 그 어떤 선물이나 도락거리도 우리 자신에게서 얻는 기쁨을 단 한순간도 대체하지 못합니다. 그런데 폭군 같은 사람들은 질투심 때문에 불쾌감에 빠져서 그런 기쁨을 망쳐놓는 것입니다."

그 순간 나는 가슴이 복받쳐올랐다. 지난날의 갖가지 추억들이 마음에 사무쳐서 나도 모르게 눈물이 났다.

나는 소리쳤다. "날마다 자기 자신에게 이렇게 다짐하면 얼마나 좋을까요. 벗들에게 기쁨을 선사하고 행복을 함께 즐김으로써 행복을 더해주는 것만이 벗들을 위하는 것이라고 말입니다. 벗들의 내밀한 영혼이 불안한 격정에 괴로워하고 근심 걱정에 시달릴 때 단 한 방울의 진정제라도 줄 수 있느냐고 말입니다.

그리고 내가 꽃다운 청춘 시절에 망쳐놓은 어떤 여성이 무서운 불치병에 걸려서 비참하게 생명이 꺼져가는 상태로 몸져누워 있고, 눈길은 생기를 잃고 허공을 향한 채 창백한 이마에는 단말마의 식은땀이 연신 흘러내리고 있는데, 나는 저주받은 사람처럼 침대 맡에 서 있다고 가정해봅시다. 그런 상황에서 나는 모든 능력을 다 바쳐도 아무것도 해줄 수 없다는 것을 뼈저리게 느끼고 뼛속까지 불안에 떨면서, 죽어가는 여성에게 한 방울의 기력과 일말의 용기 라도 불어넣어줄 수 있다면 모든 것을 바치고 싶은 심정입니다."

이런 말을 하는 동안 언젠가 내가 바로 그런 장면을 옆에서 지켜 보았던 기억이 걷잡을 수 없이 엄습해왔다. 나는 손수건으로 눈물 을 훔치며 자리를 떠났다. 이제 돌아갈 때가 되었다고 로테가 부르 는 소리에 겨우 정신이 들었다. 돌아오는 길에 로테는 내가 매사에 너무 격정적으로 마음을 쏟아서 그러다가는 쓰러지겠다고 나무라 며 자중자애를 당부했다. 아, 나의 천사여! 이제 나는 그대를 위해 살아가리라!

7월 6일

여전히 로테는 죽어가는 여자 친구를 보살피고 있다. 로테는 언제나 한결같고, 늘 곁을 지켜주는 마음씨 고운 사람이며, 어디를 가든 고통을 덜어주고 행복을 안겨준다. 어제저녁 그녀는 여동생 마리아네와 어린 말헨을 데리고 산책을 나왔는데, 나는 그럴 줄 알고 이들을 만나서 함께 산책을 했다. 한시간 반 정도 걸은 다음 우리는 시내 쪽으로 발길을 돌려서 내가 너무나 소중히 여기는 그 우물가로 갔다. 로테는 얕은 축대 위에 걸터앉았고, 우리는 그 앞에 서 있었다. 나는 주위를 둘러보았다. 내 마음이 너무나 외롭던 시절의 기억이 생생하게 되살아났다. 내가 말했다. "정겨운 우물이여, 시원한 샘물로 휴식을 취한 지도 한참 되었구나. 서둘러 지나가느라고 때로는 너에게 눈길도 주지 않았지." 아래쪽을 내려다보니 말헨이 물을 한 잔 들고 바삐 올라오고 있었다. 다시 로테를 바라보자 나는 내가 그녀에게 품은 감정을 오롯이 느낄 수 있었다. 그사이에 말헨이 물을 들고 다가왔다. 마리아네가 잔을 받으려 하자 말헨은 "안돼!"라고 외치며 너무나 귀엽게 말했다. "안돼, 로테 누나가 먼저 마셔야 하니까!" 나는 진심 어린 선의에서 우러나오는 그 말에 너무나 감격하여 그 느낌을 뭐라 형언할 수 없어서 말헨을 번쩍 안아올려 격렬히 입을 맞추었다. 그러자 아이는 소리를 지르며 울기 시작했다. "그렇게 하시면 안돼요." 로테가 말했다. 나는 머쓱해졌다. 로테는 "이리 오렴, 말헨" 하고는 아이의 손을 잡고 계단을 내려갔다. "시원한 샘물로 세수해야지, 얼른. 그럼 괜찮아질 거야." 나는 우두커니 서서 아이가 고사리손으로 물을 적셔서 부지런히 볼을 문지르는 모습을 유심히 바라보았다. 아이는 기적의 샘물로 모든 불결한 것을 깨끗이 씻어내고 보기 흉한 수염으로부터 받은 수모를 지울 수 있다고 철석같이 믿는 눈치였다. 로테가 "그만하면 됐단다!"라고 해도 아이는 이왕이면 많이 할수록 좋다는 듯이 계속 씻었다. 빌헬름, 분명히 말하건대 일찍이 이보다 더 경건한 마음으로 세례식에 참례해본 적은 없다네. 로테가 올라오자 나는 마치 한 종족 전체의 죄를 모두 씻어낸 예언자를 대하듯 그녀 앞에 엎드려 절이라도 하고 싶었다네.

저녁이 되자 나는 흐뭇한 마음에 낮에 있었던 일을 어떤 남자에게 털어놓지 않을 수 없었다. 그는 사리분별이 있는 사람이어서 나는 그의 인간적 심성을 신뢰하는 터였다. 그런데 내가 그런 대답을 듣게 될 줄이야! 그는 로테가 잘못했다고 하면서, 어린아이를 속여선 안된다는 것이었다. 그런 식으로 아이를 속이면 숱한 오류와 미신의 빌미가 되므로 일찍부터 어린아이를 오류와 미신으로부터 보호해야 한다는 것이었다. 그런데 그가 한주 전에 세례를 받은 사실이 떠올라서 나는 그가 하는 말에 맞대응을 하지 않고 내 마음속으로만 진실을 간직했다. 우리는 하느님이 우리를 대하듯 어린아이를 대해야 한다. 우리가 마냥 즐거운 환상에 잠겨 있을 때 하느님은 우리를 가장 행복하게 해주시는 것이다.

7월 8일

　사람이란 정말 어린아이 같다! 눈길 한번 마주치려고 이렇게 안 달하다니! 어쩌면 이렇게 어린아이 같을까! 우리는 발하임으로 갔다. 여자들은 마차를 타고 갔다. 산책 도중에 나는 로테의 검은 눈에서…… 나의 바보 같은 모습을 용서하게나. 하지만 자네도 그녀를, 그녀의 검은 눈을 직접 봐야만 해. 요점만 말하면 (나는 졸려서 자꾸만 눈꺼풀이 내려오니까) 여자들이 마차에 올랐고, 마차 주위에는 젊은 W씨와 젤슈타트, 그리고 아우드란과 내가 서 있었다. 여자들은 유쾌하기 그지없는 이 친구들과 마차 문 너머로 잡담을 나누고 있었다. 그러는 동안에도 나는 로테의 눈길을 찾았다. 그녀는 한 사람씩 차례로 눈길을 주었다. 하지만 너무나 외롭게 낙담해 있는 나에게는, 나에게는 눈길을 주지 않았다! 나에게는! 나는 마음속으로 수천번이나 그녀에게 작별인사를 했다. 그런데 그녀는 나를 보지 않았던 것이다. 마차는 지나갔고, 내 눈에는 한 줄기 눈물이 고였다. 나는 로테의 뒷모습을 바라보았다. 마차 문에 기대고 있는 그녀의 머리장식이 언뜻 보였다. 그녀는 뭔가를 보려는 듯 고개를 돌렸다. 아! 나를 보려고 했던 것일까? 아직도 아리송하다. 하지만 아마도 나를 돌아보려 했을 거라고 위안을 삼는다. 아마도! 잘 자게, 친구여! 아아, 나는 어쩌면 이렇게 어린아이 같은지!

7월 10일

여러 사람이 어울리는 자리에서 로테에 관한 이야기가 나오면 내가 얼마나 바보같이 구는지 자네가 한번 봐야 하는데! 심지어 그녀가 마음에 드느냐고 질문을 받으면? 마음에 드느냐고? 나는 이 말을 죽도록 싫어한다. 로테는 나의 모든 감각, 모든 느낌을 가득 채우고 있는데, 도대체 어떤 인간이 겨우 마음에 드느냐는 식으로 물어본단 말인가! 마음에 드느냐고! 얼마 전에 어떤 사람이 나에게 오시안[20]이 마음에 드느냐고 물어보았다!

7월 11일

M 부인은 병세가 위중하다. 나는 그녀가 소생하기를 기원한다. 나는 로테와 더불어 이 힘든 상황을 감내하고 있다. 로테는 여자 친구들과의 왕래가 드문데, 이상하게도 오늘은 소상한 이야기를 들려주었다. M 부인의 늙은 남편은 인색하고 욕심 많은 구두쇠인데, 그동안 살아오면서 부인을 무던히도 괴롭히고 꼼짝 못하게 가둬두었다고 한다. 그렇지만 부인은 언제나 힘든 상황을 스스로 헤

---

20 고대 켈트족의 전설적인 시인이자 영웅.

쳐나가는 법을 알았다. 며칠 전에 의사가 그녀에게 이젠 더 살 가망이 없다고 하자 그녀는 남편을 불러오게 하더니 (그때 로테가 함께 방 안에 있었다) 남편에게 이렇게 말했다. "한가지 고백할 게 있어요. 제가 죽고 나면 이 일로 혼란과 불화가 생길 것 같아서요. 저는 지금까지 최대한 야무지게 근검절약을 하면서 집안 살림을 꾸려왔어요. 제가 삼십년 동안 당신을 속였다 하더라도 당신은 절 용서하실 거예요. 당신은 결혼 초기에 부엌 살림이나 집안의 다른 여러 씀씀이에는 아주 적은 몫을 책정하셨지요. 살림이 불어나고 장사 규모가 커져도 당신은 일주일 생활비를 그에 비례해서 올려줄 생각을 하지 않았어요. 당신도 알다시피 요컨대 수입이 가장 많을 때도 7굴덴으로 일주일을 살아야 한다고 하셨지요. 저는 싫은 소리 하지 않고 그 돈을 받아서 쓰고 모자라는 생활비를 매주 매상고에서 끌어다 썼어요. 주인 여자가 집안 금고를 축낼 거라고는 아무도 짐작하지 못할 테니까요. 저는 한푼도 허비하지 않았어요. 만약 제 뒤를 이어서 이 집 살림을 맡을 여자가 달리 자구책을 마련할 줄 아는 사람이라면 저는 이런 비밀을 털어놓지 않고 마음 편히 저세상으로 갔을 거예요. 당신은 보나 마나 첫번째 부인은 그 돈으로도 넉넉히 살림을 했다고 우길 테니까요."

나는 인간의 마음이란 믿기지 않을 정도로 꽉 막힐 수도 있으니 남편 되는 사람을 너무 나쁘게 보지는 말자고 로테와 얘기했다. 생활비가 두 배는 더 들어갈 판에 겨우 7굴덴으로 일주일을 버티라고 했다면 뭔가 남모를 사정이 있지 않았겠느냐는 것이다. 그렇긴

하지만 나는 예언자의 영원한 성유聖油 단지[21]를 집 안에 두고도 경
탄할 줄 모르는 사람들을 내 눈으로 직접 본 것이다.

7월 13일

아니다! 나 자신을 속이는 것이 아니다! 나는 그녀의 검은 눈에
서 나에 대한, 나의 운명에 대한 진실한 관심을 읽어낼 수 있다. 정
말 나는 그녀가 나를 ─ 아, 이 신성한 말을 감히 입에 올려도 될
까? ─ 사랑하고 있다는 것을 느낀다! 그 점에서는 나 자신의 마음
을 믿을 수 있다.

나를 사랑한다! 그녀가 나를 사랑하게 된 이래로 나는 나 자신에
게 얼마나 소중한 존재가 되었으며 나 자신을 얼마나 존중하는지
모른다. 빌헬름, 자네는 이런 문제에 일가견이 있으니 자네한테는
편하게 이런 말을 해도 무방하겠지.

혹시 내가 잘못 생각한 것일까? 아니면 우리의 진정한 관계를
제대로 느끼고 있는 것일까? 로테의 마음을 차지하고 있지 않을까
걱정되는 그 남자가 누구인지 나는 모른다. 그렇지만 그녀가 약혼
자에 관해 얘기할 때면 너무나 따뜻하고 사랑스러운 모습으로 말
한다. 그럴 때면 나는 모든 명예와 품위를 박탈당하고 단검마저 빼

---

21 예언자 엘리야와 사르밧의 과부를 암시함. 열왕기상 17:10~17.

앗긴 사람의 심정이 된다.

7월 16일

나도 모르게 내 손이 그녀의 손에 닿거나 테이블 아래에서 우리의 발이 서로 닿으면 나는 온몸에 피가 끓어오른다! 그러면 나는 불에 덴 것처럼 움찔했다가 다시 그 어떤 알 수 없는 힘이 나를 앞으로 몰아붙이며, 나의 모든 감각은 아찔한 현기증을 느낀다. 아! 그런데 그녀의 순진무구함, 거리낌 없는 영혼은 아무리 사소한 친밀감의 표현에도 내가 얼마나 괴로워하는지 느끼지 못한다. 그녀가 대화를 나누다가 자기 손을 내 손에 올려놓거나 나를 설득하기 위해 바싹 다가와서 그녀의 입에서 나오는 천상의 숨결이 내 입술에 닿기라도 하면, 그럴 때면 나는 번개를 맞은 것처럼 쓰러질 것만 같다. 그런데 빌헬름! 내가 어찌 감히 이 천상의 존재를, 그녀의 신뢰를……! 자네는 내 심정을 이해하겠지. 그래, 내 마음이 그렇게 타락하지는 않았어! 나약해! 너무나 나약해! 그런데 나약함도 타락이 아닐까?

그녀는 나에게 성스러운 존재다. 그녀 앞에 있으면 모든 욕망이 잠잠해진다. 그녀와 함께 있으면 나는 어쩔 줄 모른다. 온몸의 모든 신경에서 내 영혼이 요동친다. 그녀가 어떤 멜로디를 피아노로 연주할 때면 천사의 힘이 느껴진다! 너무나 소박하고도 재치있는 연주다! 그것은 그녀의 애창곡으로, 그 첫 소절만 연주해도 나의 모든 고통과 혼란과 변덕은 말끔히 사라진다.

자고로 음악이 마술의 힘을 지녔다는 것은 허튼 말이 아니다. 소박한 노래가 얼마나 내 마음을 사로잡는가! 내가 내 머리에 대고 총이라도 쏘고 싶어질 때면 그녀는 그런 노래를 들려줄 줄 아는 것이다! 그러면 내 마음속의 혼란과 어둠은 사라지고 나는 다시 편안하게 숨을 쉴 수 있다.

7월 18일

빌헬름, 사랑이 없는 세상은 얼마나 삭막할까! 불 꺼진 마술 환등幻燈 같은 것이 아닐까! 램프를 밀어넣으면 곧바로 오색찬란한 영상들이 마음의 하얀 스크린에 비춰진다! 그 영상들이 그저 스쳐지나가는 환영에 불과할지라도 풋풋한 젊은이들마냥 그 영상을 보며 기적 같은 현상에 황홀해한다면 그것이 바로 행복이 아닐까. 오늘은 로테를 만나러 가지 못했다. 부득이하게 모임이 있어서 갈 수 없었다. 그러면 어떻게 해야 할까? 나는 하인을 보냈고, 오늘 그녀 가까이에 갔던 그 하인을 내 곁에 둘 생각이었다. 그 하인을 얼마나 애타게 기다렸던가! 그가 다시 돌아오자 얼마나 기뻤던가! 부끄러운 생각만 없었다면 그의 머리를 잡고 입이라도 맞추었을 것이다.

전해지는 말로는 형광석은 햇빛을 받으면 빛을 흡수했다가 밤이 되면 한동안 빛을 발한다고 한다. 로테한테 보냈던 하인을 보면 그런 생각이 든다. 하인의 얼굴과 뺨, 저고리 단추와 외투의 옷깃에 그녀의 눈길이 닿았을 거라고 생각하니 그 모든 것이 너무나 신성하고 소중해 보인다. 그 순간 나는 누가 1000탈러를 준다 해도 이 하인을 내주지 않았을 것이다. 그와 함께 있으니 너무 기분이 좋았다. 빌헬름, 이런 내 모습을 비웃더라도 난들 어쩌겠나. 이렇게 기분이 좋은 것이 단지 환상일 뿐일까?

7월 19일

그녀를 만나야겠다! 나는 아침마다 기운을 북돋아 한없이 밝은 마음으로 아름다운 태양을 바라보며 이렇게 외친다. 그녀를 만나야겠다! 나는 하루 종일 오로지 그녀를 만나고 싶은 생각밖에 없다. 그 소망이 다른 모든 것을 집어삼킨다.

7월 20일

자네와 어머니는 내가 공사公使를 모시고 ○○○로 가도록 주선할 모양인데, 나는 아직 그럴 생각이 없네. 나는 얽매이는 것이 싫고, 게다가 우리 모두가 알다시피 그 양반은 역겨운 인간이지. 자네 말로는 어머니께서 내가 뭔가 활동을 하기를 원하신다고 하는

데, 그 말을 듣고 나는 웃었네. 그럼 내가 지금은 아무런 활동도 하지 않는다는 말인가? 내가 완두콩을 헤아리든 편두를 헤아리든 결국 마찬가지 아닌가? 세상만사는 결국 허황된 놀음에 지나지 않아. 자기 자신의 정열이나 욕구와는 아무런 상관도 없이 다른 사람들을 위해 돈과 명예 또는 그밖의 것을 얻으려고 자신을 혹사시키는 사람은 확실히 바보야.

7월 24일

그림 그리기를 소홀히 하지 말라고 자네가 그렇게 마음을 써주니까 여태까지 진척된 것이 거의 없다고 솔직히 말하느니 차라리 이 문제는 모른 체하고 넘어가고 싶네.

작은 돌멩이 하나 풀잎 한 포기에 이르기까지 자연에서 느끼는 감정이 이토록 행복하고 충만하고 절실한 적은 일찍이 없었다. 그런데도 이 느낌을 과연 어떻게 표현해야 할지 모르겠다. 나의 상상력이 너무 빈약해서 모든 것이 내 영혼에 어렴풋이 가물거리기만 할 뿐 명확한 윤곽을 파악할 수가 없다. 그렇지만 만약 찰흙이나 밀랍이 있다면 이 느낌을 근사하게 빚어낼 수 있을 거라고 상상해본다. 이런 상태가 좀더 오래 지속된다면 찰흙을 가지고 반죽을 해볼 수도 있겠다. 설령 그것이 과자가 된다 하더라도!

로테의 초상화를 그리려고 세번이나 시도했지만 세번 모두 망치고 말았다. 얼마 전에 로테를 만났을 때는 너무나 행복했기에 오히려 더 짜증이 난다. 결국 나는 그녀의 씰루엣 그림만 그렸고, 그것으로 만족할 수밖에 없다.

7월 26일

그래요, 로테, 어떤 일이든지 알아서 해드리겠습니다. 저한테 더 많은 일을 시켜주세요. 더 자주요. 그런데 한가지만 부탁을 드리자면 저에게 보내는 편지에 모래를 뿌리지는 말아주세요.[22] 오늘은 서둘러 입술로 편지를 개봉하다가 그만 모래를 씹고 말았답니다.

7월 26일

나는 로테를 너무 자주 찾아가지 않겠다고 이미 여러 차례 마음먹었다. 하지만 과연 누가 그런 결심을 지킬 수 있을까! 나는 매일 유혹에 넘어가면서도 내일은 결코 찾아가지 않으리라고 성호를 그으며 스스로 다짐한다. 그런데 아침이 밝아오면 다시 그녀를 찾아가지 않을 수 없는 구실을 만들어서 나도 모르는 사이에 이미 그

---

22 잉크가 번지지 않도록 가는 모래를 뿌리는 관습을 가리킴.

녀의 집에 가 있다. 아마도 전날 저녁에 그녀가 "내일도 오시겠어요?"라고 물어본 것 같기도 하다. 그런데 어떻게 찾아가지 않을 수 있겠는가? 아니면 그녀가 나에게 부탁한 일이 있는데 직접 그녀에게 답변을 해주는 편이 좋겠다고 생각했는지도 모르겠다. 또는 날씨가 너무 좋아서 발하임으로 산책을 갔는데, 그곳에서 그녀의 집까지는 겨우 반시간밖에 걸리지 않는 것이다! 나는 대기에서 그녀가 너무 가까이 있음을 느낀다. 그러면 단숨에 그녀의 집까지 간다. 언젠가 할머니께서 자석으로 이뤄진 산에 관한 동화를 들려주신 적이 있다. 그 산 가까이 다가오는 배들은 쇠붙이가 모조리 떨어져 나가는데, 쇠못도 빠져서 산으로 딸려가기 때문에 불쌍한 선원들은 부서져 내리는 배의 판자들 틈에서 허우적거린다는 것이다.

7월 30일

알베르트가 돌아왔다. 그러니 나는 떠나고자 한다. 그는 너무나 훌륭하고 고상한 사람이어서 어느 모로 보든 내가 꿀린다는 것을 나는 기꺼이 인정할 용의가 있다. 그렇지만 그가 이토록 수많은 완벽함을 소유하고 있다는 것을 바로 눈앞에서 지켜봐야 한다는 것은 정말 견디기 힘든 일이다. 소유라! 그래, 빌헬름, 약혼자가 왔다네! 훌륭하고 사랑스러운 남자이니 누구든 그에게 잘 대해줄 수밖에 없다. 다행히 그가 돌아올 때 나는 그 자리에 없었다! 내가 만약 그 자리에 있었더라면 가슴이 찢어졌을 것이다. 그 사람 역시 점잖아서 내가 보는 앞에서는 단 한번도 로테에게 키스를 한 적이 없다. 정말 복 받을 사람이다! 그가 로테를 존중해주니까 나 역시 그를 좋아하지 않을 수 없다. 그는 나에게 호감을 갖고 있는데, 짐작건대 진솔한 감정에서 우러나온 것이라기보다는 로테의 작품인 것 같다. 그런 면에서는 여자들이 섬세하고 올바른 판단을 하게 마련이다. 자신을 숭배하는 두 남자가 서로 사이좋게 지내면 언제나 득을 보는 것은 여자 쪽인 것이다. 물론 그런 관계가 좀처럼 유지되긴 어렵지만 말이다.

어떻든 나는 알베르트에게 경의를 표하지 않을 수 없다. 그의 느긋한 표정은 불안한 성격을 감추지 못하는 나와는 두드러지게 대조가 된다. 그는 감정이 풍부하고, 로테의 특별한 매력이 무엇인지 잘 안다. 그는 불쾌한 감정을 모르는 사람 같다. 자네도 알다시피 불쾌함은 내가 인간의 악덕 중에 무엇보다 싫어하는 것이다.

그는 내가 감수성이 풍부한 사람이라 여기고 있다. 그래서 내가 로테한테 애착을 갖고 그녀의 일거수일투족에서 내가 뿌듯한 기쁨을 느끼면 그의 승리감은 더욱 고취되고, 그는 더더욱 그녀를 사랑하게 되는 것이다. 혹시 그가 사소한 질투심 때문에 이따금 그녀를 괴롭히든 말든 내가 관여할 일은 아니다. 하지만 적어도 내가 그의 입장이라면 이런 못된 친구에게 완전히 마음을 놓지는 못할 것 같다.

알베르트가 어찌하든 간에 내가 로테의 곁에서 느끼는 기쁨은 사라졌다. 내가 로테에게 매달리는 것을 어리석음이라 해야 할까, 아니면 미혹이라 해야 할까? 하긴 뭐라고 하든 무슨 상관인가! 사태의 진상은 너무나 명백하다! 나는 알베르트가 오기 전에 이미 이렇게 될 줄 알았다. 나는 로테에게 그 어떤 요구도 해서는 안된다는 것을 알고 있었고, 실제로 어떤 요구도 하지 않았다. 물론 이렇게 사랑스러운 여성을 앞에 두고 욕망을 끊는 것이 가능한 한도 내에서는 말이다. 그런데 정말로 약혼자가 나타나서 여자를 빼앗아 가니까 이 한심한 인간은 어리둥절해지는 것이다.

나는 이를 앙다물고 나의 비참한 모습에 조소를 보낸다. 하지만 이제 다른 도리가 없으니 나더러 체념하라고 말하는 사람이 있다면 두 배 세 배로 비웃어줄 것이다. 그런 허수아비 같은 자들은 꼴도 보기 싫다! 숲 속을 이리저리 거닐다가 로테의 집에 갔더니 알베르트가 정원에 있는 정자에서 그녀 곁에 앉아 있었다. 나는 더이상 어떻게 해볼 도리가 없어서 멋대로 바보같이 굴기도 하고, 우스꽝스러운 짓거리와 황당한 소동을 벌이기도 했다. 그러자 오늘은 로테가 나에게 말했다. "제발 부탁드리는데, 어제저녁 같은 소동은 그만하세요! 그렇게 너무 흥분하시니까 끔찍해 보였어요." 빌헬름, 우리끼리 얘기지만 나는 알베르트가 볼일이 생기기를 기다렸다가 후닥닥 밖으로 나온다네. 그녀가 그렇게 혼자 있을 때면 나는 언제나 기분이 좋다네.

8월 8일

불가피한 운명에 순응하라고 요구하는 자들을 견딜 수 없다고 비난했지만, 빌헬름 자네를 두고 한 말은 아니야. 나는 자네가 그렇게 생각하리라고는 상상도 못했네. 근본적으로 따지면 자네 생각이 옳아. 하지만 하나만 말해두겠네. 이 세상에는 '이것 아니면 저것' 식의 양자택일이 거의 통하지 않아. 매부리코와 넓적코 사이에도 여러 단계가 있듯이, 인간의 감정과 행동방식도 천차만별이지.

그러니 내가 자네 의견에 전적으로 동의하면서도 양자택일의 길은 살짝 피해 가려고 하더라도 나쁘게 생각하지는 말아주게.

자네 말대로라면 나는 로테에게 희망을 걸든지 아니면 깨끗이 단념해야 하네. 그러니까 전자의 경우라면 희망을 끝까지 밀고 가서 소망을 이루어야 한다는 것이지. 하지만 후자의 경우라면 정신 차리고 심신의 기력을 송두리째 갉아먹는 비참한 감정에서 벗어나야 한다는 것이고. 친구여! 그건 좋은 말일세. 그리고 제때에 해준 말이기도 해.

그런데 서서히 진행되는 병에 걸려서 쉴 새 없이 조금씩 죽어가는 불행한 사람이 있다고 해보세. 그런 사람에게 자네는 단검으로 단숨에 고통을 끝장내라고 요구할 수 있겠는가? 그리고 그의 기력을 갉아먹는 고통은 고통에서 벗어나려는 용기마저 빼앗아가버리지 않는가?

물론 자네는 이와 비슷한 비유를 들어 나에게 응수할 수 있겠지. 마냥 머뭇거리며 질질 끌다가 목숨을 위태롭게 하느니 차라리 아픈 팔을 잘라내는 편이 낫지 않겠느냐고 말이야. 글쎄, 잘 모르겠네. 아무튼 이렇게 비유를 들어 옥신각신하고 싶지는 않아. 그래, 나도 때로는 모든 걸 떨쳐내고 싶은 용기가 불끈 솟는 순간이 있어. 그런 순간에는 내가 어디로 가야 하는지 알기만 한다면 훌쩍 떠나고 싶어진다네.

8월 8일 저녁

오늘은 한동안 내팽개쳐두었던 일기장을 다시 손에 들었다. 나는 사태가 이렇게 진행될 줄 뻔히 알면서도 이 모든 상황을 향해 한 걸음씩 더 깊숙이 발을 들여놓은 것을 보면서 깜짝 놀랐다. 내가 처한 상황을 늘 분명히 직시하면서도 언제나 어린애처럼 행동했던 것이다. 지금도 상황을 분명히 직시하고 있지만 여전히 개선될 가망은 없어 보인다.

8월 10일

내가 바보처럼 굴지만 않으면 더없이 행복한 최고의 삶을 누릴 수도 있을 텐데. 지금 내가 처한 상황처럼 주위 사정이 절묘하게 들어맞아서 한 사람의 영혼을 기쁘게 해주기는 결코 쉬운 일이 아니다. 오로지 우리의 가슴만이 행복을 가져다줄 수 있다는 것은 분명하다. 이 사랑스러운 가정의 일원이 되어 아들처럼 노인네의 사랑을 받고 또 아이들로부터는 아버지처럼 사랑을 받고 로테의 사랑도 받을 수만 있다면! 설령 내가 그런다 하더라도 점잖은 알베르트는 심술궂게 나의 행복을 방해하지는 않을 것이다. 그는 진심 어린 우정으로 나를 포용해주니까. 그는 나를 로테 다음으로 세상에서 가장 소중한 존재로 대하는 것이다! 빌헬름, 알베르트와 내가 산책을 하면서 로테에 관해 담소를 나누고 상대방의 이야기를 듣는 것은 즐거운 일이라네. 세상에서 이 삼각관계처럼 우스꽝스러운 발명품도 없지만, 그래도 나는 종종 이 관계로 인해 눈물을 흘린다.

알베르트는 생시에 성품이 올곧았던 로테의 어머니에 대해 이야기해주었다. 로테의 어머니는 임종 자리에서 집안 살림과 아이들을 로테에게 맡기면서, 알베르트에게는 로테를 맡아달라고 당부했다고 한다. 그때부터 로테는 전에 없이 놀라운 정신력을 발휘하여 살림을 돌볼 때나 중대사를 치를 때나 영락없이 엄마 노릇을 했고, 한순간도 놓치지 않고 활동적인 사랑을 베풀고 일을 손에서 놓지 않았으며, 그러면서도 쾌활함과 경쾌한 마음을 결코 잃지 않았다는 것이다. 나는 알베르트와 나란히 걸어가면서 길가에 핀 꽃을 꺾어 정성을 다해 꽃다발을 엮어서 흘러가는 시냇물에 던지고는 꽃다발이 출렁이며 아래쪽으로 떠내려가는 것을 지켜보았다. 빌헬름, 자네한테 이야기했는지 모르겠는데, 알베르트는 이곳에 머물면서 그를 총애하는 궁정에서 보수가 상당한 관직을 얻게 될 모양일세. 나는 이 친구만큼이나 절도 있고 성실하게 일을 하는 사람은 보지 못했다네.

8월 12일

확실히 알베르트는 세상에서 가장 훌륭한 사람이다. 나는 어제 그 친구와 기이한 다툼을 벌였다. 나는 작별인사를 하려고 그를 찾아갔다. 나는 불현듯 산속으로 말을 타고 여행을 떠나고 싶은 생각이 들었던 것이다. 빌헬름 자네한테 보내는 이 편지도 산중에서 쓰는 것일세. 아무튼 알베르트의 방 안을 서성이고 있는데 권총이 눈에 띄어서 내가 말했다. "권총 좀 빌려주게. 여행 갈 때 갖고 가려고." 그러자 그가 말했다. "좋을 대로 하게나. 총알을 장전하는 수고를 감수할 용의가 있다면 말이야. 나는 그냥 폼으로 걸어두거든." 그사이에 나는 권총을 한 자루 집어들었고, 알베르트는 계속 말을 이었다. "나의 신중함이 엉뚱한 불상사를 초래한 이후로 나는 되도록이면 이 물건을 멀리하고 싶다네." 나는 어떤 사연인지 호기심이 생겼다. 그가 이야기를 들려주었다. "언젠가 석달 동안 시골에 있는 친구 집에 머물고 있을 때였어. 그때 나는 장전하지 않은 권총 두 자루를 소지한 채 조용히 잠자리에 드는 버릇이 있었지. 그러던 어느날 비가 내리는 오후 나절에 무료하게 앉아 있는데, 갑자기 나도 모르게 어쩌면 우리가 습격을 받을지도 모른다는 생각이 든 거야. 그러면 권총이 필요하겠다 싶었는데, 그런 기분이 어떤 것인지는 자네도 잘 알겠지. 나는 권총을 하인에게 주고는 잘 닦고 총알을 장전하게 했지. 그런데 하인이 장난으로 하녀들을 놀래주려다가 어찌 된 영문인지 그만 총이 발사되고 말았다네. 장전용 꽂을대가 아직 꽂혀 있었는데, 그 꽂을대가 튕겨 나가 한 하녀의 오른손 엄지손가락 아래 근육을 파고들어서 손가락이 으깨지고 말았지. 그래서 나는 그 하녀가 울고불고 하소연하는 소리를 들어야 했고, 치료비도 물어줘야 했다네. 그런 일이 있고부터는 총기는 죄다 장전하지 않은 채로 둔다네. 하지만 조심한들 무슨 소용인가? 위험이라는 것은 아무리 대비해도 예측할 수 없는 법이니까! 하기는……" 그런데 빌헬름, 자네도 알다시피 나는 아무리 좋아하는 사람도 이렇게 '하기는……' 하고 예외단서를 달면 질색이라네. 모든 일반적인 명제에는 예외가 있게 마련이라는 것은 너무 당연하지 않은가? 그런데도 잘난 체하는 것이 인간이다! 뭔가 조급한 판단을 하거나 너무 일반적인 것 또는 반 토막의 진실을 말했다고 생각하면 쉴 새 없이 제한을 가하고 수정을 하고 빼고 더하고 해서 결국에는 완전히 핵심에서 벗어나게 되는 것이다. 그런데 알베르트가 바로 그런 경우에 빠져서 자기 생각에만 몰입했다. 그래서 나는 결국 더이상 그의 말을 듣지 않고 이런저런 공상에 빠지고 말았다.

그러다가 나는 격한 몸짓으로 권총의 총구를 오른쪽 눈 위의 이마에 갖다대보았다. 그러자 알베르트가 내가 겨누고 있는 권총을 아래로 끌어내리면서 말했다. "이런! 대체 뭐 하는 짓인가?" 나는 "장전되어 있지 않다면서"라고 대꾸했다. 그러자 알베르트는 참지 못하고 이렇게 응수했다. "그래도 그렇지. 장전되어 있지 않다고 해도 어쩔 셈인가? 나는 인간이 아무리 어리석어도 어떻게 자기 자신을 쏘아 죽일 수 있는지 상상도 할 수 없네. 생각만 해도 혐오감이 치밀어."

나는 소리쳤다. "사람들은 어떤 문제에 관해 이야기를 꺼내면 다짜고짜 '그건 어리석어! 그건 현명해! 그건 좋아! 그건 나빠!'라고 말하지 않고는 못 배기지. 하지만 그 모든 말이 대체 무슨 소용인가? 그런 행동을 하지 않을 수 없는 속사정을 따져보기라도 했단 말인가? 과연 어째서 그런 행동이 벌어졌고 벌어져야만 했는지 그 원인을 확실히 규명할 수나 있단 말인가? 만일 그랬다면 그렇게 조급하게 판단을 내리지는 않을 걸세."

그러자 알베르트가 말했다. "그렇지만 어떤 행동들은 그 동기가 어떠하든 간에 악덕이라는 것을 자네도 인정하겠지."

나는 어깨를 으쓱하며 그의 말이 옳다고 인정했다. 그러면서도 하던 말을 계속 이어갔다. "여보게, 물론 그런 경우에도 몇몇 예외가 있긴 하지. 도둑질이 악덕인 것은 사실이야. 하지만 당장 굶어죽을 지경인 가족과 자신을 구하기 위해 도둑질한 사람은 동정을 받아야 할까, 아니면 처벌을 받아야 할까? 바람을 피운 아내와 저

열한 유혹자를 의분을 삭이지 못해 죽인 남편에게 누가 먼저 돌을 던질 수 있겠는가? 그지없는 환희의 시간을 맞아 걷잡을 수 없는 사랑의 희열에 몸을 맡긴 처녀에게 누가 먼저 돌을 던지겠는가? 우리나라의 법률 자체도, 아무리 냉혹하고 고지식한 법관이라도, 감동을 받아서 처벌을 철회할 걸세.”

“그건 전혀 그렇지 않아.” 알베르트가 대꾸했다. “격정에 사로잡힌 사람은 일체의 분별력을 잃고 취한이나 미친 사람으로 간주되니까.”

“아, 자네처럼 이성적인 사람들이란!” 나는 웃는 얼굴로 소리쳤다. “격정! 도취! 광기! 자네 같은 사람들은 아무런 동정심도 없이 느긋하게 지켜보기만 하지. 자네처럼 윤리적인 사람들은 술꾼을 나무라고, 정신 나간 사람을 혐오하고 성직자처럼 그냥 지나쳐버리지. 그러면서 하느님이 자신을 그런 부류의 인간으로 만들어주지 않아서 다행이라고 바리새인처럼 감사하지. 나도 가끔 취해본 적이 있고 나의 격정은 광기에서 멀리 떨어져 있지 않지만, 나는 그 두가지를 후회해본 적은 없네. 왜냐하면 뭔가 위대한 일, 불가능해 보이는 일을 해내는 비범한 사람들은 모두 예로부터 취한이나 광인으로 지탄받았다는 것을 내 나름으로 깨달았기 때문이지.

그런데 평범한 생활에서도 어느정도 자유롭고 고귀하고 예기치 않은 행동을 하면 어김없이 ‘저 인간은 취했군, 바보같이 굴잖아!’라며 흉보는 소리를 듣는 것은 견디기 힘든 일이야. 자네처럼 냉정한 사람들은 부끄러운 줄 알아야 한다니까! 똑똑한 체하는 사람들이야말로 부끄러운 줄 알아야 해!"

"자네 또 엉뚱한 생각을 하는군." 알베르트가 말했다. "자네는 매사를 너무 과장해. 적어도 이 문제에 관해서는 자네 생각이 옳지 않아. 지금 거론되는 그런 자살을 위대한 행위에 견주다니. 자살이란 단지 나약함일 뿐이야. 고통스러운 삶을 꿋꿋이 견디는 것보다는 차라리 죽는 편이 더 쉬울 테니까 말이야."

나는 정말로 대화를 그만두고 싶었다. 내가 혼신의 열정을 다해 이야기하는데, 정작 상대방은 뻔한 소리를 반론이랍시고 내세울 때보다 더 열에 받치는 경우는 없기 때문이다. 그렇지만 나는 자제했다. 그런 소리는 이미 종종 들어온 터였고, 그래서 자주 화를 냈기 때문이다. 나는 다소 격한 어조로 그에게 말했다. "자네는 그런 것을 나약함이라고 하나? 겉모습만 보고 오해하지 말기 바라네. 폭군의 견디기 힘든 압제에 신음하던 백성이 마침내 떨쳐일어나 압제의 사슬을 끊는 경우에도 나약하다고 할 텐가? 집에 불이 나서 겁에 질린 채 평소의 담력으로는 꿈쩍이지도 못하던 무거운 짐을 혼신의 힘을 다해 거뜬히 옮기는 사람, 모욕을 당하고 격분하여 여섯 명을 상대하여 제압한 사람, 그런 사람도 나약하다고 할 텐가? 이보게, 그렇게 힘을 쓰는 것이 강인함의 징표일진대, 과도한 긴장이 어째서 강인함의 반대인 나약함이라는 말인가?" 알베르트는 나를 빤히 바라보며 말했다. "나쁘게 생각하지 말고 듣게. 지금 자네가 언급한 사례들은 우리의 화제와는 동떨어진 것 같은데." 잠시 멈칫하다가 내가 말했다. "그럴지도 모르지. 내가 연상하는 방식이 때로는 헛소리에 가깝다고 종종 핀잔을 들어왔으니까. 평소에는 편안히 견디던 인생의 짐을 벗어던지려고 결심하는 사람의 심정이 어떠할지 과연 다른 방식으로 상상할 수 있을지 생각해보라고. 우리가 그런 사람의 심정이 되어 공감할 때만 그런 문제를 이야기할 자격이 있는 것이지."

나는 말을 계속 이어갔다. "인간의 본성에는 한계가 있어. 기쁨과 괴로움과 고통을 어느 한도까지는 견딜 수 있지만, 그 한도를 넘어가면 곧바로 쓰러지고 말지. 그러니까 나약한가 강인한가의 문제가 아니고, 도덕적으로든 신체적으로든 간에 과연 어느 한도까지 고통을 견뎌낼 수 있는가의 문제야. 그래서 나는 스스로 목숨을 끊는 사람을 비겁하다고 하는 것은 이상하다고 생각해. 마치 고약한 열병에 걸려 죽는 사람을 비겁하다고 하는 것이 적절치 않은 것과 마찬가지야."

"그건 궤변이야! 말도 안되는 궤변이라고!" 알베르트가 소리쳤다. "자네가 생각하는 것처럼 그렇게 터무니없지는 않아." 내가 대꾸했다. "다음과 같은 경우를 죽음에 이르는 병이라고 하는 데는 자네도 동의할 걸세. 일단 이 병에 걸리면 심신이 극심한 타격을 받아서 기력이 소진되고 작동을 멈춰서 다시는 기력을 회복할 수 없고, 제아무리 획기적인 소생술을 써도 생명의 정상적인 운행을 복구할 수 없게 되지.

그런데 이런 경우를 인간의 정신에 적용해보세. 제한된 환경에서 살아가는 사람은 외부의 자극에 영향을 받고 특정한 생각에 고

착되어서 마침내 격정이 점점 크게 자라나 차분한 사고력을 잃고 파멸로 치닫는 것이지.

느긋하고 이성적인 사람이 그런 불행에 빠진 사람의 상태를 위에서 내려다보았자 아무런 소용도 없어. 그런 사람에게 뭐라고 설득해도 아무런 소용이 없다고! 환자의 병상을 지키는 건강한 사람이 자신의 기력을 아픈 사람에게 조금도 불어넣어주지 못하는 것과 같은 이치야."

이런 말이 알베르트에게는 너무 일반적인 얘기로 들리는 것 같았다. 그래서 나는 얼마 전에 물에 빠져 죽은 채 발견된 어떤 소녀를 상기시키면서 그 사연을 다시 들려주었다. "그 선량한 아가씨는 집안 살림을 돌보며 주중에는 정해진 일을 하는 좁은 테두리 안에서 성장했지. 그녀에게는 일요일이 되면 조금씩 장만해둔 치장을 하고 또래의 여자 친구들과 함께 교외로 산책을 간다거나, 어쩌다가 명절이 돌아오면 빠짐없이 춤을 추러 가고, 또 때로는 말다툼이 생기거나 남의 흉을 볼 일이라도 생기면 이웃집 여자와 몇시간씩 정신없이 수다를 떨며 시간을 보내는 것 말고는 다른 낙이 없었네. 그런데 그녀의 뜨거운 천성은 드디어 좀더 내밀한 욕망을 느끼게 되었고, 남자들이 알랑거리자 그 욕망은 한껏 부풀어올랐어. 그리하여 이전까지 누렸던 즐거움은 점차 시들해졌지. 그러다가 마침내 한 남자를 만나게 되었는데, 여태까지 느껴보지 못한 감정에 불가항력으로 그 남자한테 반해버렸지. 그녀는 이제 그 남자에게 모든 희망을 걸었고, 주위의 세계를 까맣게 잊은 채 그 남자 말고는 아무것도 듣지도 보지도 느끼지도 못하는 상태가 되어 이 세상에 단 하나뿐인 그 남자만 사모할 따름이었어. 그녀의 욕망은 종잡을 수 없는 허영심에서 비롯되는 공허한 쾌락에 휩쓸리지 않고 곧장 목표를 향했지. 다시 말해 그의 아내가 되고 싶었던 거야. 영원한 결합을 통해 그녀가 지금까지 느껴보지 못한 모든 행복을 얻고, 그녀가 갈망하던 모든 기쁨의 합일을 맛보고 싶었던 것이지. 그녀에게 이 모든 희망을 확실히 보증해준 거듭된 언약과, 그녀의 욕망을 부추기는 대담한 애무가 그녀의 영혼을 완전히 사로잡았다네. 그녀는 온갖 기쁨을 미리 맛보며 몽롱한 의식 상태로 둥둥 떠다니는 듯한 느낌이었고, 극도로 긴장된 상태에서 마침내 모든 소망을 움켜잡기 위해 두 팔을 활짝 벌렸지. 그런데 애인이 그녀를 버리고 말았어. 그러자 그녀는 온몸이 마비된 듯 정신을 잃고 아득한 심연 앞에 서게 되었지. 주위가 암흑처럼 캄캄해지고, 그 어떤 가망도 위로도 기대도 가질 수 없게 되었다네! 그녀의 존재감을 보증해주던 남자가 자신을 버렸으니까. 그녀는 자기 앞에 놓인 넓은 세상이 보이지 않았고, 이러한 상실을 보상해줄 수도 있을 수많은 사람들이 눈에 들어오지 않았으며, 온 세상으로부터 버림받은 채 홀로 남겨진 외로움만 느꼈지. 그리하여 걷잡을 수 없는 마음의 고통에 짓눌려서 앞뒤 보지 않고 심연 아래로 뛰어내렸다네. 자신을 감싸는 죽음으로 모든 고통을 틀어막으려 했던 것이지. 여보게, 알베르트, 바로 이런 것이 적지 않은 사람들이 겪는 사연이라네! 이런 것이 질병의 사례가 아니고 뭐란 말인가? 인간은 그 본성상 이처럼 혼란스럽고 모순되는 힘들의 미로에 갇혀서 출구를 찾지 못하면 결국 죽을 수밖에 없는 것이지.

그런데도 이런 여성을 보고 '어리석은 여자로다! 시간을 두고 기다리면 시간이 약이 되어 절망이 가라앉고 자신을 위로해줄 다른 남자를 만날 수 있을 텐데'라고 말한다면 그자는 정말 못된 사람이야. 그것은 마치 다음과 같이 말하는 것과 진배없지. '열병에 걸려 죽다니, 어리석은 인간이로다! 시간을 두고 기다리면 기력이 회복되고 체액이 개선되어 끓어오르던 피가 가라앉을 텐데. 그러면 만사가 순조롭게 해결되고, 지금까지 살아 있을 텐데!'"

알베르트는 이러한 비유가 얼른 납득되지 않는 듯 몇 마디 반론을 제기했다. 특히 내가 들려준 이야기는 그저 생각이 단순한 한 소녀의 사연일 뿐이라는 것이었다. 생각이 꽉 막히지 않고 여러가지 상황을 조망할 줄 알고 지각이 있는 사람이라면 과연 그런 변명이 통할지 납득되지 않는다고 했다. 그러자 내가 큰 소리로 말했다. "이보게, 인간은 다 똑같아. 어떤 사람이 조금 더 지각이 있을 수도 있겠지만, 일단 격정이 끓어올라 인간의 한도를 넘어서면 지각이 있다 해도 별 소용이 없고 속수무책이지. 오히려…… 다음 기회에 더 이야기하기로 하지." 나는 그렇게 말하고는 모자를 집어들었다. 아, 가슴이 터질 것 같았다. 우리는 서로를 이해하지 못한 채 헤어졌다. 하긴 이 세상에서 다른 사람을 이해하기란 결코 쉬운 일이 아니다.

8월 15일

　세상에서 인간에게 무엇보다도 불가결한 것이 바로 사랑이라는 것은 분명하다. 나는 로테가 나를 잃고 싶어하지 않는다는 것을 그녀에게서 느낀다. 그리고 아이들도 언제나 내가 내일도 다시 와줄 거라고 철석같이 믿고 있다. 오늘은 로테의 피아노를 조율해주러 갔는데, 그럴 경황이 없었다. 아이들이 동화를 들려달라고 졸라댔기 때문이다. 로테는 아이들의 청을 들어주라고 했다. 나는 아이들에게 저녁 빵을 잘라서 나누어주었다. 이제 아이들은 빵을 로테한테서 받는 것과 다름없이 나한테서도 곧잘 받아먹었다. 그러고서 나는 아이들에게 여러개의 손들이 시중을 들어주는 공주님 이야기[23]를 해주었는데, 이 동화는 단골 메뉴였다. 빌헬름, 이럴 때면 나는 많은 것을 배운다고 자신있게 말할 수 있어. 아이들이 이런 동화에 얼마나 큰 감명을 받는지 나는 깜짝 놀라곤 한다. 같은 동화를 두번째 들려줄 때면 부차적인 대목은 곧잘 잊어버려서 내 스스로 지어낼 때도 있는데, 그러면 아이들은 먼젓번 이야기는 달랐다고 곧바로 지적해준다. 그래서 이제는 틀리지 않도록 이야기에 노래 곡조를 붙여서 실로 꿰듯이 정확히 암송하는 연습을 하고 있다. 이런 경험을 통해 나는 작가가 원래 이야기를 수정한 두번째 판본

----

23 갇혀서 굶주리는 공주에게 천장에서 손들이 내려와 먹을 것을 주었다는 동화를 말한다.

은 그 기법이 아무리 나아졌다 하더라도 결국 작품을 훼손시킨다는 것을 깨달았다. 우리는 첫인상에 호감을 갖게 마련이며, 인간이란 아무리 기이한 일도 자꾸 설득하면 믿게 마련이다. 일단 그렇게 믿고 나면 철석같이 굳어지기 때문에 그것을 다시 긁어내거나 지워 없애려고 하면 낭패를 볼 따름이다.

8월 18일

인간에게 행복을 안겨주는 것이 다시 불행의 원천이 되기도 하는 것은 어쩔 수 없는 것일까?

생생하게 살아 있는 자연에서 가슴으로 따뜻한 충만감을 느낄 때면 나는 엄청난 희열의 물결에 휩싸이고, 내 주위의 세계가 낙원처럼 느껴진다. 그런데 그런 느낌이 이젠 견딜 수 없는 고통을 안겨주고, 나를 괴롭히는 악령은 어디를 가도 나를 따라다닌다. 여느 때에는 바위 위에서 강물 너머 언덕들에 이르기까지 비옥한 골짜기를 내려다보고, 내 주위의 만물이 싹을 틔우고 샘솟는 것을 바라보았다. 그리고 산기슭에서부터 꼭대기까지 산에는 키 큰 나무들이 우거져 있고, 다양한 형태로 굽이치는 골짜기에는 너무나 아늑한 숲이 그늘을 드리우고 있는 것을 바라보았다. 또한 유유히 흐르는 강물은 사스락거리는 갈대 사이로 미끄러지듯 흘러내려가고, 부드러운 저녁 바람에 실려와 하늘에 걸려 있는 정겨운 구름을 수

면에 비춰주었다. 그리고 새들이 숲에 활기를 불어넣으며 지저귀는 소리가 들렸다. 수많은 날벌레들이 붉게 물든 저녁노을 속에서 떼를 지어 힘차게 춤을 추었고, 마지막 햇살이 비칠 때면 풀 속에 숨어 있던 딱정벌레가 붕붕거리며 날아올랐다. 주위에서 벌레들이 윙윙거리고 활발하게 움직이는 소리에 나는 땅바닥에 귀를 기울였다. 그리고 내가 딛고 서 있는 단단한 바위에서 자양분을 흡수하는 이끼와 메마른 모래언덕 비탈에서 자라는 관목은 뜨겁게 타오르는 자연의 내밀하고도 신성한 생명력을 드러내 보여주었다. 이 모든 것을 나는 뜨거운 가슴으로 끌어안았고, 넘쳐흐르는 그 충만함 속에서 나 자신이 신神이 된 것 같았으며, 그 무한한 세계의 장엄한 광경이 내 영혼 속에서 생생히 살아움직였다. 험준한 산들이 나를 에워쌌고, 아득한 심연이 내 앞에 가로놓였으며, 폭우로 불어난 계곡물이 쏟아져내렸고, 저 아래로는 강물이 흘러갔으며, 숲과 산악 지대에서는 그 물소리의 메아리가 울려왔다. 이 모든 불가사의한 힘들이 대지의 깊은 곳에서 상호작용을 하고 상생의 기운을 북돋우는 것을 나는 바라보았다. 땅 위에서 하늘 아래에서 온갖 다양한 생명체들이 바글거리며 살아간다. 이 세상 어디를 가든 온갖 형태의 생명체들이 터를 잡고 살아간다. 그런데 인간은 보잘것없는 집에 모여살면서 안전을 도모하고, 보금자리를 만들어 살면서 나름대로는 넓은 세상을 지배하고 있다고 생각하는 것이다! 한심한 바보로다! 인간이 세상만물을 하찮게 업신여기는 것은 그 스스로 왜소하기 때문이다. 하지만 영원히 창조하는 정신은 범접할 수 없는 산악지대와 인간의 발길이 닿지 않은 황무지와 미지의 대양 끝까지라도 바람처럼 누비고 다니면서, 그의 말을 들어주고 그에게 생기를 불어넣어주는 티끌 같은 존재에서도 기쁨을 얻는 것이다. 아, 그런 느낌으로 충만해 있을 때면 얼마나 자주 나는 내 위로 날아가는 두루미의 날개를 빌려 망망대해가 시작되는 해안 기슭까지 날아가고 싶었던가. 그리하여 무한한 창조주의 거품 이는 술잔을 들고 솟구치는 생명의 환희를 마시고, 모든 것을 제 안에서 스스로 창조하는 존재의 복된 희열을 단 한순간이라도 내 가슴의 미력으로나마 한 방울이라도 맛보기를 얼마나 기원했던가.

형제여, 이젠 그런 느낌으로 충만했던 시간의 추억만이 나에게 위안이 된다. 그때의 형언할 수 없는 느낌을 되살려서 표현해보려고 이렇게 안간힘을 쓰면 내 영혼이 고양된다. 하지만 그러고는 다시 나를 에워싸고 있는 가슴 조이는 상황을 곱절로 더 절감하게 된다.

내 영혼을 사로잡았던 무대의 막이 걷히고, 무한한 생명의 무대는 내 앞에서 영원히 아가리를 벌리고 있는 무덤의 아찔한 심연으로 바뀌고 말았다. 이렇게 모든 것이 덧없이 사라져가는데 '이것은 존재한다!'고 말할 수 있을까? 모든 것이 번개처럼 순식간에 지나가버리고, 존재의 온전한 힘은 좀처럼 지속되는 법이 없다. 아! 모든 것은 격류에 휩쓸려서 물속에 가라앉았다가 바위에 부딪혀서 산산이 부서지리라. 매 순간이 너 자신과 네 주위의 가까운 사람들을 갉아먹으며, 매 순간 너는 파괴자가 될 수밖에 없다. 무심코 지나가는 산책길에도 수천마리의 불쌍한 벌레들이 목숨을 잃고, 단한번의 발걸음이 개미들이 공들여 지은 집을 짓밟아서 하나의 작은 세계를 비참한 무덤으로 짓이겨버린다. 아, 세상에서 보기 드문 엄청난 재난이나 마을을 휩쓸어가버리는 홍수, 도시를 집어삼키는 지진이 나를 떨리게 하는 것이 아니다. 자연만물 속에 숨어 있는 파괴력이 내 마음을 무너뜨린다. 자연이 만들어낸 모든 존재는 어김없이 이웃과 자기 자신을 파괴하는 것이다. 그리하여 나는 이렇게 불안에 떨며 비틀거린다! 하늘과 땅이, 나를 에워싸고 작용하는 모든 힘이 두렵기만 하다! 내 눈에 보이는 것은 오로지 영원히 집어삼키고 영원히 되새김질하는 괴물일 뿐이다.

8월 21일

아침마다 괴로운 꿈에서 어렴풋이 깨어나면 그녀를 향해 팔을 벌리지만 아무런 소용이 없다. 꿈속에서 나는 풀밭에서 그녀의 곁에 앉아 그녀의 손을 잡고 수없이 키스를 퍼붓는다. 그런 천진난만한 단꿈에 빠져드는 밤마다 침대에서 그녀를 찾지만 아무런 소용이 없다. 아, 그럴 때면 나는 여전히 잠에 취해 비틀거리며 그녀를 찾아 더듬다가 잠이 깨면 억눌린 가슴에 복받쳐 눈물이 쏟아지고, 암울한 앞날을 바라보며 속절없이 눈물을 흘린다.

8월 22일

　불행한 일이네, 빌헬름. 나의 활동력은 불안한 무기력 상태로 떨어졌다. 한가로이 가만있지도 못하겠고 그렇다고 일이 손에 잡히지도 않는다. 상상력도 잃었고, 자연에서 그 어떤 감흥도 느끼지 못하며, 책을 보면 구역질이 날 뿐이다. 우리 자신을 잃으면 세상 모든 것을 잃는 것이다. 맹세하건대 차라리 날품팔이라도 되었으면 하고 바란 적도 있다. 그러면 적어도 아침에 깨어나면 바로 그날 할 일을 내다보고 어떤 욕구와 희망이라도 가져볼 수 있을 테니 말이다. 알베르트가 서류에 얼굴을 파묻고 있는 것을 보면 종종 부러울 때가 있다. 그런 모습을 보며 내가 알베르트의 자리를 대신할 수 있다면 얼마나 좋을까 하고 상상을 해본다. 빌헬름, 벌써 몇번이나 나는 자네와 장관님께 편지를 보내서 공사관에 일자리를 주선해달라고 부탁하고 싶었네. 자네도 자신있게 말하듯이 그런 자리에 내가 가는 걸 거절하지는 않겠지. 나도 그렇게 생각하네. 장관님은 오래전부터 나를 총애하셨고, 어떤 일에든 전념하라고 권면하셨지. 그래서 한때는 그럴까 하는 생각도 해보았다. 그렇지만 나중에 다시 생각해보고 말에 관한 우화가 생각났다. 자유로운 상태를 견딜 수 없게 된 말이 안장과 마구를 얹어달라고 하여 사람을 태우고 완전히 녹초가 될 때까지 달렸다는 이야기 말이다. 어떻게 해야 할지 나도 모르겠다. 여보게, 친구! 환경의 변화를 바라는 것은 어쩌면 마음속 깊이 자리 잡은 불안한 초조감 때문일 터인데, 그런 초조감은 내가 어디를 가든 마찬가지가 아닐까?

8월 28일

만약 내 병이 고칠 수 있는 것이라면 고쳐줄 사람은 정녕 이 사람들이다. 오늘은 내 생일인데, 아침 일찍 알베르트가 보낸 소포를 받았다. 열어보니 분홍색 리본이 바로 눈에 띄었다. 내가 로테를 처음 만날 때 그녀가 달고 있던 바로 그 리본으로, 나는 벌써 여러 차례 그 리본을 달라고 조른 적이 있다. 그밖에도 사륙판 크기의 책도 두권 들어 있었는데, 베트슈타인 출판사에서 나온 작은 판형의 호메로스 작품이었다. 산책할 때 무거운 에르네스티 판본을 들고 다니기 불편해서 너무나 갖고 싶었던 책이다. 두 사람은 이렇게 나의 소망을 알아서 들어주고, 세심한 구석까지 우정의 표시를 해주지 않는가. 이런 우정의 표시는 보내는 사람의 허영심으로 오히려 모욕감을 주는 휘황찬란한 선물보다 천배나 값진 것이다. 나는 리본에 수없이 입을 맞추었다. 숨을 들이쉴 때마다 이제 돌이킬 수 없고 짧지만 행복했던 나날 동안 나를 가득 채워주었던 그 환희의 추억을 함께 들이마셨다. 빌헬름, 지금 내 처지가 이렇다네. 그러니 불평하지 않겠네. 인생에서 활짝 핀 꽃은 그저 스쳐지나가는 현상에 불과해! 흔적조차 남기지 못하고 스러져가는 꽃들이 얼마나 많은가! 제대로 열매를 맺는 꽃은 얼마나 적으며, 더구나 그중에 끝까지 무르익는 열매는 또 얼마나 적은가! 하지만 그것만으로도 충분하지 않은가. 아아, 형제여! 그런데도 잘 익은 열매를 방치해두고 업신여기며 맛도 보지 않고 썩혀도 좋단 말인가?

잘 있게! 멋진 여름날이네. 나는 종종 로테의 과수원에서 과일 따는 장대를 들고 과일나무에 올라앉아 나무 꼭대기에 달린 배를 딴다. 로테는 나무 아래 서서 내가 내려주는 과일을 받는다.

8월 30일

불행한 자여! 너는 바보가 아닌가? 너 자신을 속이는 것은 아닌가? 이렇게 광분하는 끝없는 격정을 어찌할 것인가? 나는 오로지 그녀만을 위해 기도한다. 나의 상상에는 오로지 그녀의 모습만 떠오를 뿐이고, 내 주위의 세상 전부를 오로지 그녀와의 관계 속에서만 바라본다. 그러면 나는 얼마 동안 행복한 시간을 가질 수 있다. 그러다가도 결국 그녀로부터 벗어나지 않으면 안된다. 아, 빌헬름! 어쩌자고 내 가슴은 이다지도 나를 몰아붙이는지! 두세시간 동안 그녀 곁에 앉아서 그녀의 자태와 몸가짐, 천상의 목소리에 도취되어 모든 감각의 긴장이 점차 고조되어 눈앞이 캄캄해지고, 거의 아무 소리도 들리지 않게 되어 마침내 무도한 살인자에 의해 목이 졸리는 듯 숨이 막히면 내 가슴은 거칠게 뛰면서 짓눌린 감각의 숨통을 틔워주려 하지만, 그럴수록 혼란은 더욱 커지기만 한다. 빌헬름, 나는 종종 내가 과연 이 세상에 살고 있는지조차 분간할 수 없다네! 그리고 때로는 슬픔에 사로잡혀 로테의 손에 얼굴을 묻고 갑갑한 심정을 눈물로 달래는 비참한 위안이라도 그녀가 허락해주지 않으면 나는 그녀의 곁에서 떠날 수밖에 없다. 그러면 나는 집 밖으로 나와 들판을 정처없이 멀리까지 헤매고 다닌다. 그럴 때면 가파른 산을 기어오르거나, 내 몸에 상처를 내는 산울타리와 내 몸을 찌르는 가시덤불을 헤치며 길도 없는 숲 속으로 길을 내며 나아가는 것을 낙으로 삼는다! 그러면 기분이 조금 나아진다! 그저 조금만! 그러다가 지치고 목이 마르면 도중에 드러눕기도 한다. 때로는 보름달이 높이 떠 있는 한밤중에 고즈넉한 숲에서 구부정하게 자란 나뭇가지에 걸터앉아 상처가 난 발바닥을 얼마간 풀어주기도 하며, 그러고는 어스름한 달빛 아래 기진맥진하여 휴식을 취하다가 스르르 잠이 들어버릴 때도 있다! 아, 빌헬름! 수도사의 외로운 독방, 뻣뻣한 염소털로 만든 수도복, 가시 돋친 허리띠야말로 내 영혼이 갈구하는 청량제라네. 잘 있게! 이 비참한 상태는 무덤 속이 아니면 끝나지 않을 것 같네.

9월 3일

나는 떠나야만 한다! 빌헬름, 갈팡질팡하는 나의 결심을 다잡아주어서 고맙네. 벌써 이주일째 그녀 곁을 떠날 생각을 하고 있다네. 떠나야만 해. 그녀는 다시 시내에 있는 친구의 집에 가 있다. 그리고 알베르트는…… 그리고…… 나는 떠나야만 한다.

9월 10일

힘든 밤을 넘겼다! 빌헬름! 이제 나는 모든 것을 견딜 수 있다. 그녀를 다시는 보지 않을 것이다! 아, 당장 자네한테 달려가서 자네 목을 끌어안고 감격에 복받치는 눈물을 하염없이 흘리면서 내 가슴에 몰려오는 느낌을 털어놓고만 싶네. 하지만 나는 여기 이렇게 앉아서 가쁘게 숨을 몰아쉬며 마음을 진정하려고 애쓰면서 날이 새기를 기다리고 있다. 해가 뜨는 대로 마차가 오기로 되어 있다.

아, 그녀는 고요히 잠자고 있고, 나를 다시 보지 못하리라고는 생각조차 하지 못한다. 나는 자리를 박차고 나왔다. 나는 두시간 동안 이야기를 나누면서도 내 결심을 발설하지 않을 정도로 강한 모습을 보여주었다. 그런데 우리가 나누었던 대화는 얼마나 기가 막혔는가!

알베르트는 저녁식사를 마치는 대로 로테와 함께 정원에 나와 있겠다고 나에게 약속했다. 나는 높은 밤나무 아래 테라스에 서서 정겨운 골짜기와 유유히 흘러가는 강물 위로 해가 저물어가는 광경을 마지막으로 바라보았다. 나는 얼마나 자주 그녀와 함께 서서 이 장관을 지켜보았던가! 그런데 이제는…… 나는 너무나 정겨웠던 가로수 길을 이리저리 거닐었다. 로테를 만나기 전부터 나는 자신도 모르게 마음이 끌려서 곧잘 여기서 발걸음을 멈추곤 했다. 그런데 우리가 처음 만나던 무렵 바로 이 장소를 두 사람 모두 좋아했다는 사실을 알고는 얼마나 기뻐했던가. 정녕 이곳은 예술작품을 그대로 옮겨온 듯한 가장 낭만적인 장소의 하나다.

먼저 밤나무들 사이로 전망이 훤히 트인다. 내 기억에는 여기서 펼쳐지는 풍경을 빌헬름 자네한테는 여러번 이야기했던 것 같다. 키가 큰 너도밤나무들이 마치 벽처럼 주위를 에워싸고 있으며, 연이어 관목들이 늘어서서 가로수 길은 점점 어두워지고, 마침내 길이 끝나는 곳에 다다르면 사방이 가로막힌 작은 공터가 나오는데, 그곳은 전율할 만큼 적막감이 감돌았다. 내가 처음으로 한낮에 이곳에 들어섰을 때 얼마나 기묘한 느낌이 들었는지 지금도 그 기억이 생생하다. 나는 이 장소가 장차 행복과 고통이 교차하는 무대가 되리라는 것을 나도 모르게 예감했던 것이다.

나는 약 반시간 동안 이별과 재회라는 애달프고도 달콤한 상념에 젖어 있었다. 그러자 두 사람이 테라스로 올라오는 소리가 들려왔다. 나는 두 사람 쪽으로 다가가서 떨리는 마음으로 그녀의 손을 잡고 입을 맞추었다. 테라스에 오르자 풀숲이 우거진 언덕 위로 달이 떠오르고 있었다. 이런저런 이야기를 나누는 사이에 어느덧 어둠침침한 정자에 다다랐다. 로테는 안으로 들어가 자리를 잡았고 알베르트와 나도 그 옆에 앉았다. 하지만 나는 불안해서 오래 앉아 있기 힘들었다. 나는 자리에서 일어나 그녀 앞쪽으로 갔다가 이리 저리 거닐다가 다시 자리에 앉았다. 좌불안석으로 마음이 초조했다. 그녀는 달빛이 벽처럼 늘어선 너도밤나무의 끝자락에서 테라스 전체를 환하게 비추어 멋진 효과를 내고 있다고 우리에게 상기시켜주었다. 과연 멋진 광경이었다. 짙은 어둠이 우리 주위를 에워싸고 있어서 그 광경은 더욱 뚜렷한 대조를 이루었다. 우리는 말이 없었는데, 얼마 후 그녀가 먼저 말을 꺼냈다. "달빛 아래 산책을 가면 언제나 돌아가신 분들이 생각나고, 죽음과 내세에 관한 상념에 잠기게 돼요. 우리도 언젠가는 저세상으로 가겠지요!" 그녀는 숭고한 감정에 잠긴 목소리로 말을 계속했다. "그런데 베르터, 우리 저세상에서도 다시 만날 수 있을까요? 서로 알아볼 수 있을까요? 어떻게 생각하세요? 뭐라고 말씀 좀 해보세요."

나는 그녀에게 손을 내밀며 눈에는 눈물이 가득한 채 말했다. "로테, 우리는 다시 만날 겁니다. 이 세상에서도, 저세상에서도 다시 만날 겁니다!" 나는 더이상 말을 잇지 못했다. 그런데 빌헬름, 내가 이렇게 비통한 작별을 결심한 마당에 그녀가 하필 그런 질문을 해야만 했을까!

"돌아가신 정다운 분들도 우리에 대해 알고 계실까요?" 그녀는 말을 계속했다. "우리가 잘 지내고 있고 따뜻한 사랑으로 그분들을 기억하고 있다는 것을 그분들도 느끼실까요? 아, 조용한 저녁나절에 어머니의 아이들, 나의 아이들과 함께 앉아 아이들이 내 주위로 모여들면 언제나 어머니 모습이 떠올라요! 그렇게 어머니 주위로 모여들었지요! 그러고서 그리움의 눈물을 흘리며 하늘을 바라보면서 저는 어머니가 잠시라도 집 안을 들여다보시고 어머니가 돌아가실 때 제가 아이들의 엄마가 되겠다고 다짐한 약속을 이렇게 잘 지키고 있다는 걸 한번 보셨으면 해요. 애절한 마음으로 저는 이렇게 외친답니다. '어머니, 만일 제가 어머니가 생시에 하시던 만큼 아이들한테 잘해주지 못하고 있다면 용서해주세요. 아! 하지만 저는 제가 할 수 있는 최선을 다하고 있어요. 옷을 입혀주고 먹여주고, 무엇보다, 더 극진한 마음으로 보살펴주고 사랑해주고 있어요. 자애로운 어머니, 우리가 화목하게 지내는 모습을 보실 수만 있다면 어머니는 뜨거운 감사의 마음으로 하느님을 경배하실 거예요. 아이들을 잘 보살펴달라고 마지막으로 애통한 눈물을 흘리시며 하느님께 기도하셨잖아요.'"

로테는 이렇게 말했다! 아, 빌헬름, 그녀가 했던 말을 감히 누가 다시 그대로 전달할 수 있겠는가! 차갑게 죽은 문자가 과연 어떻게 천상의 꽃으로 피어난 정신을 표현할 수 있겠는가! 알베르트가 부드럽게 그녀의 말에 끼어들었다. "감정이 너무 격해지면 해로워요, 로테. 당신의 마음이 이런 생각에 곧잘 빠져드는 것은 이해되지만, 제발 부탁인데……" 그러자 로테가 말했다. "오, 알베르트, 그 저녁 시간들을 잊지 않으셨겠지요. 아버지는 여행을 가시고 저녁이면 아이들을 잠자리로 보낸 다음 우리 둘이 작고 둥근 탁자에 앉아 있곤 했지요. 당신은 훌륭한 책들을 곧잘 갖고 있었지만 읽는 경우는 드물었어요. 어머니의 거룩한 영혼과 교류하는 일이 무엇보다 소중하지 않았나요? 아름답고 자상하고 명랑하고 언제나 활동적인 분이셨지요! 하느님은 저의 눈물이 무슨 뜻인지 잘 이해하실 거예요. 저는 종종 이렇게 눈물을 흘리며 침대에서 하느님 앞에 무릎을 꿇고 기도를 드리니까요. 제가 어머니를 본받게 해달라구요.”

“로테!” 나는 그녀를 소리쳐 부르면서 그녀 앞에 무릎을 꿇고 그녀의 손을 잡고 하염없이 흐르는 눈물로 그 손을 적셨다. “로테! 하느님이 당신에게 축복을 내리고, 어머니의 혼령도 당신을 지켜줄 것입니다.” 그러자 그녀는 내 손을 꼭 잡으면서 말했다. “당신이 어머니를 아셨더라면 얼마나 좋았을까요! 어머니는 당신이 알고 지내도 좋을 만큼 훌륭한 분이었어요.” 나는 정신이 아득해지는 것 같았다. 나를 이보다 더 자랑스럽게 여기는 말은 들어본 적이 없었다. 그녀는 말을 계속했다. “어머니는 한창나이에 돌아가셨어요. 막내아들이 채 여섯달도 되지 않았지요! 병환이 오래가지도 않았어요. 어머니는 차분하게 운명에 순종했고, 다만 아이들 걱정이 크셨지요. 특히 막내둥이 때문에요. 임종이 가까워오자 저에게 ‘아이들을 데려와다오’라고 하셨지요. 저는 아이들을 데리고 들어갔어요. 어린 꼬맹이들은 무슨 영문인지도 몰랐고, 큰 애들은 정신이 없었지요. 아이들은 병상 주위에 둘러서서 두 손을 모아올리고 어머니를 위해 기도했고, 어머니는 한명씩 입을 맞춘 후 밖으로 내보낸 다음 저에게 ‘아이들의 엄마가 되어다오’라고 말했답니다. 저는 어머니의 손을 잡고 그러겠다고 맹세했어요. 그러자 어머니가 말씀하셨어요. ‘너는 어려운 약속을 한 것이다. 엄마의 마음과 엄마의 눈을 가져야 하니까. 그동안 종종 네가 이 어미한테 감사의 눈물을 흘리는 것을 보면서 너는 엄마가 된다는 것이 어떤 것인지 안다는 생각이 들었단다. 동생들을 위해 엄마의 마음과 눈을 가져다오. 아버지를 위해서는 아내의 충실함과 순종을 베풀어드리고. 아버지를 잘 위로해드려야 한다.' 이윽고 어머니는 아버지를 찾으셨어요. 하지만 아버지는 견딜 수 없는 슬픔을 감추기 위해 출타 중이셨지요. 아버지는 가슴이 갈기갈기 찢어지는 심정이었으니까요.

알베르트 당신도 그 방에 있었지요. 어머니는 인기척을 느끼자 누구냐고 묻더니 당신을 가까이 오게 하셨어요. 그러고는 우리가 행복할 거라고, 함께 행복하게 잘살 거라고 안심이 되는 듯 차분한 시선으로 당신과 저를 바라보셨지요……" 그러자 알베르트가 그녀의 목덜미를 껴안고 입을 맞추며 소리쳤다. "우리는 이미 행복해! 앞으로도 행복할 거야!" 평소에 차분하던 알베르트도 제정신이 아니었고, 나도 정신을 차릴 수 없었다.

로테가 다시 말을 이었다. "베르터, 그런 어머니가 돌아가시다니요! 하느님 맙소사! 일생에서 가장 사랑하는 사람을 잃는다는 것이 어떤 것인지 생각해보면 누구보다 아이들이 그 아픔을 가장 뼈저리게 느껴요. 검은 옷을 입은 사람들이 엄마를 데려갔다고 아이들이 두고두고 하소연을 하지 뭐예요!"

로테는 자리에서 일어났지만, 나는 정신이 들면서도 충격에 잠겨서 그대로 앉은 채 그녀의 손을 잡고 있었다. 그녀가 말했다. "이제 가야겠어요. 시간이 늦었어요." 그녀는 내가 잡고 있는 손을 빼

내려고 했지만 나는 더 꼭 잡았다. 그러면서 나는 소리쳤다. "우리
는 다시 만나게 될 겁니다. 다시 만나게 될 거예요. 아무리 모습이
변해도 서로 알아볼 겁니다. 저는 이제 갑니다." 나는 말을 계속했
다. "기꺼이 가겠습니다. 하지만 영원히 떠나야 한다면 저는 견디
기 힘들 것입니다. 잘 있어요, 로테! 잘 있게, 알베르트! 다시 만나
요." 그러자 로테가 "내일 보자는 말씀이지요?"라며 농담처럼 대꾸
했다. 하지만 나는 그 내일이 무엇을 뜻하는지 느낌으로 알 수 있
었다. 아, 그렇지만 그녀는 아무것도 모른 채 내 손에서 자기 손을
빼냈다. 두 사람은 가로수 길을 따라 올라갔고, 나는 우두커니 서서
달빛 아래 걸어가는 두 사람을 바라보았다. 그러고는 땅바닥에 털
썩 주저앉아 흐느껴 울었다. 그리고 다시 벌떡 일어나 테라스 쪽으
로 올라가서 키 큰 보리수나무 그늘에서 로테의 흰옷이 아직도 너
풀거리며 정문 쪽으로 움직이는 것을 바라보았다. 나는 그녀를 향
해 두 팔을 뻗었지만 그녀의 모습은 사라지고 말았다.

2부

1771년 10월 20일

　우리는 어제 이곳에 도착했다. 공사公使는 몸이 좋지 않아서 며칠
간 집에 머물 거라고 한다. 그분이 그렇게 성마르지만 않아도 만사
가 순탄할 텐데. 운명이 나에게 가혹한 시련을 안겨주고 있음을 거
듭 절감하게 된다. 그렇지만 용기를 내자! 마음을 홀가분하게 먹으
면 어떤 일이든 감당할 수 있다! 홀가분한 마음이라? 내가 그런 표
현을 쓰다니 웃음이 저절로 나온다. 아, 내가 조금만 기질이 쾌활해
도 세상에서 가장 행복한 사람이 될 텐데. 이 무슨 꼴인가! 다른 사
람들은 알량한 능력과 재주만 갖고도 내 앞에서 태연하게 거드름

을 피우고 다니는데, 내가 나의 능력과 재능에 절망한단 말인가? 저에게 이 모든 재능을 선사해주신 자비로운 신이시여, 어째서 차라리 재능의 절반은 거두어가시고 그 대신 자신감과 만족감을 주시지 않았습니까?

참고 견디자! 그러면 나아질 것이다. 빌헬름, 자네 말이 옳아. 사람들 틈에 섞여 매일 분주하게 일에 쫓기고 사람들이 열심히 일하는 모습을 보면서 내 상태가 훨씬 좋아졌다. 확실히 우리 인간은 모든 것을 우리 자신과 비교하고 우리 자신을 다른 모든 것과 비교하는 본성을 타고났다. 그래서 행복과 불행은 우리 자신과 비교하는 대상들에 좌우되는 것이다. 그러니 고독보다 더 위태로운 것은 없다. 문학의 환상적인 형상들을 통해 길러지는 상상력은 그 본질상 더 높은 것을 추구하려는 충동을 일깨워준다. 그런 상상력이 만들어내는 일련의 존재들 중에서 우리 자신은 가장 초라한 존재이며, 우리 자신을 제외한 모든 것은 우리보다 더 훌륭하고 완벽해 보인다. 그것은 너무나 자연스러운 현상이다. 우리는 종종 우리 자신에게 많은 것이 결여되어 있음을 느낀다. 그리고 우리 자신에게 결여된 바로 그것을 다른 사람은 소유하고 있다는 듯이 생각한다. 게다가 우리 자신이 가진 모든 것을 바로 그런 사람에게 바치며, 그런 사람은 인생의 이상적인 만족감까지 누린다고 여긴다. 행복한 사람이란 그런 식으로 전적으로 우리 자신이 만들어낸 작품인 것이다.

그 반면 우리가 아무리 미약하고 힘들더라도 꾸준히 앞을 향해 노력해나가면 비록 지지부진하게 일이 진척되더라도 순풍에 돛을 달고 달리는 다른 사람들보다 오히려 더 멀리 나아갈 수 있다. 그러므로 다른 사람과 나란히 가거나 앞서갈 때 진정한 자신감이 생기는 법이다.

1771년 11월 26일

이제 이만하면 그럭저럭 이곳 생활에 적응하기 시작한 셈이다. 가장 좋은 것은 얼마든지 할 일이 널려 있다는 것이다. 그리고 여러 부류의 사람들이 각양각색의 새로운 모습으로 내 눈앞에서 다채로운 연극을 펼쳐보인다. C 백작이라는 분도 알게 되었는데, 날이 갈수록 그분을 더더욱 존경하지 않을 수 없게 된다. 그분은 아주 생각이 넓고 담대하며, 그렇다고 냉정하지도 않다. 많은 것을 굽어보며 헤아리는 분이기 때문이다. 그분과 교류하다 보면 우정과 사랑의 생생한 느낌이 솟구친다. 내게 부과된 어떤 일을 보고드리자 그분은 나에게 관심을 보였다. 그분은 우리가 처음 나눈 몇 마디 대화에서 우리가 서로 마음이 통하고, 다른 누구보다도 나와 제대로 말이 통한다는 것을 알아차리셨다. 또한 그분이 나를 대하는 허심탄회한 태도를 칭찬하자면 끝이 없다. 위대한 영혼의 소유자가 마음을 활짝 열어 보이는 것을 지켜보는 일만큼 이 세상에서 진정으로 뿌듯한 희열은 없다.

1771년 12월 24일

이미 예상한 대로 공사는 정말 짜증나는 사람이다. 그는 천하에 둘도 없이 까다롭게 구는 바보다. 꼬치꼬치 따지며 장황하게 떠벌릴 때는 꼭 수다쟁이 여편네 같다. 그리고 절대로 자기 자신에게 만족할 줄 모르며, 그렇기에 남에게 감사할 줄도 모른다. 나는 일을 시원시원하게 처리하는 편이고, 일단 처리한 일은 다시 거들떠보지 않는다. 그러면 그는 보고서를 돌려주면서 이렇게 말하기 일쑤다. "그런대로 괜찮긴 하지만, 다시 한번 검토해보게. 그러면 더 적절한 어휘와 더 깔끔한 접사接辭를 찾을 수 있을 테니까." 그런 소리를 들으면 나는 미칠 지경이다. '그리고'라든가 여타 접속사도 빠짐없이 넣어야 하고, 내가 이따금 쓰는 도치법에는 무조건 질색을 한다. 또한 문장의 연결을 관례적인 어법대로 하지 않으면 말뜻을 이해하지 못할 정도이다. 이런 인간을 상대해야 한다는 것은 정말 괴로운 일이다.

C 백작의 신임은 그나마 내가 마음 상하지 않고 버틸 수 있는 유일한 위안이다. 얼마 전 그분은 내 상관인 공사가 너무 꼼꼼하게 따지고 일이 더디다고 허심탄회하게 불만을 토로한 적이 있다. "그런 사람은 본인도 힘들고 다른 사람도 힘들게 한다네. 그렇지만 여행을 하다보면 때로는 산도 넘어야 하는 법이니 그저 참고 견디는 수밖에. 그렇긴 하나 그런 산이 없다면 여행길이 훨씬 편안하고 단

축될 텐데 말이야. 하지만 어차피 산이 가로막고 있다면 넘어가는 수밖에!"

공사 영감도 백작이 자기보다 나에게 더 호감을 갖고 있다는 것을 알아차린 눈치였다. 그래서 화가 난 공사는 걸핏하면 나더러 들으라는 듯이 백작에 대한 험담을 늘어놓았다. 그러면 나는 당연히 반발하고, 사태는 더 악화될 뿐이다. 어제는 나까지 싸잡아서 비난하는 통에 화가 치밀었다. 이런 세상사에는 백작도 능수능란해서 어지간한 일은 가볍게 처리하고 글도 그런대로 쓰지만, 글재주 좋은 사람이 으레 그렇듯이 깊이 있는 학식은 없다는 것이었다. 그러면서 공사는 '어때, 자네도 찔리는 바가 있지?'라고 말하는 듯한 표정을 지어 보였다. 하지만 나는 전혀 꿀릴 게 없었다. 나는 이따위로 생각하고 처신하는 인간을 경멸할 뿐이다. 그래서 나는 공사에게 뻗대며 상당히 격하게 반박했다. 나는 백작이 성품 면에서나 학식 면에서나 존경받아 마땅한 분이라고 말했다. "이렇게 출중하게 정신의 시야를 넓힌 분은 일찍이 본 적이 없습니다. 그분은 폭넓은 정신으로 수많은 대상들을 두루 조망하면서도 평범한 일상생활에서도 그런 활동을 견지하시지요." 이렇게 말해도 공사에게는 도무지 씨알도 먹히지 않았다. 그래서 나는 이렇게 계속 시답잖은 말로 다투다가 괜히 속만 상할 것 같아서 일찌감치 물러나왔다.

일이 이렇게 꼬인 것은 모두 자네와 어머니 탓이다. 괜히 부질없는 말을 꺼내어 나에게 이런 족쇄를 채운 셈이고, 활동적인 생활이랍시고 근사하게 포장했던 것이다. 활동적인 생활이라! 활동적인

생활로 치면 감자를 심고 말을 타고 시내로 가서 곡식을 파는 사람
이 나보다는 더 많은 일을 하지 않는가. 만일 그런 일보다 내 일이
더 활동적인 것이라면 지금 내가 꼼짝없이 붙잡혀 있는 이 노예선
에서 십년은 더 뼈 빠지게 일하겠다.

　서로 곁눈질이나 하는 한심한 족속들 사이에서 겉만 번지르르
한 비참함과 이런 권태를 맛보아야 하다니! 이들은 출세욕에 사로
잡혀 한발짝이라도 더 앞서가겠다고 서로 경계하고 주시한다. 그
러면서 참담하고 한심하기 짝이 없는 야욕을 노골적으로 드러낸
다. 예를 들면 바로 그런 여자가 한 사람 있다. 그녀는 누구한테나
자신이 귀족 집안 출신이라며 고향 자랑을 늘어놓는다. 그러면 그
녀를 잘 모르는 사람은 누구나 이렇게 생각한다. 한심한 여자로군.
그까짓 귀족 나부랭이와 고향 자랑이 무슨 대단한 위세라고 착각
하다니. 그런데 더 고약한 것은 그 여자가 이 근방에 사는 관청서
기의 딸에 지나지 않는다는 사실이다. 그렇게도 지각없이 천박하
게 누워서 침을 뱉다니 그런 족속은 도저히 이해할 수 없다.

　여보게 친구, 날이 갈수록 더욱 실감하는 일이지만, 사람들은 얼
마나 어리석은지 자기 기준을 내세워서 다른 사람을 재단하지. 그
렇지 않아도 내 할 일도 많고 내 가슴은 이렇게 격정에 휩싸이니
남들이야 어느 길로 가든 상관하지 않겠다. 그들도 제발 내 일에는
상관하지 말았으면 좋겠다.

　무엇보다 거슬리는 것은 시민사회에 팽배한 숙명적인 신분차별
이다. 물론 나도 신분의 구별이 필요하고 나 자신에게도 득이 된다

는 것을 누구 못지않게 잘 알고 있다. 다만 내가 이 땅에서 얼마간의 기쁨과 일말의 행복을 누리는 데 그러한 차별이 방해가 되지는 않았으면 좋겠다. 근래에 산책을 나갔다가 B 양을 알게 되었다. 이 사랑스러운 여성은 이처럼 경직된 생활의 와중에도 생기발랄한 천성을 간직하고 있었다. 우리는 대화를 나누는 사이에 서로 호감을 갖게 되었고, 헤어질 때 나는 그녀의 집을 방문해도 좋은지 허락을 구했다. 그녀가 스스럼없이 그래도 좋다고 했기에 나는 한시도 지체하지 않고 적당한 때에 그녀를 찾아갔다. 그녀는 원래 이곳 사람이 아니었고 아주머니 댁에 살고 있었다. 그 늙은 아주머니는 인상이 좋지 않았다. 나는 그녀에게 각별히 주의를 기울여서 화제를 주로 그녀에게 돌렸다. 그렇게 반시간도 채 지나지 않아서 나는 나중에 B 양 스스로 내게 털어놓은 사실을 어느정도 파악하게 되었다. 그 아주머니는 연로한데다 모든 사정이 쪼들려서 이렇다 할 재산도 없고 머리에 든 것도 없었다. 의지할 데라고는 오로지 조상의 족보밖에 없어서 오로지 신분을 보호막으로 삼고 있었으며, 이층 창밖으로 거리에 지나가는 시민들을 내려다보는 것 말고는 아무런 낙이 없었다. 젊은 시절에는 미인이었다고 하는데, 그 바람에 인생을 허망하게 날려버렸다. 젊을 때는 고집이 세서 불쌍한 젊은이들을 여럿 괴롭혔지만, 중년이 되어서는 어느 나이 든 장교에게 굽히고 들어가 살림을 차렸다. 장교는 그 댓가로 그럭저럭 지낼 만큼 생활비를 대주고 말년을 그녀와 함께 보내다가 세상을 떠났다. 이제는 그녀 자신도 인생의 황혼기에 접어들어 홀몸이 되었고, 만약

조카딸이 그렇게 사랑스럽지 않다면 아무도 거들떠보지 않을 것
이다.

1772년 1월 8일

　형식적인 의례에만 정신이 팔려 있고, 어떻게 하면 식탁에서 한
자리라도 더 상석을 차지할 수 있을까 하고 아무리 해가 바뀌어도
오로지 그런 궁리만 하는 인간들은 도대체 어떻게 생겨먹은 것일
까! 그들은 달리 할 일이 없어서 그런 것이 아니다. 할 일은 산더미
처럼 쌓여가는데, 그런 역겨운 짓거리에 골몰하느라 정작 중요한
일은 챙기지 못하는 것이다. 지난주에는 썰매를 타러 갔다가 실랑
이가 벌어져서 흥이 완전히 깨지고 말았다.
　그런 얼간이들은 본래 지위가 중요한 것은 아니며 맨 윗자리에
있는 사람이 가장 중요한 역할을 하는 경우도 좀처럼 드물다는 사
실을 직시하지 못하는 것이다! 얼마나 많은 왕들이 대신들에 의해
다스려지고, 또 얼마나 많은 대신들이 그 비서들에 의해 다스려지
는가! 그렇다면 대체 누가 최고 일인자란 말인가? 내 생각에는 다
른 사람들을 굽어살피고, 자신의 계획을 실행하기 위하여 그들의
힘과 정열을 끌어낼 수 있는 능력이나 지략을 갖춘 사람이 곧 최고
일인자일 것이다.

1월 20일

친애하는 로테, 당신에게 편지를 쓰지 않을 수 없습니다. 나는 지금 매서운 눈보라를 피해 어느 누추한 농가의 방에 머물고 있습니다. 내가 잠시 둥지를 틀었던 그 우울한 D 시에서는 마음에 맞지도 않는 낯선 사람들 사이에서 부대끼느라 단 한순간도 마음 편히 당신에게 편지를 쓸 엄두가 나지 않았습니다. 그런데 이제 이 오두막에 홀로 틀어박혀 작은 창문에 눈보라와 우박이 들이치는 것을 보니 가장 먼저 당신이 생각났습니다. 방 안에 들어서자마자 당신 모습과 당신 생각이 불현듯 떠올랐습니다. 아, 로테! 우리가 처음 만나 행복했던 순간이 너무나 성스럽고 따뜻하게 되살아났습니다!

아, 로테, 이렇게 심란하게 허우적거리고 있는 제 모습을 행여 그대가 보신다면! 이제 제 감각은 완전히 메말랐습니다! 한순간도 가슴 벅찬 느낌이 없고, 단 한시간도 행복을 느끼지 못합니다. 아무것도, 아무것도 느낄 수 없습니다! 나는 요지경 상자 앞에 서서 작은 인형으로 만든 인간들과 말들이 눈앞에서 이리저리 돌아다니는 것을 보면서 혹시 헛것을 보고 있는 것은 아닐까 하고 종종 자문하곤 합니다. 나도 함께 그 요지경 놀이에 끼어듭니다. 아니, 마치 꼭 두각시처럼 나도 모르게 끌려들어갑니다. 그러다가 이따금 이웃 사람의 손을 잡으면 나무로 만든 손에 화들짝 놀라서 움찔하기도 합니다. 저녁이 되면 다음 날 일출을 즐기겠다고 마음먹지만, 막상 다음 날 아침이 되면 잠자리에서 일어나지도 않습니다. 낮 동안에는 달빛을 즐기겠다고 기대하지만, 정작 밤이 되면 방 안에 틀어박혀 있습니다. 어째서 잠자리에서 일어나고 다시 잠자리에 드는지 도대체 그 이유를 모르겠습니다.

제 삶의 활력소가 되었던 효모가 고갈된 것입니다. 깊은 밤중에도 내 마음을 명랑하게 유지시켜주고 아침마다 잠에서 깨워주던 자극이 사라진 것입니다.

여기서 알게 된 진짜 여성다운 여성은 B 양입니다. 그녀는 당신을 닮았지요. 로테, 감히 당신에 견줄 수 있다면 말이오. 그러면 당신은 '어쩌면, 아첨도 그렇게 잘하세요!'라고 하겠지요. 과히 틀린 말은 아닙니다. 나는 얼마 전부터는 아주 싹싹해지고 위트도 늘었는데, 이곳 형편이 그러지 않으면 안되기 때문입니다. 그래서 부인네들은 그 누구도 나만큼 세련되게 남을 칭찬해줄 사람은 없다고도 합니다. (물론 거짓말에서도 나를 따라올 사람은 없다고 당신은 한마디 덧붙이겠지요. 거짓말을 하지 않으면 먹혀들지 않으니까요, 그렇지요?) 그런데 B 양에 대해 이야기를 하려던 참이었습니다. 그녀는 아주 다정다감한데, 그녀의 파란 눈을 보면 금방 알 수 있습니다. 그녀는 진심 어린 소망을 전혀 충족시켜주지 못하는 자신의 신분을 오히려 짐으로 여기고 있습니다. 그녀는 번잡한 생활에서 벗어나기를 원하기 때문에 우리는 시골 풍경 속에서 때 묻지 않은 행복을 상상하며 몇시간씩 함께 보내곤 합니다. 아, 그리고 당신에 관한 이야기도 합니다. 그녀는 곧잘 당신에 대해 찬탄해 마지 않습니다. 애써 그러는 게 아니라 진심에서 우러나와 그러는 것입니다. 그녀는 당신에 대한 이야기를 듣고 싶어하고, 당신을 좋아하게 되었습니다.

아, 그 정겨운 방에서 당신의 발치에 앉아 있다면 얼마나 좋을까요. 그러면 우리 귀여운 꼬맹이들이 내 주위에서 신나게 뛰어놀겠지요. 혹시 아이들이 너무 시끄럽다고 하시면 아이들을 제 주위에 모아놓고 무서운 동화를 들려주겠습니다.

하얀 눈이 반짝이는 이 일대에 해가 장엄하게 지고 있고, 눈보라도 지나갔습니다. 저는, 저는 이제 다시 갑갑한 새장 속에 갇혀야 하는 몸입니다. 안녕히 계세요. 알베르트도 함께 있습니까? 어떻게 지내는지요? 이런 질문을 해서 죄송합니다.

2월 8일

일주일 전부터 날씨가 너무나 고약한데, 나에겐 차라리 잘된 셈이다. 이곳에 온 이래 아무리 날씨가 좋아도 누군가가 내 기분을 잡쳐서 날씨까지 망치지 않은 날은 단 하루도 없기 때문이다. 그래서 비가 많이 오거나 눈보라가 치거나 얼음이 얼거나 녹거나 하면 바깥에 돌아다니느니 집에 있는 것도 나쁘지 않으니 차라리 잘됐다고 생각한다. 아니면 그 반대로 밖으로 나가도 무방하다. 아침에 해가 뜨고 화창한 하루가 될 조짐이 보이면 언제나 나는 혼자서 이렇게 외친다. 하늘의 선물로 이렇게 좋은 날을 맞았는데, 그자들은 또 아귀다툼으로 이 좋은 날을 망치겠지! 이들이 다툼을 벌여서 망치지 않는 것은 아무것도 없다. 건강, 명예, 즐거움, 편안한 휴식 등, 모조리 망치는 것이다! 대개는 어리석고 아무런 생각도 없고 속이 좁기 때문이다. 그런데 그들이 하는 말을 가만히 들어보면 딴에는 최선의 견해를 내놓는답시고 그렇게 다투는 것이다. 때로는 그런 자들 앞에 무릎을 꿇고 제발 그렇게 미친 듯이 자신의 오장육부를 들쑤시지 말라고 간청하고 싶다.

2월 17일

이제 공사와 나는 피차 더이상 참기 힘든 지경에 이르고 말았다. 이런 인간은 정말 견디기 힘들다. 그가 일하는 방식이나 업무를 추진하는 방식은 너무나 한심해서 나는 도저히 참지 못하고 논박을 하거나, 종종 내 생각과 내 방식대로 일을 처리한다. 그러면 그는 당연히 어김없이 불쾌해한다. 이런 문제로 그는 근래에 나에 대한 불만을 궁정에 탄원하기까지 했다. 그래서 장관은 나를 가볍게 견책했는데, 비록 가볍긴 해도 엄연한 견책이었다. 나는 사직서를 내기로 결심했고, 바로 그때 장관의 사적인 편지[24]를 받았다. 나는 그 편지 앞에 무릎을 꿇고 그분의 고귀하고 현명한 뜻에 경의를 표했다. 그분은 나의 과민한 감수성을 타일렀다. 그리고 활동이나 다른 사람에게 끼치는 영향이나 철저한 업무 수행 등에 대해 내가 지나친 생각을 가지더라도 청년다운 패기로 존중하니 그런 생각을 완전히 죽이지는 말고, 다만 좀 누그러뜨려서 진가를 발휘하고 실효를 거둘 수 있는 방향으로 정진하기 바란다고 하셨다. 그분의 말씀 덕분에 나는 일주일 만에 기운을 되찾았고 마음의 평정도 얻었다. 마음의 평온이란 정말 소중한 것이며, 자기 자신에게 느끼는 기쁨이다. 그런데 친구여, 이 아름답고 소중한 보석이 그렇게 쉽게 깨지지만 않으면 얼마나 좋을까.

2월 20일

사랑하는 이들이여, 하느님이 그대들에게 축복을 내려주시길! 내게서 거두어가신 그 모든 행복한 나날을 그대들에게 베풀어주시길!

알베르트, 자네가 나를 속인 것에 감사하네. 두 사람의 결혼식이 언제일까 하고 기별이 오기를 기다리고 있던 참이었네. 결혼식 날이 되면 벽에 걸려 있던 로테의 씰루엣 그림을 정중히 떼어내어 다

---

24 **원주** 이 훌륭한 분이 쓰신 편지와 바로 다음에 언급되는 또다른 편지는 이분에 대한 존경심에서 이 서한집에 수록하지 않기로 한다. 독자들이 아무리 따뜻한 감사의 마음으로 그 편지를 받아들인다 해도 그런 지나친 행동은 양해를 구하기 어렵다고 생각되기 때문이다.

른 서류들 사이에 묻어두려고 마음먹고 있었다네. 그런데 이제 두 사람이 부부가 되었는데도 아직 그녀의 그림이 여기에 걸려 있다니! 그렇다면 그대로 걸어두어야겠네. 그래서 안될 게 뭔가? 나는 역시 그대들과 함께 있다는 걸 이제야 알겠네. 자네한테 폐를 끼치지 않고 로테의 마음속에 있는 것이지. 그래, 나는 로테의 마음속에 두번째 자리를 차지하고 있어. 이 자리를 그대로 지킬 테고, 그럴 수밖에 없어. 만약 그녀가 나를 잊기라도 하면 나는 미치고 말 걸세. 알베르트, 그런 생각을 하면 마음속이 지옥 같네. 알베르트, 잘 있게! 하늘의 천사 로테여, 안녕!

3월 15일

나는 불쾌한 일을 당했고, 그래서 이곳을 떠나야 할 것 같다. 분해서 이가 갈린다! 제기랄! 이 불쾌감은 다른 무엇으로도 상쇄되지 않는다. 이것은 전적으로 자네와 어머니의 책임이야. 나를 부추기고 떠밀고 귀찮게 해서 마음에도 없던 직책에 앉도록 했으니까. 나는 이제야 그걸 깨달았다! 자네와 어머니도 알게 되겠지! 자네가 또 내가 극단적인 생각 때문에 매사를 그르친다는 말을 하지 않도록, 마치 사관史官이 기록하듯이 간결하고 담담하게 여기에 그 사연을 적기로 하겠다.

C 백작이 나를 아끼고 총애한다는 것은 익히 아는 사실이지. 자

네한테 그 얘기는 골백번도 더 했으니까. 어제 나는 백작 댁의 만찬에 초대받아 갔는데, 마침 저녁에 상류사회의 신사 숙녀 들이 그 댁에서 모임을 갖기로 되어 있었다. 나는 그런 모임이 있는 줄도 몰랐고, 우리 같은 하위직이 감히 그런 자리에 끼어들 수 없다는 것은 생각도 하지 못했다. 어떻든 나는 백작과 함께 식사를 했고, 식사를 마친 후에는 넓은 홀을 거닐며 백작과 대화를 나누었고, 마침 모임에 참석하러 와 있던 B 대령과도 이야기를 했다. 그러는 사이에 모임 시간은 다가오고 있었다. 그런데도 나는 정말이지 아무 생각도 없었다. 그때 잔뜩 거드름을 피우는 S 부인이 남편을 대동하고 딸과 함께 등장했다. 그 딸은 잘 부화시킨 거위 새끼 같았는데, 가슴은 펑퍼짐하고 화려한 코르셋을 두르고 있었다. 이들은 지나가면서 조상 대대로 물려받은 지체 높은 귀족의 눈매와 콧구멍을 드러냈다. 나는 이런 족속에게는 정나미가 떨어졌기 때문에 곧바로 자리에서 물러나려고 했고, 백작이 주위 사람들과의 지겨운 수다에서 벗어나기만 기다렸다. 바로 그때 내가 익히 아는 B 양이 들어왔다. 나는 그녀만 보면 어느정도 가슴이 후련해졌기에 그대로 남아 있기로 하고 그녀의 의자 뒤로 다가갔다. 그런데 시간이 좀 지난 뒤에야 그녀가 평소와는 달리 마음을 터놓지 않고 다소 당황해하며 나와 이야기를 하고 있다는 걸 알아차리게 되었다. 그런 모습은 너무나 뜻밖이었다. 그렇다면 그녀 역시 이런 무리와 똑같단 말인가 하는 생각이 들어 너무 속이 상해 자리를 뜨려고 했다. 하지만 내가 잘못 생각한 것이길 바라며, 그녀만큼은 다른 사람일

거라 믿고 그녀에게서 뭔가 좋은 말이나 어떤 형태로든 호의를 기대했기 때문에 그대로 머물러 있었다. 그러는 사이에 손님들이 홀을 가득 메웠다. 프란츠 1세의 대관식[25] 때 입었던 제복을 그대로 빼입은 F 남작, 여기서 직책상 귀족 대우를 받는 궁정 고문관 R 씨와 귀가 먹은 그의 부인 등이 보였다. 옷차림이 허술한 J도 잊을 수 없는데, 그는 고대 프랑크 스타일의 정장에 구멍 난 부분을 최신 유행의 천으로 기워 입고 있었다. 이런 부류의 사람들이 줄지어 몰려왔다. 나는 그중 낯이 익은 몇 사람과 이야기를 나누었지만, 모두들 별말이 없었다. 나는 왜 그럴까 생각하면서, 나와 친분이 두터운 B 양한테만 주의를 기울였다. 그런데 홀 귀퉁이에 모여 있는 여자들이 귓속말을 나누고, 그런 모습이 남자들에게도 번져갔으며, S 양이 백작에게 뭐라고 이야기를 하고 있었는데, 그런 모습들을 나는 전혀 이상하게 생각하지 않았다. (이 모든 상황을 B 양이 나중에 나한테 이야기해주었다.) 마침내 백작이 나한테로 오더니 창가로 데려가며 말을 꺼냈다. "자네도 우리의 기이한 관습을 잘 알 걸세. 내가 보기엔 손님들이 자네가 여기 있는 것을 못마땅해하고 있네. 나야 절대로 그럴 리 없지만." 그러자 내가 말을 가로막았다. "각하, 정말 죄송합니다. 진작 그 생각을 했어야 하는데 말입니다. 저의 경우없는 행동을 용서해주시리라 믿습니다. 벌써부터 물러가려고 했습니다만, 제가 귀신한테 홀린 모양입니다." 나는 웃는 표

---

25 신성로마제국 황제 프란츠 1세의 대관식은 1745년에 거행되었다.

정을 지으며 그런 말을 덧붙이고는 몸을 숙여 인사를 했다. 그러자 백작은 내 손을 꼭 잡았는데, 백작의 마음이 어떠한지 오롯이 전해져왔다. 나는 이 지체 높은 사람들의 모임에서 살짝 빠져나와 이륜마차에 몸을 싣고 M이라는 곳으로 달려갔다. 그리고 그곳 언덕 위에서 해가 지는 것을 바라보며 내가 좋아하는 호메로스의 작품에서 오디세우스가 마음씨 좋은 돼지치기들의 환대를 받는 멋진 구절을 읽었다. 이 대목은 속속들이 마음에 들었다.

저녁이 되자 나는 식당으로 돌아왔는데, 객실에는 아직 몇 사람이 남아 있었다. 그들은 구석 자리에서 식탁보를 뒤집어놓고 주사위놀이를 하고 있었다. 그때 정직한 아델린이 들어와서 모자를 벗어놓고 나를 보더니 다가와서 목소리를 낮춰 말을 걸어왔다. "험한 꼴을 당했다면서?" "내가?"라고 나는 대꾸했다. "백작이 모임에서 자네를 내쫓았다던데." 그러자 내가 말했다. "그런 모임 따위는 넌더리가 나. 시원한 바깥바람을 쐬니까 좋기만 하던데." 그러자 그가 말했다. "그리 대수롭지 않게 여기니 다행이군. 하지만 벌써 사방에 소문이 돌아서 나도 속이 상해." 그 말을 듣자 나는 속이 끓어오르기 시작했다. 그리고 보니 식당에 있는 사람들이 나를 빤히 쳐다보는 것은 그 때문이구나 하는 생각이 들었다. 그래서 나를 쳐다보는 거야! 그런 생각이 들자 피가 거꾸로 솟구쳤다.

정말로 오늘은 어디를 가든 모두들 나를 측은히 대했다. 게다가 나를 시기하는 자들이 드디어 의기양양해서 '머리가 좋다고 우쭐해서 어떤 상황도 거뜬히 극복할 수 있다고 믿는 기고만장한 자들이 어떤 꼴을 당하는지 오늘 똑똑히 지켜봤지'라고 떠벌리고, 그보다 더한 개소리도 하고 다닌다는 이야기도 들었다. 그런 말을 듣자 나는 내 가슴을 칼로 찔러버리고 싶은 심정이었다. 아무리 그래도 의연히 줏대를 지키면 된다고 말하는 사람들도 있다. 하지만 막돼먹은 자들이 우월한 특권을 앞세워서 자신을 능멸하는데도 과연 참아낼 수 있는지 묻고 싶다. 그들의 입방아가 근거 없는 것이라면 그저 그러는 대로 내버려둘 수도 있겠지만 말이다.

3월 16일

나는 사면초가로 내몰린 심정이다. 오늘은 가로수 길에서 B 양을 만났는데, 나는 견딜 수 없어서 그녀에게 말을 걸었다. 함께 가던 일행과 거리가 생기자 나는 어제 그녀가 보여준 태도에 얼마나 상심했는지 털어놓고야 말았다. 그러자 그녀는 친근한 어조로 이렇게 말했다. "아, 베르터 씨, 제 속마음을 잘 아시면서 어쩌면 저의 당황한 모습을 그렇게 해석하실 수 있어요? 제가 당신 때문에 얼마나 마음이 아팠는데요! 홀에 들어서는 바로 그 순간부터요! 저는 그 모든 사태를 예상했기 때문에, 미리 귀띔을 해드리려고 수없이 망설였답니다. S 부인이나 T 부인은 당신과 함께 어울리느니 차라리 남편과 함께 자리를 박차고 나가려 했다는 것도 알았어요. 백작이 그들과 사이가 틀어지면 곤란하다는 것도 잘 알고 있었고요. 그런데 그만 난데없는 소동까지 벌어졌지 뭐예요!" "무슨 말씀인지요?" 나는 충격을 속으로 감추며 물었다. 그 말을 듣는 순간 이미 어제 아델린이 들려준 모든 말들이 마치 끓는 물처럼 내 혈관을 타고 돌았다. "정말 너무 속이 상했어요." 이 사랑스러운 여성은 그렇게 말하면서 눈에 눈물이 고였다. 나는 더이상 견딜 수 없어서 그녀의 발치에 몸을 던져 쓰러지고 싶은 심정이었다. "무슨 말씀인지 설명해주세요!"라고 나는 소리쳤다. 그녀의 눈에서 눈물이 볼을 타고 흘러내렸다. 나는 제정신이 아니었다. 그녀는 굳이 눈물을 감출 생각도 않고 눈물을 닦았다. 그녀가 말을 꺼내기 시작했다. "제가 모시고 있는 아주머니는 선생님도 아시지요. 그 아주머니도 어제 그 자리에 있었답니다. 어제 그런 일을 지켜보시고는 놀라서 눈이 휘둥그레졌지 뭐예요! 베르터 씨, 저는 어젯밤 한숨도 못 자고 오늘 아침까지 제가 선생님과 교제하는 문제로 아주머니의 설교를 들어야만 했어요. 그리고 선생님을 깎아내리고 모욕하는 말도 그저 묵묵히 듣는 수밖에 없었어요. 제 마음의 절반만큼도 선생님을 변호해드리지 못했고, 그런 변호가 용납되지도 않았어요."

그녀의 말 한마디 한마디가 비수가 되어 내 가슴에 꽂혔다. 차라리 그 모든 말을 발설하지 않았더라면 그나마 온정을 베푸는 셈이라는 것을 그녀는 알아차리지 못했다. 게다가 그녀는 또 무슨 소문이 얼마나 퍼질지 모르고, 그런 부류의 사람들이 얼마나 득의양양할지 모른다고 덧붙이기까지 했다. 또한 그런 사람들은 내가 남을 얕잡아본다고 오래전부터 비난을 해왔으니, 나의 그런 태도와 오만함이 드디어 벌을 받는 거라고 얼마나 신나게 떠들어댈까 하는 우려까지 덧붙였다. 빌헬름, 이 모든 이야기를 그녀에게서 진심 어린 동정의 목소리로 들으니 나는 온몸이 갈가리 찢겨지고 속이 뒤집어지는 심정이었다네. 이제 다시 감히 그런 욕을 해대는 자가 있다면 그자의 몸통에 칼을 꽂아주고 싶은 심정일세. 그렇게 해서라도 피를 보면 좀 나아질 것도 같네. 아, 이 답답한 가슴에 숨통을 틔우고 싶어서 나는 수백번도 더 칼을 집어들었다. 전해지는 이야기로는 혈통이 고상한 말은 너무 심하게 몰아대어 혈압이 솟구치면 본능적으로 동맥을 물어뜯어 숨통을 틔운다고 한다. 나도 종종 그러고 싶을 때가 있다. 동맥을 열어젖혀 영원한 자유를 얻고 싶다.

3월 24일

　나는 궁정에 사직서를 제출했고, 바라건대 받아들여질 것 같다. 자네와 어머니에게 먼저 허락을 받지 못한 점 양해하기 바라네. 나는 이제 떠날 수밖에 없네. 나더러 이곳에 계속 있어달라고 설득하려고 자네와 어머니가 무슨 말을 할지도 잘 알겠네. 그러니 어머니께는 적당한 구실을 붙여서 잘 말씀드려주게. 나는 내 문제를 해결할 능력도 없다네. 내가 어머니께 아무런 도움이 되지 못하더라도 이해하시겠지. 물론 마음은 아프시겠지. 아들이 추밀 고문관이나 공사가 되는 것을 목표로 출세가도를 달리다가 느닷없이 도중

하차하여 타고 가던 말을 다시 마구간에 집어넣은 꼴이 되어버렸
으니! 이왕 이렇게 되었으니 자네나 어머니나 좋도록 생각하기 바
라네. 이런저런 가능성을 꿰맞추어서 내가 계속 이 자리를 지킬 수
있는 방도를 자네와 어머니가 궁리해볼 수도 있겠지. 하지만 나는
떠나야 해. 내가 어디로 가는지 궁금해할 것 같아서 얘기하면, 이곳
에는 모 공작이 계신데 그분은 나와 어울리는 것을 무척 즐거워
하시지. 내가 사직할 거라는 소식을 듣고 그분이 자신의 영지로 함
께 가서 거기서 화창한 봄을 보내자고 제안하셨다네. 완전히 내 편
한 대로 지내도 좋다고 약속을 하셨지. 우리는 어느정도 마음이 통
하기 때문에 나는 행운이 따르기를 기대하면서 그분을 따라가기로
했네.

추신
4월 19일

두통의 편지 고맙게 잘 받았네. 바로 답을 하지 못한 것은 궁정
에서 사직이 확정될 때까지 앞의 편지를 부치지 않고 그대로 두었
기 때문일세. 어머니가 아시면 장관에게 청원을 넣어서 나의 사직
을 어렵게 만들지 않을까 걱정되었다네. 하지만 이제 일이 처리되
어 사직이 확정되었네. 사람들이 나의 사직을 얼마나 안타까워하
고 장관께서 나에게 어떤 편지를 보내셨는지는 말하고 싶지 않네.

그런 얘기를 하면 자네와 어머니가 한탄할 테니까. 왕세자께서는 25두카텐[26]의 전별금과 작별의 말씀도 보내오셨는데, 나는 그 말씀에 감동해서 눈물을 흘렸다네. 어떻든 최근에 어머니께 편지로 부탁드렸던 돈은 이제 필요없게 되었네.

5월 5일

내일 나는 이곳을 떠난다. 내가 태어난 고향이 여기서 6마일밖에 떨어져 있지 않아서 그곳에도 들러 행복한 꿈을 꾸었던 옛 시절을 돌아보고 싶다. 일찍이 어머니를 따라 마차를 타고 떠나왔던 그 성문 안에도 들어가볼 생각이다. 아버지가 돌아가시자 어머니는 정든 고장을 떠나 이 견디기 힘든 도시에 들어와 칩거하셨다네. 잘 있게, 빌헬름. 여행 도중에 또 소식을 전하겠네.

5월 9일

나는 지극히 경건한 순례자의 심경으로 고향 순례를 마쳤고, 예기치 않게 이런저런 감회에 사로잡혔다. 시내에서 교외로 십오분

---

26 14세기 이래 유럽 전역에서 통용되던 금화.

떨어진 곳에 커다란 보리수나무가 있는데, 나는 그 근처에서 우편 마차를 세우게 하여 내린 다음 마차는 그대로 보냈다. 걸어가면서 이 보리수에 얽힌 온갖 추억을 하나씩 생생하게 되살려서 가슴으로 음미해보았다. 이윽고 보리수 아래에 다다랐다. 바로 이 나무가 어릴 적에 산책을 나오는 목표지점이자 경계선이기도 했다. 그사이에 이렇게 변하다니! 그 시절 나는 행복한 무지 상태에서 미지의 넓은 세상을 선망했다. 넓은 세상으로 가면 내 가슴에 풍부한 자양분을 얻고, 그리하여 뭔가를 추구하고 동경하는 내 가슴을 흡족하게 가득 채우는 크나큰 기쁨을 맛볼 수 있을 거라 기대했다. 이제 나는 그 넓은 세상에서 돌아왔다. 아, 친구여, 그사이에 얼마나 많은 희망이 무산되었고, 얼마나 많은 계획이 수포로 돌아갔던가! 눈앞에 솟은 저 산들을 바라보며 일찍이 얼마나 많은 소원을 빌었던가! 나는 이 자리에 몇시간이고 앉아서 저 산 너머의 세계를 동경했고, 너무나 정겹게 아스라이 시야에 들어오는 숲과 골짜기를 애틋한 마음으로 넋을 잃고 바라보곤 했다. 그러다가 다시 집으로 돌아갈 시간이 되면 이 정겨운 장소를 떠나기가 얼마나 싫었던가! 시내가 가까워지자 어린 시절부터 익히 알던 오래된 별장들이 나를 반갑게 맞아주었다. 새로 지은 별장들은 마음에 들지 않았고, 그밖에도 새로 짓거나 개조한 것들은 무엇이든 죄다 거슬렸다. 성문 안으로 들어서자 금방 어린 시절의 나로 온전히 되돌아온 느낌이 들었다. 너무 세세한 이야기는 생략하는 것이 좋겠다. 이곳에 돌아와 느끼는 감회는 너무나 매력적이어서 이야기로 늘어놓으면 오히려 단조로워질 테니까. 나는 예전에 우리가 살던 집 근처에 있는 시장 언저리에 숙소를 정하기로 했다. 그쪽으로 가면서 보니 예전에 정직한 노부인 선생님이 어린 시절 우리를 꼼짝 못하게 가두어놓았던 교실이 잡화점으로 변해 있었다. 그 소굴 같은 곳에서 견뎌내야 했던 초조와 눈물, 먹먹한 감각과 불안한 심정이 새삼 되살아났다. 발걸음을 한 걸음씩 옮길 때마다 기묘한 감정에 사로잡혔다. 설령 성지를 찾아가는 순례자라 하더라도 유서 깊은 종교적 추념의 장소를 이렇게 많이 접하지는 못할 것이며, 그의 영혼이 이렇게 신성한 감동으로 충만하지는 못할 것이다. 이런 식으로 늘어놓자면 끝이 없을 테니 딱 하나만 더 이야기하겠다. 나는 강을 따라 내려가다가 어느 집 앞마당에 다다랐다. 여기까지도 어린 시절에 걷던 길이었다. 여기서 우리는 납작한 돌멩이를 수면 위로 던지며 물수제비뜨기를 연습하곤 했다. 이따금 우두커니 서서 강물을 바라보며 너무나 기묘한 예감에 사로잡히고, 강물이 흘러가 닿을 고장들을 상상하며 모험심에 들떴다가도 금방 상상력의 한계에 부닥치곤 했던 기억들이 너무나 생생하게 되살아났다. 그랬다가도 나는 계속 끝없는 상상의 나래를 펴서 마침내는 보이지 않는 저 머나먼 세계를 생생히 보는 듯한 몰아지경에 빠져들곤 했다. 아득한 옛적 거룩한 선조들은 그토록 제한된 환경에서도 행복할 수 있었던 것이다! 그들의 감정, 그들의 문학은 어린아이처럼 소박하기만 했다! 오디세우스가 아무도 건너가보지 못한 큰 바다와 전인미답의 끝없는 대지에 관해 이야기할 때면 그의 말은 너무나 진실하고 인간적이며, 마음속에서 우러나와 친밀하면서도 신비롭다. 그런데 지금 내가 지구는 둥글다고 어린 학생도 다 아는 말을 주워섬겨보았자 대체 무슨 감흥이 일겠는가? 인간이 이 지상에서 즐기기 위해서는 한 뼘의 땅만 있으면 되고, 땅속에 묻히는 데는 그보다 더 작은 땅만 있어도 되는 것이다.

이제 나는 공작의 사냥 별장에 와 있다. 이분과 함께 지내니 정말 편안하다. 마음이 진실하고 소박한 분이다. 공작의 주위에도 도무지 이해할 수 없는 기이한 인간들이 있긴 하다. 악당들 같지는 않지만, 그렇다고 정직한 사람들로 보이지도 않는다. 이따금 정직해 보일 때도 있긴 하지만 도무지 신뢰가 가지 않는다. 그런데 유감스럽게도 공작은 그저 남의 입을 통해 듣거나 책에서 읽은 내용을 곧잘 화제로 삼는데, 게다가 원래 말을 퍼뜨린 사람이 주입하고자 하는 관점에서 이야기를 한다.

그래서 공작은 나의 마음보다는 내 머리와 재능을 더 높이 평가한다. 하지만 나의 이 가슴이야말로 나의 유일한 자랑거리이며, 이 가슴만이 모든 것이 샘솟는 원천이다. 모든 힘, 모든 행복, 그리고 온갖 비참함의 원천인 것이다. 아, 내가 머리로 아는 것은 누구나 알 수 있지만, 이 가슴만은 오로지 나만의 것이다.

5월 25일

어떤 계획을 염두에 두고 있었는데, 그 일이 성사될 때까지는 아무 말도 하지 않으려고 했다. 하지만 결국 계획이 무산되었으니 말을 해도 그만일 성싶다. 나는 전쟁터로 가려고 했고, 그런 생각을 오랫동안 가슴속에 품어왔다. 사실은 무엇보다 그런 이유에서 공작을 따라왔는데, 공작은 ○○○ 지역을 관장하는 장군이기도 하기 때문이다. 산책길에 내 의중을 털어놓았더니 공작은 만류하면서, 왜 만류하는지 내가 수긍하지 못한다면 그때는 정말 나의 결심이 일시적 변덕이 아니라 진정한 열정이 분명하다고 했다.

6월 11일

자네가 뭐라고 하든 간에 나는 더이상 이곳에 머물 수가 없다. 여기서 뭘 한단 말인가? 시간이 갈수록 더 지루해진다. 공작은 성의껏 나에게 후의를 베풀고 있지만, 나는 무료할 뿐이다. 우리는 근본적으로 서로 아무런 공통점도 없다. 그분은 분별심이 있는 사람이긴 하지만, 그 분별심이란 아주 범속한 것일 뿐이다. 이젠 그분과 교제하는 데 아무런 흥미도 없고, 그저 잘 쓴 책을 읽는 느낌만 든다. 나는 일주일만 더 머물고, 다시 정처 없이 돌아다닐 생각이다. 내가 여기서 가장 잘한 것은 그림 그리기다. 공작은 예술에 대한 감수성이 있어서, 지겨운 학식과 평범한 전문용어로 인해 편협해지지만 않았다면 예술을 더 잘 느낄 수 있었을 것이다. 이따금 내가 열정적인 상상력을 발휘하여 자연과 예술의 세계로 안내하면 그분은 상투적인 전문용어를 들이대며 단번에 해답을 찾았다고 생각하는데, 그럴 때마다 나는 속으로 이를 간다.

6월 16일

정말 나는 이 지상에서 그저 방랑자, 순례자일 뿐이다! 그럼 당신들은 더 나은 존재인가?

6월 18일

내가 어디로 가려고 하느냐고? 자네한테는 믿고 털어놓겠네. 나는 여기서 이주일 더 머물러야 하고, 그다음에는 모처에 있는 광산을 방문하기로 마음먹었네. 하지만 광산에는 전혀 관심이 없고, 단지 다시 로테 가까이로 가려는 것일 뿐이다. 그것이 전부다. 이렇게 변덕스러운 마음에 웃음이 나오지만, 그래도 내 마음이 시키는 대로 할 뿐이다.

7월 29일

아니, 괜찮다! 모든 것이 잘됐다! 하지만 내가, 내가 그녀의 남편이라면! 아, 나를 창조하신 신이여, 저에게 그런 복된 기쁨을 베풀어주셨더라면 저는 평생토록 당신께 기도를 드렸을 것입니다. 하지만 따지려는 것은 아닙니다. 저의 눈물을 용서해주십시오! 저의 부질없는 소망을 용서해주십시오! 그녀가 나의 아내라면! 세상에서 가장 사랑스러운 그녀를 내 품에 안을 수만 있다면! 빌헬름, 그녀의 날씬한 몸을 알베르트가 끌어안는다고 생각하면 온몸이 떨린다네.

그런데 내가 이런 말을 해도 되는 것일까? 못할 이유도 없지 않은가, 빌헬름? 그녀는 알베르트와 함께 사는 것보다는 나와 함께 살면 더 행복할 텐데! 아, 알베르트는 가슴에서 솟구치는 뜨거운 소망을 온전히 충족시켜줄 수 있는 사람이 아니다. 그는 감수성이 부족하다. 그 결함을 자네가 어떻게 해석하든 상관없다. 로테와 내가 함께 좋아하는 책의 어떤 구절을 읽으면 그녀의 가슴과 나의 가슴이 함께 뛰지만, 그런 경우에도 알베르트의 가슴은 공감하며 뛰지 않는다. 그리고 어떤 사람의 행위에 대하여 우리의 감정이 표출되는 다른 수많은 경우에도 알베르트는 공감하지 못한다. 빌헬름, 물론 알베르트가 로테를 진심으로 사랑하는 것은 사실이고, 그만한 사랑이면 충분히 보답받을 자격이 있지!

견디기 힘든 어떤 인간이 찾아와서 편지를 중단할 수밖에 없다. 내 눈물은 말라버렸다. 정신도 산만해졌다. 잘 있게, 친구여!

8월 4일

나 혼자만 이런 일을 겪는 것은 아니다. 사람은 누구나 부질없는 희망에 좌절하고, 헛된 기대에 속게 마련이다. 나는 보리수나무 아래 사는 그 선량한 아주머니를 찾아갔다. 맏이가 달려나와 나를 맞아주었고, 아이가 환호하는 소리에 애엄마도 따라나왔다. 그녀는 매우 침울해 보였다. "선생님, 글쎄 우리 한스가 죽었지 뭐예요." 이것이 그녀가 꺼낸 첫마디였다. 한스는 막내둥이였다. 나는 말문이 막혔다. 그러자 그녀가 다시 말을 이었다. "남편은 스위스에서 돌아오긴 했는데 빈손으로 왔답니다. 마음씨 좋은 사람들이 도와주지 않았더라면 구걸까지 해야 할 형편이었답니다. 오는 길에 열병이 걸렸지 뭐예요." 나는 그녀에게 아무 말도 할 수 없었고, 꼬마한테 푼돈을 쥐어주었다. 그러자 아주머니가 사과라도 몇개 가져가라고 해서 나는 사과를 받아들고 그 슬픈 추억의 장소를 떠나왔다.

8월 21일

마치 손바닥을 뒤집듯이 내 마음은 갈피를 잡을 수 없다. 때로는 인생의 즐거운 광경이 다시 어렴풋이 되살아나는 것 같지만, 그것은 한순간일 뿐이다! 그런 몽상에 잠겨 있을 때면 억누르기 힘든 어떤 생각이 슬며시 고개를 든다. 만약 알베르트가 죽으면 어떻게 될까? 그러면 나는! 그래, 그러면 그녀는…… 나는 줄곧 이런 망상에 휘둘리다가 마침내 아찔한 심연의 가장자리까지 가서야 몸을 떨며 뒷걸음치곤 한다.

성문 밖으로 나가서 내가 로테를 무도회장으로 데려가기 위해 처음 내달린 그 길을 지나노라니 그사이에 얼마나 변했는지! 모든 것이 덧없이 지나가버렸다! 당시 세계의 흔적조차 남아 있지 않았고, 한때 마구 뛰었던 감정의 흔적마저 사라졌다. 마치 어떤 영주가 전성기에 성을 쌓아올리고 호화찬란하게 꾸며놓았다가 임종을 맞아 사랑하는 아들에게 온갖 기대를 걸고 물려주었으나, 혼령이 되어 돌아와보니 성이 남김없이 불타서 폐허가 된 광경을 지켜보는 심정이었다.

9월 3일

나는 이따금 어떻게 다른 남자가 로테를 사랑할 수 있고 감히 사랑할 자격이 있는지 의아할 때가 있다. 내가 마음을 다 바쳐 오로지 그녀만을 애절하게 사랑하고 있는데, 오로지 그녀밖에 모르고, 그녀만이 내가 가진 전부인데!

9월 4일

그래, 그런 것이지. 계절이 가을로 접어들자 내 마음과 주위 세계도 가을로 바뀌고 있다. 내 마음의 나뭇잎도 노랗게 물들고, 인근의 나무들도 어느새 낙엽이 지고 있다. 빌헬름, 내가 이곳에 막 왔을 때 만난 어느 머슴에 대해 이야기한 적이 있지? 이번에 다시 발하임에서 그 친구에 대해 수소문을 해보았다. 그런데 일하던 집에서 쫓겨났고, 더이상의 소식은 아무도 모른다고 했다. 그런데 어제 다른 마을로 가던 길에 우연히 그 머슴을 만났다. 나는 그에게 말을 걸었고, 그는 그사이에 겪은 일을 나한테 얘기해주었다. 그 이야기에 나는 너무나 큰 감동을 받았는데, 빌헬름, 내가 그 이야기를 들려주면 자네도 쉽게 이해가 될 걸세. 그렇지만 그 모든 이야기를 해봤자 무슨 소용이 있을까? 나를 괴롭히고 마음 아프게 하는 일을 어째서 나 혼자 간직하지 않는가? 내가 어째서 빌헬름 자네한테까지 걱정을 끼치는 것일까? 어째서 나는 자네가 나를 딱하게 여기고 책망할 계기를 만드는 것일까? 아무튼 이런 것도 내 팔자려니 하는 수밖에!

그 친구는 처음에는 묻는 말에 조용히 침울하게 대답했는데, 그런 태도에서 그가 다소 수줍어한다는 것을 알 수 있었다. 그러다가 어느 순간 다시 서로 마음이 통하자 그는 스스럼없이 자기 잘못을 털어놓으며 자신의 불행을 하소연했다. 여보게, 그가 하는 말 한마디 한마디를 자네가 판단해주면 좋으련만! 그는 여주인에 대한 열정적 사랑이 날이 갈수록 커졌다고 고백했다. 아니, 고백했다기보다는, 그 느낌을 다시 회상하면서 일종의 쾌감과 행복감에 잠겨 이야기를 했다. 마침내 그는 자기가 무엇을 하고 있는지, 감정을 어떻게 표현해야 좋을지, 고개를 어디로 돌려야 할지도 모르는 상태가 되었다. 먹고 마실 수도 없고 잠도 이룰 수 없는 지경이 되었으며, 목이 꽉 막히고, 해서는 안될 일은 하고 정작 시키는 일은 까맣게 잊어먹었다는 것이다. 마치 악령에 시달리는 듯한 느낌이었다고 한다. 그러던 어느날 여주인이 위층 방에 혼자 있는 것을 알고는 뒤따라갔다. 아니, 자기도 모르게 이끌려갔다고 해야 할 것이다. 하지만 여주인이 그의 청을 들어주지 않자 힘으로 그녀를 정복하려 했다. 어떻게 그런 일이 벌어졌는지 그 자신도 몰랐다. 하지만 하느님께 맹세하건대 여주인에게 품은 생각은 언제나 진실했고, 그녀와 결혼해서 함께 평생을 보낼 수 있다면 더이상 바랄 나위가 없다고 했다. 그 친구는 그렇게 얼마 동안 이야기를 하더니 말을 더듬기 시작했다. 아직 할 말이 많지만, 속에 있는 말을 다 털어놓기가 벅찬 것 같았다. 이윽고 그는 다시 수줍어하는 태도로, 그녀가 소박한 친밀감의 표현을 받아주었으며, 곁에 다가가는 것도 허락해주었다고 고백했다. 그는 다시 두세 차례 이야기를 중단하더니 열심히 변명을 하기도 했다. 이런 말을 한다고 해서 그녀를 나쁜 여자로 만들려는 것은 아니며, 분명히 말하지만 예전과 다름없이 그녀를 사랑하고 아낀다고 했다. 따라서 그런 말을 함부로 발설한 적은 없는데, 오직 나한테만 얘기해주는 것은 자기가 완전히 머리가 돌거나 아무 생각이 없는 사람은 아니라는 것을 나에게 확신시켜주기 위해서라고 했다. 친구여, 바로 이 대목에서 내가 예전부터 늘 즐겨 하던 말을 다시 꺼낼까 한다. 지금 이렇게 내 앞에 서 있는 사람을 자네한테 있는 그대로 보여줄 수만 있다면! 그가 하는 말을 그대로 전해줄 수만 있다면! 그러면 자네는 내가 얼마나 이 사람의 운명에 공감하고, 또 그럴 수밖에 없는지 생생하게 느낄 수 있을 텐데! 하지만 자네가 내 운명을 익히 알고 내가 어떤 사람인지 잘 알고 있으니 그것으로 족하네. 그러니 자네는 어째서 내가 모든 불행한 사람들에게, 특히 이 불행한 사람에게 그토록 마음이 쓰이는지 너무 잘 이해할 것이다.

지금 쓰고 있는 이 편지를 다시 읽어보니 이야기의 결말을 깜박 잊었다는 사실을 알게 되었다. 그 결말은 쉽게 짐작될 것이다. 여주인은 다시 머슴의 몸을 밀쳐냈고, 바로 그때 여주인의 오빠가 나타났다. 그자는 이미 오래전부터 머슴을 미워해서 진작부터 집에서 쫓아내려고 했는데, 여동생이 재혼을 하면 자기 아이들한테 돌아올 유산이 날아가버릴까 걱정되었기 때문이다. 그녀에겐 자식이 없기 때문에 자기 아이들이 유산을 물려받을 거라고 잔뜩 기대하고 있었던 것이다. 그리하여 그녀의 오빠는 머슴을 당장 집 밖으로 쫓아냈다. 그러고는 이 일로 야단법석을 떨어서 설령 여동생이 원한다 하더라도 그 머슴을 다시는 집 안에 들일 수 없도록 했다. 그후 여주인은 새 머슴을 들였는데, 들리는 말로는 이 머슴 때문에 또 오빠와 다투어서 사이가 벌어졌다고 한다. 그리고 소문에 따르면 그녀가 새 머슴과 결혼할 것이 확실한데, 그녀의 오빠는 그런 꼴은 두고 보지 않겠다고 단단히 벼르고 있다고 한다.

지금 자네한테 전해준 이야기는 전혀 과장이 아니고 미화한 것도 아니다. 오히려 실제보다는 좀 누그러뜨려서 이야기했다고 해도 무방할 것이다. 게다가 고리타분한 윤리적인 어휘들을 사용해 이야기했기 때문에 오히려 실제보다는 거칠어지고 말았다.

이러한 사랑, 이러한 충직함, 이러한 정열은 결코 문학으로 지어낼 수 있는 것이 아니다. 그런 사랑은 우리가 교양이 없고 거칠다고 일컫는 부류의 사람들에게만 가장 순수한 모습으로 살아 있다. 그 반면 교양이 있다는 우리 같은 사람은 아무짝에도 쓸모없는 불구일 뿐이다! 부탁하건대 오늘 이야기는 숙연한 마음으로 읽어주기 바라네. 나는 오늘 이 이야기를 옮겨쓰는 사이에 마음이 차분하게 가라앉았네. 평소와 달리 급하게 휘갈겨쓰지 않은 내 필체에서도 그걸 느낄 수 있을 걸세. 친구여, 오늘 이야기를 읽고 이것은 자네 친구인 나의 이야기이기도 하다는 점을 명심해두게. 나도 그런 일을 겪었고, 앞으로도 겪게 될 거야. 나는 이 불행한 머슴에 비하면 절반의 용기도 절반의 결단성도 없어. 그러니 감히 나를 그에게 견줄 엄두도 나지 않는다네.

9월 5일

로테는 업무차 시골에 체류하고 있는 남편에게 짤막한 편지를 썼다. 그 편지는 이렇게 시작하고 있었다. "진심으로 사랑하는 당신에게. 당신이 돌아오기만을 학수고대하고 있어요. 그러니 가능하면 빨리 돌아와주세요." 그때 한 친구가 찾아와서 로테의 남편이 사정이 있어서 그렇게 빨리 돌아오지는 못할 거라는 소식을 전해주었다. 그래서 부치지 않고 내버려두었던 쪽지 편지가 저녁에 우연히 내 손에 들어오게 되었다. 나는 편지를 읽고서 미소를 지었다. 그러자 그녀가 무엇 때문에 웃느냐고 물었다. "상상력이란 신이 주신 선물입니다." 나는 큰 소리로 답했다. "잠시 이 편지를 저한테 쓰신 것 같다는 생각이 들었거든요." 그러자 그녀는 갑자기 이야기를 뚝 그치며 언짢은 표정을 지었고, 나도 입을 다물었다.

9월 6일

나는 로테와 처음 춤출 때 입었던 간편한 파란색 연미복을 더이상 입지 않기로 했다. 물론 그런 결심을 하기까지는 쉽지 않았다. 어떻든 그 옷은 이제 눈에 띄게 초라해 보였다. 그래서 목깃과 소매까지 전에 입던 것과 똑같은 옷을 한벌 맞추었다. 아울러 노란색 조끼와 바지도 함께 맞추었다.

그렇지만 먼저 입었던 옷과 똑같은 느낌이 들지는 않을 것 같다. 왜 그런지는 모르겠지만, 어떻든 시간이 지나면 새 옷도 좋아질 거라는 생각이 든다.

9월 12일

로테는 알베르트를 마중하기 위해 며칠간 여행을 다녀왔다. 오늘 그녀의 방에 들어가자 그녀는 나를 맞아주었고, 나는 너무 기쁜 마음에 그녀의 손에 입을 맞추었다.

거울 위에 앉아 있던 카나리아 한마리가 날아와 그녀의 어깨 위에 앉았다. "새 친구가 생겼답니다." 그렇게 말하면서 그녀는 카나리아를 손 위에 앉혔다. "아이들을 생각해서 데려왔어요. 정말 귀엽게 굴어요! 이것 보세요! 이렇게 빵을 주면 날개를 퍼덕이며 너무 귀엽게 쪼아 먹는답니다. 저와 입도 맞추어요. 이것 보세요!"

그녀가 이 귀여운 새를 향해 입을 삐죽 내밀자 새는 너무나 사랑스럽게 그녀의 달콤한 입술에 부리를 꼭 눌러댔다. 마치 지금 자신이 누리는 행복을 생생하게 느낄 줄 아는 것 같았다.

"선생님께도 입을 맞추게 해드릴게요." 그렇게 말하면서 그녀는 새를 나한테 넘겨주었다. 그리하여 새의 귀여운 주둥이는 그녀의 입에서 내 입으로 옮겨왔고, 새가 톡톡 쪼아대는 감촉은 넘치는 사랑의 희열을 예감하게 해주는 숨결처럼 느껴졌다.

내가 말했다. "이 새의 키스에도 욕망이 전혀 없지는 않은 것 같네요. 먹을 것을 찾다가 욕구를 채우지 못하니까 실없는 애무를 그만두고 물러나잖아요."

그러자 그녀가 말했다. "제 입으로도 잘 받아먹는 걸요." 그녀는 빵 조각을 몇개 입에 물고 새에게 내밀었다. 그녀의 입술에서는 천진난만하게 교감하는 사랑의 기쁨이 환희의 미소로 번져나왔다.

나는 얼굴을 돌렸다. 그녀는 그런 모습을 보이지 말았어야 한다. 천상의 무구함과 행복을 일깨우는 그런 모습으로 나의 상상력을 자극하지 말았어야 한다! 그리하여 이따금 인생에 대한 무관심으로 잠재우는 내 가슴을 다시 깨우지 말았어야 한다! 하지만 그러면 안될 까닭이 뭐란 말인가? 그녀는 이토록 나를 신뢰하고 있는 것이다! 내가 그녀를 얼마나 사랑하는지 알고 있는 것이다!

9월 15일

　빌헬름, 이 지상에서 그래도 소중한 가치가 있는 귀한 것을 알아
보지도 못하고 느낄 줄도 모르는 인간들이 있다니 정말 미칠 노릇
이다. 내가 성聖 ○○○의 독실한 목사님을 찾아갔을 때 로테와 함
께 호두나무 그늘에 앉아 있던 일을 자네도 기억하겠지. 그 근사
한 호두나무들은 정말이지 언제나 내 영혼을 지고의 희열로 충만
케 했다! 이 나무들 덕분에 목사관이 얼마나 정겨워 보이고 얼마나
시원했던가! 그 나뭇가지들은 또 얼마나 수려했던가! 더구나 오래
전에 이 나무들을 심은 독실한 성직자들로 거슬러올라가는 추억
이 깃들어 있기도 했다. 학교 선생님은 할아버지한테 들은 이야기
라고 하면서 그중 한분의 존함을 종종 언급하셨다. 아주 훌륭한 분
이었다고 하는데, 호두나무 아래 있으면 언제나 그분에 대한 생각
으로 마음이 숙연해진다. 그런데 바로 그 나무들을 베어냈다는 이
야기가 어제 화제에 오르자 선생님은 눈물을 글썽했다. 베어버리
다니! 정말 미칠 것만 같다. 이 나무에 처음 도끼질을 한 그 망나니
같은 놈을 죽여버리고 싶다. 만약 내 집에 그런 나무가 몇그루 있
는데 그중 한그루가 늙어서 죽는다면 너무나 애통할 것이다. 그런
내가 호두나무가 잘려나간 것을 그대로 지켜봐야만 하다니. 그런
데 친구여, 한가지 문제가 생겼다네. 인간의 감정이란 알다가도 모
를 일이다! 온 동네 사람들이 불만이다. 목사 부인은 버터나 계란

이나 그밖의 헌물獻物이 줄어드는 것을 보고 이 일대 사람들에게 얼마나 큰 마음의 상처를 입혔는지 톡톡히 느껴야 할 것이다. 바로 이 여자가, 새로 부임한 목사(나이 드신 목사님은 그사이에 돌아가셨다)의 부인인 바로 이 여자가 호두나무를 베어버리게 한 장본인이기 때문이다. 깡마르고 병약한 이 여성에게 아무도 관심을 갖지 않았기 때문에, 당연히 그녀 자신도 이 세상에 아무런 관심도 없었다. 그런데 이 어리석은 여자는 학식을 쌓는 데 열을 올려서 성경 연구에 몰입했다. 심지어 최근 유행을 좇아 도덕적, 비판적 관점에서 기독교 개혁을 도모하는 데도 심취했으며, 그런 연유로 라바터의 열성주의 신앙에는 코웃음 쳤다. 그러다보니 건강은 완전히 피폐해져서 신이 창조하신 이 지상에서 아무런 낙도 얻을 수 없었다. 이런 부류의 인간이니 내가 애지중지하던 호두나무들을 능히 베어버릴 위인이었던 것이다! 정말 기가 막힐 노릇이다. 그녀의 주장에 따르면, 나뭇잎이 떨어져서 마당이 지저분하고 축축해지며, 바로 옆에 나무들이 있으니 낮에 햇빛을 가리고, 호두가 익으면 아이들이 돌멩이를 던지고 해서 이 모든 것이 신경에 거슬린다는 것이다. 그래서 케니콧[27], 제믈러[28], 미하엘리스[29] 등을 비교 연구하려고 해도 도무지 깊은 사색에 잠길 수가 없다는 식이었다. 이런 식이니 도대체 어떤 사람일지 상상해보라. 마을 사람들, 특히 노인네들이 불만

---

27 벤저민 케니콧. 18세기 영국의 신학자.
28 요한 잘로모 제믈러. 18세기 독일의 신학자.
29 요한 다비드 미하엘리스. 18세기 독일의 신학자이자 동양학자.

이 많아 보여서 나는 물어보았다. "어째서 그냥 당하고만 있었습니까?" 그러자 그들은 이렇게 말했다. "이런 시골에서는 면장이 하겠다고 하면 막을 도리가 없지 않소." 그렇지만 한가지 사달이 났다. 목사는 그렇지 않아도 멀건 죽이나 끓여주는 마누라의 심술을 이용하여 한몫 챙길 생각을 하고 면장과 공모하여 나무를 팔아서 생기는 이득을 나눠먹기로 했다. 그런데 교구관리청에서 이 사실을 알아차리고는 "베어낸 나무를 헌납하시오!"라는 통보를 보내왔다. 관리청에서는 나무가 서 있던 목사관의 땅에 대해 여전히 관할권을 갖고 있었던 것이다. 관리청은 그렇게 거두어들인 나무를 경매에 부쳐서 가장 비싸게 부르는 사람에게 팔았다. 어떻든 나무는 쓰러져 있다! 아, 내가 영주라면! 그 목사 부인과 면장과 관리청을 모조리…… 정말 영주라면! 그런데 내가 영주라면 내 영지 안에 있는 나무 따위에 신경이나 쓰겠는가!

10월 10일

로테의 검은 눈동자를 보기만 해도 나는 기분이 좋아진다! 그런데 화가 나는 것은, 알베르트는 내가 기대했던 만큼—내가 만약 그의 처지라면 더 행복할 텐데—행복해 보이지 않는다는 것이다. 나는 이런 줄표를 넣는 것을 좋아하지 않지만, 이 대목에서는 달리 표현할 도리가 없고, 내 마음을 분명히 표현했다고 생각된다.

10월 12일

　오시안이 내 마음속에서 호메로스를 몰아냈다. 이 위대한 시인은 나를 얼마나 장엄한 세계로 이끌어주는가! 그가 황야를 헤매고 다닐 때면 휘몰아치는 폭풍이 자욱한 안개 속에서 어스름한 달빛 아래 조상들의 혼령을 이끌고 간다. 산골짜기에서는 숲 속의 계곡물이 콸콸거리는 가운데 동굴에서 망령들의 신음 소리가 바람결에 흩어진다. 그리고 한 처녀가 고귀하게 전사한 애인이 묻혀 있는, 이끼와 풀로 뒤덮인 네개의 비석 주위를 맴돌며 숨이 넘어갈 듯 애통하게 통곡한다. 이윽고 다시 백발의 방랑시인이 보인다. 그는 광활한 황야에서 조상들의 발자취를 찾아 헤매다가 마침내 조상들이 묻힌 비석을 발견하고는, 넘실대는 바다 속으로 사라져가는 정겨운 저녁별을 바라보며 비탄에 잠긴다. 그러면 다정한 별빛이 용사들의 위험한 여정을 비춰주고 달빛이 승리의 화환으로 장식한 귀항선을 비춰주었던 아득한 과거의 기억이 영웅의 마음속에 생생히 되살아난다. 그의 이마에는 깊은 근심이 서려 있고, 홀로 남겨진 이 최후의 영웅은 기진맥진한 몸을 이끌고 무덤을 향해 비틀거리며 다가간다. 그는 사별한 사람들의 넋이 힘없이 모습을 드러내자 고통으로 타오르는 새로운 기쁨을 들이마시면서, 차가운 대지와 바람에 흔들리는 우거진 수풀을 굽어보며 이렇게 외친다. "한때 아름다웠던 내 모습을 기억하는 나그네가 언젠가는 찾아와서 이렇게

물으리라. '핑갈의 훌륭한 아들, 그 가인歌人은 어디에 있는가?' 그
나그네의 발길은 내 무덤 위로 지나갈 것이며, 그는 헛되이 이 지
상에서 나를 찾아 헤매리라." 아, 친구여! 나도 고귀한 용사처럼 칼
을 뽑아들고 나의 주군 오시안을 서서히 죽어가는 단말마의 고통
으로부터 단숨에 해방시켜주고 싶다. 그리고 고통에서 해방된 그
반신半神의 뒤를 따라 나의 영혼도 저승으로 보내고 싶다.

10월 19일

아, 이 공허감! 내 가슴속에서 느끼는 이 끔찍한 공허감! 로테를
한번만, 단 한번만 이 가슴에 껴안아볼 수 있다면 이 모든 공허감
이 온전히 채워질 수 있을 거라는 생각이 자꾸 든다.

10월 26일

나는 분명히 느끼고 있다! 갈수록 분명히 느끼고 있다. 한 사람
의 인생이 별것 아니라는 것을, 정말 허망하다는 것을. 로테의 여자
친구가 로테를 찾아왔다. 그래서 나는 책이나 보려고 옆방으로 갔
다. 하지만 책이 읽히지 않아서 편지를 쓰려고 펜을 들었다. 그때
옆방에서 나직이 이야기하는 소리가 들려왔다. 두 사람은 대수롭

지 않은 일과 시내 소식을 이야기하고 있었다. 누구는 결혼을 하고, 누구는 병이 들어 위중하다는 등의 이야기였다. 로테의 친구가 이렇게 말했다. "그분은 마른기침을 하고, 얼굴은 앙상하게 뼈만 튀어나왔는데, 이따금 졸도까지 한대. 틀림없이 오래 못 사실 거야." 그러자 로테가 "○○○라는 남자분도 많이 아프다던데"라고 말했고, 친구는 "벌써 몸이 부어올랐다던데"라고 대꾸했다. 이런 이야기를 듣자니 나의 활발한 상상력은 이 불쌍한 사람들의 병상을 생생히 떠올렸다. 그들이 삶을 하직하는 것을 얼마나 싫어할지 눈에 선했다. 그런데 빌헬름, 이 여자들은 마치 생판 모르는 사람이 죽어가듯이 그런 이야기를 했다. 나는 방 안을 둘러보았다. 사방에 로테의 옷가지와 알베르트의 서류, 이제는 나도 정이 든 가구들과 잉크병도 눈에 들어왔다. 그것들을 바라보며 나는 생각에 잠겼다. 잘 생각해봐라. 너는 대체 이 집에서 어떤 존재인가? 모든 정황을 고려해볼 때 친구들은 너를 존중해주고 있다! 너도 종종 그들에게 즐거움을 선사하긴 하지. 그리고 너는 그들이 없으면 살아갈 수 없을 거라고 진심으로 믿고 있다. 그런데 네가 떠난다면? 이들과 어울려 지내는 모임을 떠난다면? 그러면 그들은 과연 얼마 동안이나 너의 상실로 인해 그들의 운명에 팬 상처를 느낄까? 과연 얼마 동안이나? 아, 인간이란 이렇게 허망한 존재다. 자신의 존재를 분명히 확신시켜주는 곳에서도, 자신의 현존을 진실로 실감하는 유일한 곳에서도, 사랑하는 사람들의 기억과 영혼에서조차 소멸하고 사라져야만 하다니! 그것도 금방!

10월 27일

사람들이 서로 그토록 무심할 수 있다는 생각이 들면 이따금 내 가슴을 갈기갈기 찢고 머리를 짓이기고 싶은 심정이다. 아, 내가 사랑과 기쁨, 따뜻한 마음과 즐거움을 베풀어주지 않으면 상대방이 나에게 그런 것을 베풀어줄 리 없다. 그러니 내가 아무리 진심으로 흔쾌히 남을 행복하게 해주고 싶어도 정작 상대방이 차갑고 미지근하게 나오면 아무 소용이 없다.

10월 27일 저녁

나는 이렇게 가진 게 많지만, 그녀에 대한 생각이 모든 것을 집어삼킨다. 나는 이렇게 가진 게 많지만, 그녀가 없으면 모든 것이 무無로 돌아가버린다.

10월 30일

나는 벌써 수백번이나 그녀의 목을 껴안기 직전까지 갔다! 이토록 사랑스러운 여성이 눈앞에 어른거리는데 손도 대지 못하는 심정이 어떠할지는 오직 하느님만 아실 것이다. 하지만 그럴 때는 손을 내밀어 붙잡는 것이 인간의 가장 자연스러운 본능이 아닌가! 아이들은 마음에 드는 것이 있으면 무엇이든 손을 내밀어 잡으려 하지 않는가? 그런데 나는?

11월 3일

정말이지 나는 잠자리에 들면서 종종 다시는 깨어나지 않기를 바라고 염원한다. 그런데 다시 아침에 눈을 뜨면 태양이 보이고 나는 비참해진다. 아, 차라리 내가 변덕이 심해서 날씨나 제삼자의 탓으로 돌리거나 계획이 실패한 탓이라고 떠넘길 수만 있다면 이 견디기 힘든 불쾌감이 주는 압박을 절반이라도 덜어낼 수 있을 것이다. 나는 정말 딱하기 짝이 없다! 모든 것이 오로지 내 탓임을 나는 절감하고 있다. 아니, 굳이 나를 탓할 필요도 없다! 일찍이 모든 행복의 원천이 내 마음속에 있었듯이 이제 모든 불행의 원천이 내 마음속에 있다는 것만은 분명하다. 한때는 감흥으로 충만하여 두둥실 떠다니고 발걸음을 옮길 때마다 낙원이 펼쳐지고 온 세상을 사랑으로 감싸안는 가슴의 소유자였건만. 지금의 나도 그때의 나와 동일인이 아닌가? 그런데 그 가슴이 이제는 죽었다. 이제 내 가슴에서는 그 어떤 감격도 흘러나오지 않고, 눈물도 메말랐다. 나의 감각은 속을 후련하게 해주는 눈물을 더이상 흘리지 못하고, 그래서 초조하게 이마를 찌푸리고 있다. 내 인생의 유일한 기쁨을 잃었기에 너무나 괴로워하고 있다. 내 주위의 세계를 창조했던 신성한 생명력도 사라지고 말았다! 창밖으로 저 멀리 언덕을 바라보면 아침 해가 언덕 위로 안개를 가르며 고요한 초원을 비추고 있다. 그리고 잎사귀가 떨어진 버드나무 사이로 잔잔한 강물이 내가 있는 쪽으로 굽이쳐 흘러온다. 아, 그런데 이렇게 장엄한 자연조차도 이제는 광칠을 한 한점 그림처럼 딱딱하게 굳어 보일 따름이다. 자연에서 느끼는 이 모든 기쁨도 내 심장에서 머리 위로 단 한 방울의 행복감도 뿜어올리지 못한다. 그런데 사내대장부랍시고 바짝 마른 우물이나 말라비틀어진 물통처럼 하느님 앞에 서 있는 것이다. 나는 종종 바닥에 엎드려 제발 눈물을 내려달라고 하느님께 기도를 드렸다. 마치 하늘에서 불볕이 쏟아져서 사방의 대지가 타들어갈 때 농부가 비를 내려달라고 기도하듯이.

아, 하지만 우리가 아무리 간절히 애원해도 하느님은 비도 햇빛도 내려주시지 않는다는 것을 나는 분명히 느낀다. 그리고 돌이켜 생각하면 괴롭기만 한 지난 시절도 결코 되돌려주시지 않는다. 그 시절은 어쩌면 그렇게 행복했던가! 그것은 내가 인내심을 가지고 성령을 기다리고 하느님이 넘치도록 베풀어주시는 기쁨을 극진한 마음으로 감사히 받아들였기 때문이다.

11월 8일

로테는 나의 무절제한 생활을 타박했다. 아, 너무나 사랑스러운 태도로! 나의 무절제란 이따금 포도주 한 잔으로 잘못 시동이 걸려서 한 병을 몽땅 비워버리는 것이다. 그녀는 이렇게 말했다. "그러지 마세요! 로테를 생각하셔야죠!" 내가 대꾸했다. "생각해달라고요? 저더러 생각해달라고 말할 필요가 있을까요? 그렇지 않아도 이미 생각하고 있는데! 아니, 생각할 필요조차 없어요! 당신은 언제나 내 마음속에 있으니까요. 오늘은 당신이 얼마 전에 마차에서 내렸던 그 장소에 앉아 있었는데……" 그러자 그녀는 내가 이런 맥락으로 더 깊이 빠져들지 않도록 화제를 바꾸었다. 친구여, 나는 구제불능이다! 그녀는 나를 마음대로 다룰 수 있다.

11월 15일

빌헬름, 진심으로 마음을 써주고 선의의 충고를 해줘서 감사하네. 제발 걱정하지 말기 바라네. 내 스스로 버티어보겠네. 내가 아무리 지쳤어도 아직은 어떻게든 헤쳐나갈 기력은 남아 있으니까. 자네도 알다시피 나는 신앙을 존중해. 신앙은 기진맥진한 사람들에게 더러는 지팡이가 되어주고, 굶주린 사람들에겐 신선한 자양분이 되기도 한다. 하지만 과연 누구한테나 똑같은 효과가 있을까? 반드시 그래야만 할까? 넓은 세상으로 눈을 돌리면 신앙의 힘이 먹혀들지 않는 사람들이 무수히 많다. 지금까지도 그러했고 앞으로도 그럴 것이다. 설교를 들었든 듣지 않았든 마찬가지다. 그런데 어째서 내가 신앙의 영험을 믿어야 한단 말인가? 하느님의 아들조차도 자기 주위에 모이는 사람들은 하느님 아버지께서 보내신 사람들이라 하지 않았던가?[30] 그런데 만약 내가 하느님의 아들에게 보내진 존재가 아니라면? 만약 나의 마음이 원하는 대로 하느님이 나를 곁에 두고자 하신다면? 내 말을 오해하지는 말기 바라네. 사심 없이 하는 말이니 빈정거린다고 여기지는 말게나. 지금 자네한테 하는 말은 숨김 없는 진심이야. 그렇지 않다면야 이런 말을 꺼내지도 않았겠지. 나는 나 자신이나 다른 누구나 피차 알지 못하는 일에 대해서는 이러쿵저러쿵 쓸데없이 지껄이고 싶지 않다. 인간의 운명이란 어차피 분수에 맞게 견디며 살아가고 자기한테 주어진 잔을 다 비우는 것이 아니겠는가? 그런데 하늘에 계신 하느님이 보시기에도 그 술잔이 인간의 입맛에는 너무 쓰다고 하셨거늘 어째서 나라고 해서 잘난 체하며 그 잔이 달콤한 척해야 한단 말인가? 나의 삶이 송두리째 존재와 무無 사이에서 전율하는 이 끔찍한 순간에 내가 창피해할 이유가 뭐란 말인가? 지나간 시절이 미래의 캄캄한 심연을 번갯불처럼 비추고, 내 주위의 모든 것이 가라앉고,

------

30 요한 복음서 6:44~45.

나와 더불어 이 세계도 무너져내리는 이 끔찍한 순간에. "나의 하느님, 나의 하느님, 어찌하여 저를 버리셨나이까?"[31] 이것은 자신의 내면으로만 내몰려서 자기 자신을 잃고 끝없이 추락하는 인간이 헛되이 위를 향해 솟구치려 사력을 다해도 내면의 깊은 밑바닥에 떨어져 이를 갈며 울부짖는 소리가 아닌가? 그런데 어째서 내가 그런 말을 부끄러이 여겨야 하며, 하늘을 두루마리처럼 둘둘 말아버릴 수 있다는,[32] 하느님의 아들도 피하지 못했던 그 순간을 두려워해야 한단 말인가?

11월 21일

로테는 나와 그녀 자신까지 파멸시킬 독약을 그녀 스스로 만들고 있다는 사실을 모르고 있고 느끼지도 못한다. 나는 그녀가 나를 파멸시킬 독배를 건네주면 게걸스럽게 받아마신다. 그녀는 자주—자주? 아니, 자주는 아니고 이따금—나를 상냥한 시선으로 바라보고, 내 감정의 무의식적 표현을 흔쾌히 받아주며, 그녀의 이마에는 나의 인내에 대한 연민의 정이 내비친다. 이 모든 것이 과연 무엇을 뜻하는가?

어제는 그녀의 집에서 나오는데 그녀가 손을 내밀어 악수를 청

<hr>

31 마태오 복음서 27:46.
32 요한 묵시록 6:14.

하면서 이렇게 말했다. "안녕히 가세요, 사랑하는 베르터 씨!" 사랑하는 베르터 씨! 그녀가 나에게 '사랑하는'이라는 말을 붙여 부른 것은 이번이 처음이다. 나는 온몸이 뼛속까지 짜릿했다. 나는 그 말을 수백번이나 되뇌었다. 어젯밤 잠자리에 들 때는 온갖 혼잣말을 중얼거리다가 드디어 "잘 주무세요, 사랑하는 베르터 씨!"라고 해보았다. 그런 내 모습이 우습기만 했다.

11월 22일

나는 감히 '그녀를 저에게 허락해주십시오!'라고 기도할 수는 없지만, 그럼에도 종종 그녀가 내 사람인 것처럼 느껴진다. '그녀를 저에게 주십시오!'라고 기도할 수도 없다. 다른 사람의 아내이니까. 나는 괴로운 심정을 이런 횡소리로 달래고 있다. 계속 이러다가는 끝없는 딜레마에 빠질 것이다.

11월 24일

그녀는 내가 어떻게 견디고 있는지 느끼고 있다. 오늘은 그녀의 눈길이 내 폐부를 찔렀다. 그녀는 혼자 집에 있었다. 나는 아무 말도 하지 못했고, 그녀는 나를 물끄러미 바라보았다. 나는 이제 그

녀에게서 사랑스러운 아름다움도, 훌륭한 정신의 광채도 발견하지
못한다. 그 모든 것이 내 눈앞에서 사라져버렸다. 이제는 그보다 훨
씬 더 숭고한 시선이 마음에 와닿는다. 극진한 관심과 달콤하기 그
지없는 연민의 정을 가득 담은 시선이었다. 그런데 어째서 나는 그
녀의 발치에 몸을 던지지 못했던가? 어째서 나는 그녀의 목덜미에
수없이 입 맞추며 화답하지 못했던가? 그녀는 어색한 분위기를 면
하려고 피아노 쪽으로 가서 달콤하고 그윽한 목소리로 피아노 화
음에 맞추어 노래를 불렀다. 그녀의 입술이 이렇게 매력적으로 느
껴진 적은 없었다. 이렇게 말해도 무방한지 모르겠지만, 그녀의 입
술은 피아노에서 흘러나오는 감미로운 곡조를 들이마시려고 갈망
하는 것처럼 벌어져 있었고, 순결한 입에서는 은밀한 메아리가 울
려나오는 듯했다. 나는 더이상 견딜 수 없어서 몸을 수그리고 맹
세했다. 나는 감히 그대의 입술에 입 맞출 생각은 하지 않겠다. 천
상의 영靈들이 맴도는 그대의 입술이여! 그럼에도 입 맞추고 싶다.
아! 나의 맹세가 장막처럼 내 마음을 가로막고 있다. 그 행복을 맛
볼 수만 있다면 그 죄의 댓가로 파멸해도 좋다. 그런데 그것이 과
연 죄가 될까?

11월 26일

때로는 나 자신에게 이렇게 말한다. '네 운명은 세상에 둘도 없

이 기구하다. 차라리 다른 사람의 행복을 축복해주어라. 이렇게 큰 고통을 당한 사람은 없었다.' 그러고서 옛 시인의 작품을 읽으면 마치 내 마음을 들여다보는 것 같다. 나도 이렇게 큰 고통을 감당해야 하는구나! 아, 도대체 나보다 먼저 살았던 사람들도 그토록 비참했단 말인가?

11월 30일

나는 어차피 제정신을 차리지 못할 것이다! 어디를 가든 완전히 자제력을 잃게 만드는 일과 맞닥뜨린다. 오늘도 그랬다! 아, 운명이여! 아, 인간이여!

점심 무렵에 식사 생각이 없어서 물가를 거닐었다. 온 사방이 황량했고, 음습하고 쌀쌀한 서풍이 산 쪽에서 불어왔으며, 잿빛 비구름이 골짜기로 몰려왔다. 멀찌감치 허름한 초록색 상의를 걸친 한 남자가 눈에 띄었는데, 바위 사이를 이리저리 기어다니며 약초를 뜯고 있는 듯했다. 내가 가까이 다가가자 그는 바스락거리는 인기척에 몸을 돌렸다. 그는 인상이 특이했는데, 얼굴에는 정직하고 선량한 마음씨를 말해주는 조용한 슬픔이 배어 있었다. 검은 머리는 핀을 꽂아 두 다발로 묶었고, 나머지 머리는 굵게 땋아서 등허리로 늘어뜨리고 있었다. 옷차림으로 보아 신분이 미천한 사람이라 짐작되었기에 그가 하는 일에 관심을 표하더라도 나쁘게 받아들이지는 않을 성싶었다. 그래서 나는 무엇을 찾고 있느냐고 물어보았다. 그러자 그는 한숨을 쉬면서 대답했다. "꽃을 찾고 있습니다. 그런데 꽃이 하나도 안 보이네요." 나는 미소를 지으며 말했다. "지금은 꽃이 피는 계절이 아니잖소." 그러자 그는 내가 있는 쪽으로 내려오면서 말했다. "꽃은 얼마든지 있습니다. 우리 집 정원에는 장미와 두 종류의 인동초가 있습니다. 인동초 중 한 종은 아버지가 주신 것인데, 잡초처럼 마구 자란답니다. 벌써 이틀째 꽃을 찾고 있는데, 도무지 보이지 않네요. 이 근처에도 늘 꽃이 있었거든요. 노란색, 파란색, 빨간색 꽃들이죠. 용담초에는 예쁜 꽃이 핀답니다. 그런데 하나도 보이지 않아요." 나는 어쩐지 섬뜩한 느낌이 들어서 에둘러서 물어보았다. "꽃을 구해서 뭘 하려는 것이오?" 그러자 그의 얼굴이 실룩거리며 기묘한 미소가 스쳐갔다. "발설하지 않으면 말해주리다." 그는 손가락을 입에 갖다대며 말했다. "애인한테 꽃다발을 만들어주기로 했거든요." "그것 참 근사하오." 내가 맞장구를 쳐주었다. 그러자 그가 말했다. "그럼요! 다른 것들은 얼마든지 갖고 있거든요. 그녀는 부자랍니다." "하지만 당신이 바치는 꽃다발을 좋아하는군요." 다시 내가 맞장구를 쳤다. "그럼요! 보석도 있고 관冕도 하나 있답니다." "그런데 애인 이름이 어떻게 되지요?" 그러자 그는 딴소리를 했다. "네덜란드 정부가 저한테 봉급만 제대로 주었으면 저도 팔자가 폈을 겁니다! 저도 잘나가던 때가 있었지요. 하지만 이젠 끝장났습니다. 이제 저는……" 하늘을 바라보며 눈물을 글썽이는 모습에서 모든 걸 짐작할 수 있었다. 이윽고 내가 다시 물었다. "그럼 한때는 행복했단 말이군요?" 그러자 그가 대꾸했다. "아, 제발 다시 행복해질 수만 있다면! 그때는 참 좋았지요. 정말 물고기가 물을 만난 듯 신이 나고 즐거웠답니다." 그때 "하인리히!" 하고 부르는 소리가 들리더니 어떤 노파가 달려왔다. "하인리히, 대체 어디에 처박혀 있는 거냐? 너를 찾느라고 온 사방을 헤맸잖아. 밥 먹으러 가자꾸나." "아드님 되십니까?" 하고 내가 다가가며 묻자 그녀가 대답했다. "예, 불쌍한 아들놈이지요. 하느님이 저에게 큰 시련을 주신 것이지요." 내가 물었다. "이렇게 된 지 얼마나 되었습니까?" 그녀가 대답했다. "이렇게 조용해진 지는 반년쯤 되었습니다. 그나마 이만하길 천만다행이지요. 그전에는 꼬박 일년 동안 미쳐날뛰어서 사슬에 묶인 채 정신병원에 있었답니다. 이제는 누구한테도 해코지는 하지 않는데, 단지 걸핏하면 왕이며 황제만 들먹이지 뭐예요. 원래는 너무 착하고 얌전한 녀석이어서 어미를 먹여살리는 데도 보탬이 되었고, 글씨도 곧잘 썼답니다. 그런데 갑자기 우울증이 걸려서 마구 열이 오르더니 결국 미쳐버리고 말았지요. 그리고 지금은 보시는 바와 같습니다. 이런 말씀을 드리게 되어 송구스럽습니다만……" 나는 끝이 없을 듯한 노파의 말을 가로막고 물어보았다. "아드님이 행복했고 너무 좋았다고 자랑하는 그 시절은 대체 언제 무렵인지요?" 그러자 노파는 딱하다는 듯이 미소를 지으며 말했다. "지지리도 못난 놈이지요! 완전히 정신이 나갔을 때를 말하는 거랍니다. 노상 그 시절을 자랑하지 뭡니까. 정신병원에 갇혀 있던 때지요. 그때는 자기가 누군지도 까맣게 잊어먹었지요." 노파의 말을 듣자 나는 벼락이라도 맞은 심정이었다. 나는 노파의 손에 동전 한닢을 쥐여주고는 황급히 그 자리를 떠났다.

그대가 행복했던 시절이라! 나는 그렇게 소리치며 시내 쪽으로 서둘러 발걸음을 옮겼다. 물고기가 물을 만난 듯이 좋았다고! 하늘에 계신 신이여! 미처 지각이 생기기 이전이나 다시 지각을 잃은 이후에만 행복할 수 있도록 인간의 운명을 점지하셨습니까? 불쌍한 사람이로다! 하지만 나는 그대의 슬픔과 그대를 괴롭히는 정신착란이 차라리 부럽다! 그대가 섬기는 여왕께 꽃을 바치기 위하여 희망에 부풀어 밖으로 돌아다니지 않는가. 그것도 한겨울에. 꽃이 보이지 않는다고 슬퍼하면서도, 왜 보이지 않는지는 깨닫지 못하는구나. 그런데 나는 아무런 희망도 목표도 없이 헤매다가 이렇게 다시 집으로, 내가 떠나온 곳으로 되돌아간다. 네덜란드 정부가 봉급만 주었으면 팔자가 폈을 거라고 그대는 말한다. 복 받은 사람이로다! 행복하지 못한 이유를 세상의 장애물 탓으로 돌릴 수 있으니! 그대의 짓이겨진 가슴과 뒤죽박죽이 된 머리가 바로 불행의 원천이며, 그렇기에 이 세상의 어떤 왕도 그대를 도와줄 수 없다는 것을 그대는 깨닫지 못하는구나.

병을 고치려고 아득히 먼 곳까지 샘을 찾아 나섰다가 오히려 병을 키우고 여생을 더 고통스럽게 보내야 하는 환자를 비웃는 사람이 있다면 그런 자는 아무런 위안도 받지 못하고 죽어야 마땅할 것이다. 또한 양심의 가책에서 벗어나고 마음속의 고뇌를 떨치기 위해 예수 그리스도의 무덤을 찾아 순례길을 떠나는 고통받는 사람을 경멸하는 자 역시 그렇게 죽어 마땅하리라. 그런 순례자가 발바닥이 긁혀가며 길도 나지 않은 길을 나아가는 한 걸음 한 걸음은 고통에 허덕이는 영혼을 달래주는 한 방울의 진통제가 된다. 힘든 하루 여정을 견디며 나아갈 때마다 마음속의 괴로움은 그만큼 덜어지는 것이다. 그런데 어떻게 안락한 생활을 하며 입방아만 찧는 자들이 감히 그런 고행을 광기라 부른단 말인가? 광기라니! 오, 신이여! 제가 흘리는 눈물을 보십시오! 당신은 인간을 이토록 불쌍한 존재로 만드셨지요. 그런데 어찌하여 우리가 당신께 품은 소박한 신뢰와 우리의 가난한 마음마저 앗아가버리는 자들을 우리의 형제랍시고 붙여주셨습니까! 모두를 사랑하는 신이시여! 치유 효과가 있는 약초 뿌리나 포도즙의 효능을 믿는 것은 당신에 대한 믿음이 아니고 무엇이겠습니까? 우리가 시시각각 필요로 하는 치유력과 진정능력을 우리 주위의 모든 것에 부여하신 당신에 대한 믿음이 아니고 무엇이겠습니까? 제가 알지 못하는 아버지시여! 한때는 제 영혼을 충만케 해주셨으나 이제 저를 외면하시는 아버지시여! 저를 당신 곁으로 불러주소서! 더이상 침묵하지 마소서! 당신의 침묵은 이렇게 갈증에 허덕이는 영혼을 진정시키지 못합니다. 뜻밖에 되돌아온 아들이 아버지의 목에 매달려 다음과 같이 외친다고 해서 한 사람의 인간으로서, 또 아버지의 입장에서 어떻게 화를 낼 수 있겠습니까? "아버지, 다시 돌아왔습니다! 아버지의 뜻에 따라 더 참고 견뎌야 했을 여정을 도중에 중단했다고 해서 화내지 마십시오. 세상은 어디를 가든 마찬가지입니다. 힘들게 일하면 보상과 기쁨이 따르는 법이지요. 그런데 그런 세상 이치가 저에게 무슨 소용이 있습니까? 저는 오직 아버지가 계신 곳만이 좋습니다. 저는 아버지가 보는 앞에서 고통도 겪고 즐거움도 누리고자 합니다." 하늘에 계신 아버지, 그래도 당신은 이 아들을 내쫓으시겠습니까?

12월 1일

빌헬름! 내가 지난번 편지에서 말했던 그 사람, 불행에 처해서도 행복한 그 사람은 로테의 아버지 밑에서 서기로 있었다네. 그는 남몰래 로테에 대한 연정을 키우다가 결국 사랑을 고백했는데, 그로 인해 해고를 당하고 끝내 미쳐버렸다는 거야. 그런 사연이 얼마나 사무치게 내 마음을 사로잡았는지 이 무미건조한 몇 마디 말에서 느껴보기 바라네. 알베르트는 태연하게 이런 이야기를 들려주었다네. 아마 자네도 그처럼 태연하게 이 이야기를 읽을 테지.

12월 4일

제발 부탁이야. 아직도 모르겠나? 나는 끝장이야. 더이상 견딜 수가 없어! 나는 오늘 로테의 옆에 앉아 있었다. 나는 잠자코 앉아 있었고, 그녀는 피아노를 쳤다. 다채로운 멜로디로 모든 것을 표현했다! 모든 것을! 모든 것을! 무슨 말이냐고? ……그녀의 어린 여동생은 내 무릎에 앉아서 인형을 치장해주고 있었다. 나는 눈물이 나왔다. 고개를 숙이자 그녀의 결혼반지가 바로 눈앞에 보였고, 나는 눈물이 쏟아졌다. 그녀는 갑자기 천상의 감미로움을 담은 오래된 멜로디를 치기 시작했다. 너무나 갑작스러웠다. 나는 마음속으로 위안을 느끼며, 예전에 내가 이 곡을 들었던 시절의 추억을 떠올렸다. 아울러 로테와 헤어져 있던 침울한 시절의 울화와 수포로 돌아간 희망의 기억도 생각났다. 그러고서 나는 방 안을 이리저리 거닐기 시작했고, 감정이 복받쳐서 가슴이 미어지는 듯했다. 나는 격한 감정을 쏟아내며 그녀를 향해 성큼 다가가며 말했다. "제발, 제발 그만하세요!" 그녀는 피아노를 멈추고 나를 빤히 쳐다보았다. 그녀는 내 마음에 사무치는 미소를 지으며 말했다. "베르터 씨, 몹시 아파 보여요. 당신이 좋아하는 곡도 싫다니요. 이제 그만 집으로 돌아가세요. 제발 부탁이니 안정을 좀 취하세요." 나는 그녀의 집에서 나왔다. 하느님, 저의 비참한 모습을 보고 계실 테니 어서 이런 상태를 끝장내주십시오.

12월 6일

그녀의 모습이 자꾸만 눈앞에 어른거린다! 자나 깨나 그녀의 모습이 온통 내 마음을 사로잡고 있다! 눈을 감으면 내면의 시력이 모여 있는 여기 내 이마 속에 그녀의 검은 눈동자가 보인다. 바로 여기에! 뭐라고 표현해야 좋을지 모르겠다. 눈을 감으면 그녀의 눈동자가 나타난다. 마치 바다처럼, 아득한 심연처럼 그녀의 눈동자는 내 앞에, 내 속에 존재하고, 내 이마의 감각을 가득 채운다.

반쯤은 신을 닮았다고 예찬되는 인간이란 대체 무엇인가! 가장 절실하게 힘이 필요한 바로 그 순간에 힘이 사라지지 않는가? 기쁨에 들뜰 때나 괴로움에 빠져 있을 때나 인간은 무한한 존재의 충일함 속에서 몰아지경에 들기를 갈망하는 바로 그 순간에 덜미를 잡히고, 무디고 차가운 의식으로 되돌아가지 않는가?

편집자가 독자에게 드리는 글

나는 우리의 친구 베르터의 특기할 만한 마지막 며칠에 관해 가능하면 많은 자필 기록이 남아 있기를 무척 기대했습니다. 그러면 그가 남긴 일련의 편지를 굳이 편집자의 서술로 중단할 필요가 없기 때문입니다.

나는 그의 사연을 잘 알고 있을 법한 사람들의 증언을 통해 정확한 정보를 수집하려고 노력했습니다. 마지막 며칠 동안의 이야기는 간단합니다. 모든 사람의 증언은 사소한 몇가지를 제외하고는 모두 일치했습니다. 다만 주요 인물들의 심리 상태에 관해서는 의

견들이 달랐고 판단도 엇갈렸습니다.

결국 편집자의 몫으로 남은 일은, 다방면으로 애를 써서 파악한 내용을 양심적으로 서술하고, 고인이 남긴 편지들을 삽입하고, 아주 작은 쪽지 하나라도 찾아낸 것은 소홀히 다루지 않도록 하는 것입니다. 무엇보다, 평범하지 않은 사람들 사이에서 벌어지는 사건 하나하나를 놓고 아주 내밀한 진짜 동기가 무엇인가를 밝혀내는 일은 특히 어렵기 때문입니다.

불만과 불쾌감은 베르터의 영혼에 점점 깊이 뿌리를 내리고 점점 더 단단히 뒤엉켜서 그의 전존재를 야금야금 잠식해들어갔다. 정신의 조화는 완전히 깨졌고, 마음속의 뜨거운 열기와 격정이 그의 타고난 기력을 송두리째 뒤흔들어놓고 아주 고약한 타격을 입혀서 마침내 초주검 상태에 이르게 되었다. 그는 지금까지 그 모든 불행과 싸워왔듯이, 더욱 안간힘을 다해 그런 상태로부터 벗어나고자 애를 썼다. 가슴을 조이는 불안은 그나마 남아 있던 정신력과 생기와 예리한 감각을 갉아먹었다. 그리하여 다른 사람과 함께 있을 때도 슬픔에서 헤어나지 못했고, 점점 더 불행해졌으며, 불행이 깊어질수록 정도에서 벗어나는 일이 잦아졌다. 적어도 알베르트의 친구들은 그렇게 말했다. 그들의 주장에 따르면, 순수하고 차분한 사람인 알베르트가 오랫동안 바라던 행복을 얻고 이 행복을 영원히 유지하고자 하는데, 베르터는 알베르트의 그런 태도를 존중하지 않았다는 것이다. 이를테면 베르터는 매일 낮에는 자기 재산을 탕진하고 정작 밤이 되면 괴로워하고 배고파하는 격이라는 것이다. 그들의 말에 따르면, 알베르트는 그렇게 짧은 기간에 사람이 변한 것은 아니며, 베르터가 처음부터 알던 모습, 높이 평가하고 존중했던 모습 그대로였다고 한다. 알베르트는 누구보다 로테를 사랑했고, 로테를 자랑으로 여겼으며, 또한 로테가 누구에게나 가장 훌륭한 여성으로 인정받기를 원했다. 따라서 그가 행여 의혹의 빌미가 될 일을 예방하고자 했고, 또 아무리 순수한 방식으로라도 이 소중한 보물을 그 누구와도 나눌 생각이 없었다고 해서 과연 그를 탓할 수 있겠는가? 물론 베르터가 자기 부인과 함께 있으면 알베르트는 종종 부인의 방에서 나오곤 했다는 사실을 그들도 시인한다. 하지만 친구에 대한 미움이나 혐오감 때문이 아니라, 단지 자기가 함께 있으면 친구에게 부담이 될까봐 그랬다는 것이다.

로테의 아버지가 병에 걸려서 꼼짝 못하고 방 안에서만 지내게 되었는데, 그러자 아버지는 로테에게 마차를 보냈고, 로테는 그 마차를 타고 아버지가 있는 곳으로 갔다. 청명한 겨울날이었다. 첫눈이 많이 내려서 온 사방을 뒤덮고 있었다.

그다음 날 아침 베르터는 그녀를 뒤쫓아갔다. 만약 알베르트가 그녀를 데리러 오지 않으면 자기가 데려오려고 한 것이다.

청명한 날씨도 베르터의 침울한 심경에는 별 효과가 없었고, 갑갑한 압박감이 그의 영혼을 짓누르고 있었다. 그는 슬픈 기억의 영상들에 사로잡혀 있었다. 그의 마음속에는 괴로운 상념들이 꼬리를 물고 이어질 뿐, 다른 어떤 변화도 없었다.

그는 언제나 자기 자신에 불만을 품고 살아왔기에, 다른 사람의 처지도 미심쩍고 혼란스러워 보이기만 했다. 그는 알베르트와 그의 부인 사이의 단란한 관계를 자신이 방해했다고 생각하고 자신을 질책했는데, 거기에는 남편 알베르트에 대한 은근한 반감도 섞여 있었다.

로테를 찾아가는 도중에도 그의 생각은 이 문제에 쏠려 있었다. 그는 속으로 이를 갈면서 혼잣말을 중얼거렸다. "그래, 그렇겠지. 그런 것이 친밀하고, 우애 있고, 다정하고, 매사에 관심을 가져주는 교제란 말이지! 차분하게 언제까지고 신의를 지키는 것이! 아니야, 그건 권태와 무관심일 뿐이야! 알베르트는 이 소중하고 훌륭한 아내보다는 온갖 허접한 일들에 더 끌리지 않는가? 그가 자신에게 굴러온 행복을 제대로 평가할 줄이나 알까? 그가 과연 로테의 가치에 어울리게 그녀를 존중해줄 수 있을까? 그런데도 그녀를 차지하고 있다. 그래, 차지하고 있지. 그것은 내가 아는 다른 지식과 마찬가지로 뻔히 아는 사실이다. 이제는 그런 생각에 익숙해졌다고 믿었는데, 그런데도 그 생각만 하면 미칠 것 같고 죽을 것 같다. 도대체 나에 대한 우정은 여전히 유효할까? 알베르트는 내가 로테에게 매달리는 것을 자신의 권리에 대한 침해라고 여기지 않을까? 그녀에 대한 나의 관심을 은근한 비난으로 받아들이지는 않을까? 나는 그렇다는 것을 잘 알고, 분명히 느끼고 있다. 그는 나를 달갑지 않게 보는 것이다. 그는 내가 떠나주기를 바라며, 내가 있는 것이 그에게는 부담이 되고 있다."

베르터는 이따금 빠른 걸음을 멈추고 제자리에 서서 되돌아갈까 하고 망설이는 것 같았다. 하지만 그는 그럴 때마다 결국 가던 방향으로 나아갔고, 그런 생각에 잠겨 혼잣말을 하는 사이에 마침내 자신의 의지와 상관없이 로테의 아버지가 기거하는 사냥 별장에 다다랐다.

그는 현관문 안으로 들어가서 노인과 로테를 찾았는데, 집 안 분위기가 좀 어수선해 보였다. 맏아들의 말에 따르면 저 건너 발하임에서 불상사가 벌어져서 농부 한 사람이 맞아 죽었다는 것이다! 하지만 그런 소식에도 베르터는 전혀 충격을 받지 않았다. 그가 방 안으로 들어서자 로테가 노인에게 뭐라고 말을 하고 있었다. 노인은 병환에도 불구하고 곧바로 현장에서 범행을 조사하기 위해 발하임으로 건너가려고 했다. 범인이 누구인지는 아직 알려지지 않았다. 피살자는 아침에 문간에서 발견되었다고 했다. 피살자는 어느 미망인의 집에서 일하는 머슴이며, 그녀가 전에 다른 머슴을 고용하고 있었는데, 그 머슴이 불만을 품은 채 집을 나갔다는 등의 추측이 나돌았다.

베르터는 이런 말을 듣자 펄쩍 뛰면서 소리쳤다. "그럴 수가! 저는 가봐야겠습니다. 한시도 지체할 수 없습니다." 그는 발하임으로 달려갔다. 지난날의 기억이 하나씩 되살아났다. 그가 여러 차례 이야기를 나누었고 그토록 소중히 여긴 바로 그 사람이 범행을 저질렀다는 것은 추호도 의문의 여지가 없었다.

시신을 옮겨놓은 주막으로 가려면 보리수가 있는 곳을 통과해야 했는데, 한때는 정겹기만 하던 그 장소가 섬뜩하게 느껴졌다. 이웃집 아이들이 수시로 나와 놀던 그 문지방도 피로 얼룩져 있었다. 인간의 가장 아름다운 감정인 사랑과 신의가 폭력과 살인으로 돌변한 것이다. 우람한 보리수는 잎이 모두 지고 서리가 내려 있었으며, 나지막한 교회묘지 담장 위로 아름답게 솟아 있던 산울타리도 잎이 모두 떨어져서 그 퀭한 틈새로 눈 덮인 비석들이 보였다.

온 동네 사람들이 모여 있는 주막으로 베르터가 다가가자 바로 그때 갑자기 사람들이 탄성을 내질렀다. 저 멀리서 한 무리의 무장한 사람들이 달려오고 있었는데, 범인을 호송해오는 것이라며 모두들 법석을 떨었다. 베르터가 그쪽을 바라보니 의문의 여지가 없었다. 과부를 그토록 사랑했던 바로 그 머슴이었다. 얼마 전까지만 해도 베르터가 울분을 삭이고 절망을 감추며 이야기를 나누었던 바로 그 사람이었다.

"도대체 무슨 짓을 저지른 건가, 이 딱한 사람아!" 베르터가 잡혀온 사람을 향해 달려가면서 소리쳤다. 죄인은 조용히 베르터를 바라보았고, 한참 말이 없다가 마침내 태연하게 말했다. "아무도 그녀를 차지할 수 없고, 그녀는 어떤 남자도 차지할 수 없습니다." 죄인은 주막 안으로 끌려갔고, 베르터는 황급히 그 자리를 떠났다.

이 엄청난 충격에 놀라서 베르터의 마음속은 완전히 뒤집어졌다. 그는 잠시 슬픔과 울화와 멍한 자포자기 상태에서 벗어나 정신을 가다듬었다. 그 불행한 사람에 대한 동정심을 금할 길이 없었고, 어떻게든 이 사람을 구해야겠다는 생각이 간절했다. 이 사람이 너무 불쌍히 여겨졌고, 비록 범법자이긴 하나 아무런 죄도 없다고 느껴졌다. 베르터는 그 사람의 입장에서 곰곰이 생각해보았고, 다른 사람들도 설득할 수 있다고 믿었다. 그는 이 사람을 위해 변호를 하고 싶었고, 입에서는 금방이라도 열렬한 변론이 쏟아져나올 것만 같았다. 그는 사냥 별장으로 달려갔다. 가는 길에 줄곧 법무관에게 진술할 말을 반쯤 소리내어 읊조렸다.

방 안에 들어서니 알베르트가 와 있어서 베르터는 잠시 기분이 상했다. 하지만 금방 다시 마음을 가다듬고 법무관에게 자기 생각을 열렬히 토로했다. 그러자 법무관은 몇 차례 고개를 설레설레 가로저었다. 베르터는 혼신의 열정과 진심을 다해 한 사람의 죄를 면해주기 위해 할 수 있는 말은 모조리 쏟아냈지만, 쉽게 짐작할 수 있듯이 법무관은 미동도 하지 않았다. 법무관은 오히려 베르터의 말을 끝까지 듣지 않고 단호하게 논박하면서, 무도한 살인자를 비호한다고 그를 질책했다. 그런 식으로 나가면 모든 법이 무용지물이 되고, 한 나라의 치안이 송두리째 무너진다고 분명한 입장을 밝혔다. 그리고 이런 일에는 사소한 조치에도 막중한 책임이 따르며, 모든 것이 법으로 규정된 절차에 따라 정상적으로 처리되어야 한다고 덧붙였다.

그래도 베르터는 순순히 물러나지 않고, 이 사람이 달아나는 것을 도와주더라도 눈감아달라고 요청하기까지 했다! 당연히 법무관은 이 요청도 단호히 물리쳤다. 드디어 알베르트가 대화에 끼어들어서 노인네의 편을 들었다. 법무관이 몇번이나 "안돼! 그자를 구제할 방도는 없어!"라고 말한 끝에 베르터는 결국 두 사람의 말에 압도되어 견딜 수 없이 괴로운 심정으로 집을 나왔다.

법무관의 말이 그에게 얼마나 큰 충격을 주었는지에 대해서는 그가 남긴 서류 틈에서 발견된 쪽지에서 확인할 수 있다. 바로 그 날 쓴 것이 확실한 그 쪽지에는 이런 메모가 적혀 있었다.

"그대를 구제할 방도가 없다, 불쌍한 사람이여! 우리는 구제받을 길이 없다는 것을 나는 분명히 깨달았다."

마지막에 알베르트가 죄인의 신상 처리 문제에 관하여 법무관이 보는 앞에서 했던 말은 베르터에게 몹시 거슬렸다. 그의 말속에는 베르터 자신에 대한 예민한 감정이 섞여 있는 듯했기 때문이다. 그리고 곰곰이 생각해보면 두 사람의 말이 옳을 수도 있겠다고 수긍될 만큼은 아직 그의 판단력이 살아 있긴 했지만, 그렇다고 그들이 옳다고 실토하면 자신의 가장 절박한 존재 이유를 포기하는 꼴이 될 것 같았다.

이런 사정과 관계되는 또 하나의 쪽지는 아마도 알베르트에 대한 그의 태도를 고스란히 보여줄 것이다. 이 쪽지 역시 그의 서류 틈에서 발견되었다.

"알베르트가 성실하고 선량한 사람이라고 아무리 되뇌어본들 무슨 소용인가. 그를 생각하면 오장육부가 뒤집어질 것 같다. 나는 공정함을 잃고 있다."

　포근한 저녁이었고 눈이 녹기 시작하는 날씨였기에 로테는 알베르트와 함께 걸어서 집으로 돌아왔다. 돌아오는 길에 그녀는 주위를 두리번거렸는데, 마치 베르터가 없어서 아쉽다는 듯한 기색이었다. 알베르트는 베르터에 관해 말을 꺼냈고, 그를 공정하게 평가하면서도 질책하는 말을 했다. 그는 베르터의 불행한 정열을 언급하면서, 가능하면 그를 멀리하고 싶다고 했다. "우리를 위해서도 그러고 싶어"라고 하면서 그는 덧붙였다. "당신한테 부탁하는데, 당신을 대하는 그의 태도가 바뀌도록 어떻게 좀 해봐. 너무 자주 찾아오는 것도 못하게 하고. 세상 사람들 이목이 있잖아. 벌써 여기저기서 수군거리고 있다는 걸 알아." 로테는 잠자코 있었다. 알베르트는 로테의 침묵이 마음에 걸렸는지 그때부터는 더이상 로테 앞에서 베르터 이야기를 꺼내지 않았다. 그리고 로테가 베르터를 입에 올리면 그냥 흘려듣거나 화제를 돌렸다.

　베르터가 그 불행한 사람을 구하려고 헛되이 노력한 것은 다 꺼져가는 정열의 불꽃이 마지막으로 타오른 격이었다. 그럴수록 그는 더 깊은 괴로움과 무기력 상태에 빠져들었다. 더구나 그 죄인이 범행을 부인하고 있어서 어쩌면 베르터를 반대증인으로 내세울지도 모른다는 소리를 듣자 베르터는 미칠 지경이었다.

　일찍이 베르터의 사회생활에서 부닥쳤던 모든 불쾌한 일들, 공사관에서 겪었던 분통 터지는 일들, 그밖에도 낭패를 보거나 모욕을 당했던 모든 일들이 마음속에 어른거렸다. 그 모든 고초를 겪었으니 다시 일을 놓아버린 것도 당연하다고 생각했고, 이제는 그 어떤 희망도 끊어졌다고 여겼으며, 다시 사회생활에 뛰어들어 일거리를 찾으려 해도 이제는 더이상 기댈 언덕이 없다고 생각했다. 그리하여 마침내 그는 기이한 감정과 사고방식 그리고 끝없는 격정에 사로잡혀 그토록 사랑스럽고 너무나 사랑하는 여인과의 슬픈 교제를 언제까지고 똑같은 가락으로 단조롭게 이어가는 가운데, 결국 그녀의 마음의 평온을 해치고, 아무런 목표도 가망도 없이 기력을 쏟고 소모하여 슬픈 종말을 향해 점점 가까이 다가가고 있었다.

그의 혼란스러운 심정과 격정, 그칠 줄 모르는 몸부림과 노력, 삶에 지친 모습에 대해서는 그가 남긴 몇통의 편지가 가장 확실한 증거이기에 여기에 그 편지를 소개하기로 하겠다.

12월 12일

빌헬름, 지금 나는 악령에 시달린다고 여겨지는 불행한 사람들이 틀림없이 겪었을 그런 상황에 처해 있다. 이따금 뭔가가 나를 사로잡는다. 그것은 불안도 아니고 욕망도 아니다. 알 수 없는 마음속의 광란이 내 가슴을 갈가리 찢을 것만 같고, 목을 조여온다! 괴롭다! 너무나 괴롭다! 그럴 때면 나는 이렇게 고약한 계절에 끔찍한 밤 풍경 속을 헤매고 돌아다닌다.

어제저녁에도 나는 밖으로 나가야만 했다. 갑자기 날씨가 풀려서 눈이 녹는 바람에 들리는 말로는 강물이 범람하고 시냇물도 넘쳐서 내가 좋아하는 발하임 아래쪽의 골짜기가 물에 잠겼다는 것이다! 밤 11시가 넘어서 나는 밖으로 뛰쳐나갔다. 바위 위에서 내려다보니 사납게 넘실대는 홍수가 달빛 아래 소용돌이치는 무시무시한 광경이 펼쳐졌다. 밭과 목초지와 산울타리 등이 모조리 물에 잠겼고, 거센 바람이 불어대는 가운데 그 넓은 골짜기가 위아래 가릴 것 없이 폭풍우가 몰아치는 바다로 변해 있었다! 달이 다시 먹구름 위로 솟아오르자 바로 눈앞에서 물결이 섬뜩할 만큼 장엄하게 달빛을 반사하며 소리내어 굽이쳐 흘러갔다. 그러자 온몸에 전율이 일었고, 다시 그 어떤 그리움이 솟구쳤다! 아, 나는 두 팔을 활짝 벌리고 아찔한 절벽 끝에 서서 저 아래를 향해 깊은 숨을 내쉬었다. 저 아래를 향해! 그러자 나의 고통과 괴로움이 모두 저 거센 물결처럼 콸콸 소리내며 휩쓸려내려가는 듯한 희열에 잠겨들었다! 아! 이대로 뛰어내려 모든 고통을 끝장내고 싶었지만, 그러지는 못했다! 내가 살아야 할 시간이 아직 다 흘러가지는 않았다. 나는 그걸 분명히 느꼈다. 오, 빌헬름! 저 폭풍의 힘으로 구름을 흩어지게 하고 홍수를 일으킬 수만 있다면 기꺼이 목숨이라도 내놓으리라! 아! 감옥 같은 세상에 갇혀 있는 나도 언젠가는 그런 희열을 맛볼 수 있지 않을까?

어느 무더운 여름날 로테와 함께 산책을 하다가 버드나무 그늘에서 쉬었던 장소를 서글프게 내려다보았지만 거기도 물에 잠겨 있었고, 버드나무는 거의 알아볼 수조차 없었다! 빌헬름! 그녀의 목초지와 사냥 별장 일대도 물에 잠겼을까 하는 생각이 들었다! 우리가 함께 쉬던 정자도 지금쯤 거센 물결에 휩쓸려 완전히 망가졌겠구나 하는 생각도 들었다. 마치 감옥에 갇힌 자가 가축 무리와 목장 혹은 명예로운 관직을 꿈꾸듯이, 지난 시절의 햇살이 이 삭막한 풍경을 비추어주었다. 나는 그대로 서 있었다! 나는 내 자신을 탓하지 않겠다. 나는 죽을 각오가 되어 있기 때문이다. 나는 차라리…… 하지만 나는 마치 아무런 낙도 없이 스러져가는 목숨을 잠시라도 더 부지하여 조금이라도 더 편히 지내보려고 울타리에서 땔감을 긁어모으고 문전에서 빵을 구걸하는 노파처럼 이렇게 앉아 있다.

12월 14일

친구여, 도대체 어찌 된 영문일까? 나는 나 자신이 두렵다! 그녀에 대한 나의 사랑은 지고지순하고 남매간의 우애 같은 사랑이 아닌가? 내가 마음속으로 단 한번이라도 벌 받을 만한 소망을 품은 적이 있던가? ─그런 적이 없다고 맹세하지는 않겠다.─그런데 이제 그런 꿈을 꾼 것이다! 이처럼 모순된 감정이 우리가 알지 못하는 불가사의한 힘 때문이라고 했던 옛사람들의 직감은 얼마나 정확했던가! 간밤의 일이었다! 감히 말을 꺼내려니 사뭇 떨린다. 나는 그녀를 두 팔로 껴안고 가슴에 꼭 품은 채 사랑을 속삭이는 그녀의 입에 끝없이 키스를 퍼부었다. 사랑에 취한 그녀의 검은 눈동자에 내 눈이 아련히 비쳤다! 오, 하느님! 꿈에서 깨어난 지금까지도 그 행복감을 그대로 느끼고 타오르는 희열을 간절히 되살리고 있다면 벌을 받아 마땅한 것입니까? 로테! 로테! 나는 이제 끝장이다! 내 감각은 혼란스럽게 뒤엉키고, 벌써 일주일째 생각할 기력조차 없고, 내 눈에는 눈물만 홍건할 뿐이다. 어디를 가도 편하지 않고, 어디를 가도 편안하다. 나는 아무것도 바라지 않고, 아무것도 요구하지 않는다. 차라리 떠나는 것이 좋겠다.

이 무렵 그러한 상황에서 세상을 떠나려는 결심은 베르터의 마음속에 점점 더 강해졌다. 로테가 사는 곳으로 되돌아온 다음부터는 그것이 언제나 그의 마지막 소원이자 희망이었다. 하지만 조급하게 서두를 일은 아니며, 최선의 신념을 가지고 최대한 차분한 결심으로 실행해야 한다고 자기 자신에게 타일렀다.

아직 의혹이 남아 있고 자기 자신과 갈등하고 있다는 것은 아마 빌헬름에게 보내는 편지의 서두로 보이는 다음 쪽지에서 엿볼 수 있다. 날짜가 적혀 있지 않은 이 쪽지 역시 그가 남긴 서류들 사이에서 발견되었는데, 그 내용은 다음과 같다.

"그녀가 눈앞에 있고 이미 결혼한 운명이고 나의 운명에 연민의 정을 품고 있다는 사실이 나의 다 타버린 뇌수에서 마지막 눈물을 짜낸다.

인생이라는 무대의 장막을 걷어 올리고 퇴장해버리자! 그러면 모든 게 끝난다! 그런데 어째서 이렇게 머뭇거리고 겁을 먹는가? 그 무대 뒤의 세계가 어떠할지 알 수 없어서? 다시는 되돌아올 수 없어서? 우리가 확실히 알지 못하는 세계에서 혼란과 암흑을 예감하는 것이 인간 정신의 속성이기 때문일까."

마침내 그런 우울한 생각에 점점 친숙해지면서 결국 그의 결심은 돌이킬 수 없이 굳어지고 말았다. 친구에게 보낸 다음의 편지는 무슨 뜻인지 다소 애매하긴 하지만 그 점을 입증해줄 것이다.

12월 20일

내가 차라리 떠나고 싶다고 했던 말을 그런 뜻으로 이해했다니 자네의 우애에 감사하네. 그래, 자네 말이 옳아. 차라리 떠나는 것이 좋겠어. 그런데 자네와 어머니가 있는 곳으로 돌아오면 좋겠다는 제안은 썩 내키지는 않아. 웬만하면 다른 곳을 들렀다 가고 싶네. 더구나 이제 추위가 계속되어 길도 질척하지 않을 테니까. 나를 데리러 오겠다니 정말 고맙네. 이주일만 더 기다려주게나. 더 자세한 소식은 편지로 전해주겠네. 무르익기 전에는 아무것도 따지 않도록 해야지. 그러니 이주일이 더 걸리냐 아니냐에 따라 상당한 차이가 나지. 어머니께는 아들을 위해 기도해달라고 말씀드려주게. 온갖 일로 걱정을 끼쳐드려서 죄송하다는 말씀도 전해주게. 나를 기쁘게 해준 사람들에게 오히려 슬픔을 안겨주는 것이 내 팔자인 것 같네. 잘 있게, 소중한 친구여! 하늘의 모든 축복이 자네와 함께 하길! 잘 있게!

이 무렵 로테의 심정이 어떠했고, 남편과 불행한 친구에 대한 생각이 어떠했는지는 이루 말로 표현하기 어렵다. 그렇긴 하지만 우리가 그녀의 성품을 익히 알고 있으므로 미루어 짐작해볼 수는 있을 것이다. 또한 마음씨가 착한 여성이라면 그녀의 입장이 되어 심정을 헤아리고 공감할 수도 있을 것이다.

그녀가 무슨 수를 써서라도 베르터를 멀리하겠다는 결심을 굳힌 것만은 분명하다. 그럼에도 망설였던 것은 진심 어린 우정으로 상대방을 아껴주려고 했기 때문이다. 그를 멀리하면 그가 얼마나 큰 댓가를 치러야 할지, 아니 멀리한다는 것 자체가 그에게는 거의 불가능하리라는 것을 그녀는 너무 잘 알고 있었기 때문이다. 하지만 근래에 와서는 진지한 태도를 취하지 않을 수 없게 몰리는 처지가 되었다. 남편은 이런 관계에 대해 아예 말도 꺼내지 않았고, 그녀 역시 입을 다물기는 마찬가지였다. 그럴수록 로테는 자신의 마음가짐이 남편 못지않다는 것을 행동으로 입증해 보이겠다고 작정하고 있었다.

베르터가 친구에게 바로 앞에서 삽입한 편지를 쓰던 그날은 성탄절을 앞둔 일요일이었다. 그날 저녁 베르터는 로테의 집으로 찾아갔는데, 그녀는 혼자 있었다. 그녀는 어린 동생들을 위해 성탄절 선물을 마련하려고 몇가지 장난감을 정리하는 중이었다. 베르터는 동생들이 선물을 받으면 좋아할 거라고 말했다. 그리고 어린 시절 갑자기 문이 열리고 촛불과 사탕, 사과 등으로 장식된 크리스마스트리가 모습을 드러내면 천국에 온 듯한 황홀경에 빠지던 추억을 이야기했다. 그러자 로테가 당황한 기색을 미소로 감추면서 대꾸했다. "선생님도 얌전히 계시면 선물을 받게 될 거예요. 양초라든가 또다른 뭐든." 그러자 베르터가 소리쳤다. "얌전하게 있는 게 어떤 것이지요? 어떻게 하면 됩니까? 어떻게 할까요? 로테!" 다시 그녀가 말했다. "목요일 저녁이 크리스마스이브예요. 그날은 동생들도 오고 아버지도 오실 거예요. 그날 모두가 각자의 선물을 받을 거예요. 그날 선생님도 오세요. 하지만 그전까지는 오시면 안돼요." 그 말에 베르터는 흠칫했다. 로테는 하던 말을 계속했다. "제발 부탁이에요. 사정이 그렇게 됐어요. 제 마음의 안정을 위해 부탁드리는 거예요. 안돼요, 언제까지고 이럴 순 없어요." 그러자 베르터는 그녀에게서 눈길을 돌리고는 방 안을 왔다 갔다 하면서 이 사이로 새어나오는 소리로 중얼거렸다. "언제까지고 이럴 순 없다!" 자신의 말이 베르터를 끔찍한 상태로 몰아넣었음을 직감한 로테는 온갖 질문을 하며 관심을 다른 데로 돌리려고 애썼지만 아무런 소용이 없었다. 이윽고 베르터가 소리쳤다. "알겠어요, 로테. 이제 다시는 당신을 보지 않겠습니다!" "왜 그러세요?" 로테가 말했다. "베르터, 볼 수 있어요. 우리는 다시 봐야 해요. 다만 정도껏 하시라는 거예요. 어째서 일단 한번 잡은 것은 무엇이든 이렇게 막무가내로 격렬히, 열정적으로 고집하세요? 어째서 그런 천성을 타고나셨나요? 제발 부탁이에요." 그녀는 베르터의 손을 잡으며 말을 계속했다. "제발 자중하세요! 당신의 지성과 학식과 재능이면 얼마든지 멋진 일을 해볼 수 있잖아요! 제발 사내대장부다운 모습을 보여주세요. 당신을 불쌍히 여기는 것 말고는 아무것도 해드릴 게 없는 여자한테 매달리는 딱한 모습을 보이지 마시라구요." 그러자 베르터는 이를 갈면서 슬픈 표정으로 그녀를 바라보았다. 그녀는 계속 그의 손을 잡고 있었다. "잠시라도 마음을 가라앉히세요, 베르터!" 그녀가 말했다. "당신은 자기 자신을 속이고 있고, 일부러 파멸을 자초하고 있다는 걸 모르시나요? 하필이면 왜 저예요, 베르터? 어째서 다른 남자의 아내인 저냐구요? 어째서죠? 저를 차지할 수 없기 때문에 오히려 당신의 소망이 더더욱 자극을 받는 것은 아닌지 두려워요." 베르터는 그녀의 손에서 자기 손을 빼내면서 못마땅한 표정으로 그녀를 물끄러미 바라보았다. 그러고는 이렇게 소리쳤다. "현명하시군요! 대단히 현명해요! 알베르트가 그런 말을 하던가요? 외교적이군요! 대단히 외교적입니다!" 그러자 그녀가 대꾸했다. "그 정도 말은 누구나 할 수 있어요. 도대체 이 넓은 세상에 당신의 애틋한 소망을 풀어줄 아가씨 하나 없단 말이에요? 단단히 마음먹고 한번 찾아보세요. 장담하는데, 분명히 찾을 수 있어요. 그

동안 당신은 스스로를 궁지로 몰아넣었기만 하셨는데, 그런 상태
는 벌써 오래전부터 저를 불안하게 하고 당신과 우리 모두를 불안
하게 해요. 마음을 추스르세요. 여행이라도 하시면 틀림없이 기분
이 좋아질 거예요! 당신의 사랑을 받을 자격이 있는 여성을 찾아보
세요. 만날 수 있을 거예요. 그런 뒤에 돌아오세요. 그때 가서 우리
함께 진정한 우정의 기쁨을 누리자구요."

그러자 베르터가 코웃음을 치며 말했다. "그런 말씀은 인쇄라도
해서 모든 가정교사들에게 나눠주면 좋겠네요. 로테! 저를 조금만
더 이렇게 내버려두시면 만사가 다 해결될 겁니다!" "베르터, 이것
만은 지켜주세요. 성탄절 전까지는 오지 마세요!" 그가 막 대답하
려는 찰나에 알베르트가 방에 들어왔다. 두 사람은 냉랭하게 저녁
인사를 나누었고, 피차 당황해서 방 안을 이리저리 거닐었다. 베르
터가 대수롭지 않은 이야기를 꺼냈으나 금방 말이 끊어졌고, 알베
르트 역시 마찬가지였다. 알베르트는 부인에게 부탁했던 일에 관
해 물어보았으며, 아직 일이 처리되지 않았다는 대답을 듣자 부인
에게 몇 마디 더 했는데, 베르터에게는 그 말투가 차갑고 아주 딱
딱하게 느껴졌다. 그는 집에서 나가려고 했으나 그러지 못하고 머
뭇거리는 사이에 8시가 되었다. 베르터의 불만과 불쾌감은 점점 커
졌고, 마침 식사 준비가 되자 그는 모자와 지팡이를 집어들었다. 알
베르트는 더 있다 가라고 만류했지만, 그저 인사치레로 그런 말을
하고 있다고 생각한 베르터는 쌀쌀맞게 고맙다는 인사를 하고는
나와버렸다.

집으로 돌아온 베르터는 하인이 불을 비춰주려 하자 직접 등불을 받아들고 혼자 자기 방으로 들어갔다. 그는 소리내어 울었고, 흥분해서 혼자 중얼거리기도 했으며, 방 안을 분주하게 이리저리 거닐다가 마침내 옷을 입은 채로 침대에 쓰러졌다. 11시쯤 하인이 주인에게 장화를 벗겨드릴까 물어보려고 방 안에 들어왔을 때도 여전히 그렇게 쓰러져 있었다. 베르터는 하인에게 장화를 벗기라고 하고는, 그가 부르기 전에는 다음 날 아침까지 방 안에 들어오지 말라고 했다.

12월 21일 월요일 아침에 베르터는 로테에게 다음과 같은 편지를 썼다. 이 편지는 그가 죽은 후 그의 책상에서 봉인된 채 발견되어 그녀에게 전해진 것이다. 정황상 그가 이 편지를 띄엄띄엄 쓴 것이 분명하므로 여기서도 몇 부분으로 나누어 삽입하고자 한다.

"마음을 정했습니다, 로테, 나는 죽으려 합니다. 당신을 마지막으로 보게 될 날 아침에 낭만적으로 과장하지 않고 담담히 이 편지를 씁니다. 당신이 이 편지를 읽을 즈음이면 이미 차가운 무덤이 도무지 안식을 모르던 이 불행한 사람의 뻣뻣한 유해를 덮고 있을 것입니다. 생의 마지막 순간까지도 오로지 당신과 대화를 나누는 것만을 가장 큰 낙으로 알았던 사람이지요. 끔찍한 밤을 보냈습니다. 아, 고마운 밤이기도 했습니다. 내 결심을 확고하게 굳힌 밤이었으니까요. 나는 죽으려 합니다! 어제는 지독하게 흥분해서 당신을 뿌리치고 나왔고, 그 모든 일이 가슴에 사무쳤습니다. 아무런 희망도 기쁨도 없이 당신 옆에 있는 내 신세가 끔찍할 정도로 차갑게 나를 사로잡았습니다. 나는 방에 들어서자마자 나도 모르게 무릎을 꿇었습니다. 오, 하느님! 쓰디쓴 눈물을 최후의 청량제로 주시나이까! 수많은 계획과 전망이 마음속에 들끓었지만, 그러다가 마침내 최후의 일념이 확고해졌습니다. 나는 죽으려고 한다! 그러고는 잠이 들었습니다. 그리고 아침에 잠에서 깨어난 평온한 상태에서도 죽으려는 생각은 여전히 확고부동하게 마음속에 자리 잡고 있었습니다. 이 결심은 절망의 소산이 아니라, 내가 끝까지 견뎌냈고 당신을 위해 나를 바칠 수 있다는 확신에서 나온 것입니다. 그래요, 로테! 굳이 숨길 필요가 있겠습니까? 우리 세 사람 중 하나는 사라져야 하고, 그래서 제가 사라지겠다는 것입니다! 오, 내 사랑! 이 찢어진 가슴속에 때로는 이런 생각이 미친 듯이 밀려왔습니다. 당신의 남편을, 당신을, 나를 죽여버리자는 생각 말입니다! 이제 결판이 났습니다! 어느 청명한 여름날 저녁, 산에 오르시거든 제가 얼마나 즐겨 산골짜기를 올라갔는지 저를 떠올려주십시오. 그리고 공동묘지 저편에 있는 제 무덤을 살펴봐주시고, 저물어가는 햇살을 받으며 높게 자란 수풀이 바람에 일렁이는 광경을 바라보시기 바랍니다. 이 편지를 쓰기 시작할 때는 담담한 심정이었는데, 지금은 제 주위의 모든 것이 너무나 생생하게 떠올라 아이처럼 울고 있습니다.”

10시 무렵 베르터는 하인을 불렀다. 옷을 입으면서 그는 며칠 내

로 여행을 떠날 것이니 옷가지를 잘 손질해두고 짐을 모두 챙겨두
라고 일렀다. 그리고 빚진 사람들에겐 모두 계산서를 청구하라고
하고, 빌려준 몇권의 책도 회수하고 매주 얼마씩 적선을 해주던 가
난한 사람들에게는 두달 치를 미리 주라고 했다.

그는 식사를 방으로 가져오게 했고, 식사 후에는 말을 타고 법무
관을 찾아갔으나 법무관은 집에 없었다. 그는 깊은 생각에 잠겨 정
원에서 왔다 갔다 했는데, 마지막까지도 모든 슬픈 추억을 마음속
에 차곡차곡 쌓아두려는 것처럼 보였다.

아이들은 베르터를 오래도록 가만히 내버려두지 않았다. 아이
들은 그를 따라다니며 곁에서 깡충깡충 뛰면서 내일, 모레 그리고
또 하루만 더 지나면 로테의 집에서 크리스마스 선물을 받아올 거
라고 얘기했다. 그리고 아이들의 상상력으로 기대할 수 있는 기적
에 대해 이야기했다. 베르터가 소리쳤다. "내일, 모레 그리고 또 하
루만 더 지나면!" 그리고 아이들 모두에게 진심으로 입을 맞추고
는 떠나려고 했는데, 로테의 어린 남동생이 뭔가 귀엣말을 하려고
했다. 꼬마는 형들이 근사한 연하장을 썼는데, 아주 큰 연하장이며,
한장은 아빠한테 줄 거고, 또 한장은 알베르트 아저씨와 로테 누나
에게, 또 하나는 베르터 아저씨에게 줄 거라고 몰래 귀띔해주었다.
이 카드는 설날 아침에 전해줄 거라고 했다. 이 말을 듣고 베르터
는 가슴이 찡해서 아이들 모두에게 한푼씩 쥐여주고는 말에 오른
다음 아버지께 안부를 전해달라고 하고는 눈물을 흘리며 그곳을
떠났다.

5시 무렵 집에 돌아오자 그는 하녀에게 난롯불을 살펴보고 밤중까지 계속 지피라고 일러두었다. 하인에게는 책과 내의를 아래층에 있는 트렁크에 챙겨넣고, 옷가지를 커버에 싸서 꿰매어두라고 했다. 아마도 그런 연후에 로테에게 보내는 마지막 편지의 다음 대목을 썼을 것이라 추정된다.

"당신은 나를 기다리지 않았겠지요! 제가 순순히 당신 말을 듣고 성탄절 전야에나 다시 당신을 보게 될 거라 생각하시겠지요. 아, 로테! 오늘 보지 못하면 영원히 보지 못합니다. 성탄절 전야에 당신은 이 편지를 손에 들고 떨면서 당신의 사랑스러운 눈물로 이 편지를 적시겠지요. 나는 결행하겠습니다! 그래야만 합니다! 결심을 하고 나니 얼마나 후련한지 모르겠습니다."

그러는 사이에 로테의 심경은 기묘한 상태에 빠져 있었다. 베르터와 마지막 대화를 나눈 이후 그녀는 그와 헤어진다는 것이 자신에게도 얼마나 힘든 일이며, 그가 자신에게서 떠나가면 얼마나 괴로워할까 하는 생각이 들었다.

그녀는 성탄절 전야 이전까지는 베르터가 찾아오지 않을 거라고 알베르트에게 슬쩍 지나가는 말로 이야기한 터였다. 알베르트는 말을 타고 인근에 사는 어느 관리를 찾아가서 볼일을 보고 그 집에서 하룻밤 묵고 올 예정이었다.

로테는 혼자 집에 남게 되었다. 동생들도 아무도 찾아오지 않았다. 그녀는 골똘히 생각에 잠겨 자신의 처지에 대해 차분히 요모조모 따져보았다. 그녀는 이제 남편과 영원히 결합하였고, 남편의 사랑과 신의가 어떠한지도 익히 알고 있었다. 그녀도 남편을 진심으로 좋아했고, 남편의 침착함과 듬직한 신뢰감은 성실한 아내로서 인생의 행복을 쌓아올릴 수 있는 초석으로 하늘이 내려준 선물이나 다름없었다. 남편이 자신과 아이들에게 얼마나 소중한 존재인지도 분명히 느끼고 있었다. 다른 한편 베르터 역시 너무나 소중하게 여겨졌다. 처음 만난 순간부터 두 사람은 너무나 마음이 잘 맞았고, 오랫동안 그와 교제하면서 함께 경험한 이런저런 상황들이 그녀의 마음속에 지울 수 없는 인상을 남겼다. 그녀는 흥미롭다고 느끼고 생각하는 모든 것을 그와 함께 나누는 데 익숙해졌기 때문에, 막상 그가 떠나가면 전존재가 뻥 뚫리고 다시는 그 구멍을 메울 수 없을 것만 같았다. 아, 이런 순간에는 그를 그저 형제로 삼을 수 있다면 얼마나 좋을까! 여자 친구들 중 한 사람과 결혼할 수만 있다면, 그렇게 해서 알베르트와의 관계도 원만하게 회복될 수 있다면!

로테는 친구들을 차례로 떠올려보았지만 누구나 나름의 결격사유가 있어서 베르터에게 소개시켜줄 만한 사람은 찾지 못했다.

이 모든 사정을 고려하다보니 로테는 분명히 이유는 알 수 없지만 어떻게든 베르터를 자기 곁에 두고 싶은 은근한 소망이 자신의 진심이라는 것을 처음으로 깨달았다. 그러면서도 결코 그를 곁에 둘 수는 없으며 그래서도 안된다고 스스로를 타일렀다. 평소에는 너무나 명랑하고 자기극복을 잘하는 그녀의 순수하고 아름다운 마음에도 행복해질 가망이 가로막혔다는 무거운 우울감이 느껴졌다. 그녀는 가슴이 답답했고 눈에는 시름에 잠긴 기색이 역력했다.

그러는 사이에 6시 반쯤 되었을 무렵 베르터가 계단을 올라오는 소리가 들렸다. 걸음걸이와 그녀를 찾는 목소리에서 베르터라는 것을 금방 알 수 있었다. 그가 왔다는 사실에 너무나 가슴이 두근거렸다. 이러기는 처음이라 해도 무방할 것이다. 그녀는 집에 없다고 하고 만나지 말았으면 하는 생각이 간절했다. 하지만 그가 들어오자 어느새 마음이 심란해져서 외쳤다. "약속을 지키지 않으셨군요." 그러자 베르터는 "약속은 한 적이 없습니다"라고 대꾸했다. 다시 그녀가 말했다. "그렇더라도 제 부탁은 들어주실 수 있잖아요. 우리 두 사람 모두의 평온을 위해 부탁드린 건데."

그녀는 자기가 무슨 말을 하고 있는지, 어떤 행동을 취하고 있는지도 분간되지 않았다. 베르터와 단둘이 있는 것을 피하려고 여자 친구를 몇명 불러오게 했다. 그는 가지고 온 책을 몇권 내려놓고 다른 사람들 안부를 물었다. 로테는 친구들이 빨리 와주었으면 하다가도 빨리 가주었으면 하는 생각도 들었다. 하녀가 돌아오더니 친구 두분이 모두 오기 어렵다고 전해주었다.

로테는 하녀에게 일거리를 주어서 옆방에 있게 하려다가 다시 마음을 고쳐먹었다. 베르터는 방 안에서 왔다 갔다 했고, 로테는 피아노 쪽으로 가서 미뉴에트 곡을 치기 시작했는데, 연주가 매끄럽게 되지 않았다. 그녀는 마음을 가다듬고 차분하게 베르터의 옆에 자리를 잡았다. 베르터는 평소처럼 긴 의자에 앉아 있었다.

"읽을거리가 없으세요?" 그녀가 물었다. 그는 아무것도 가져오지 않았다. 그러자 그녀가 다시 말을 이었다. "서랍 속에 당신이 번역하신 오시안의 노래 몇편이 들어 있어요. 저는 아직 읽지 않았어요. 직접 읽어주시는 걸 듣고 싶었거든요. 하지만 여태까지 그럴 겨를이 없었지요." 베르터는 미소를 지으며 시집 원고를 꺼내왔다. 원고를 손에 들자 온몸에 전율이 일었고, 원고를 들여다보니 눈에 눈물이 가득 고였다. 그는 다시 자리에 앉아 낭송을 시작했다.

"저물어가는 밤하늘의 별이여, 그대는 서쪽 하늘에서 아름답게 반짝이며 구름 사이로 빛나는 머리를 내밀고 장엄하게 그대의 언덕길을 거니는구나. 그대는 이 황야에서 무엇을 바라보고 있는가? 휘몰아치던 바람이 잦아들었고, 저 멀리서 급류가 흘러가는 소리가 들려온다. 출렁이는 물결이 먼 곳의 바위에 부딪쳐 철썩거리고, 저녁 파리 떼가 웅웅거리며 들판 위로 몰려간다. 아름다운 빛이여, 그대는 어디를 보고 있는가? 그대는 그저 웃기만 하고 지나가고, 물결이 그대를 즐겁게 감싸고 그대의 사랑스러운 머리카락을 씻어주는구나. 은은한 빛이여, 잘 가거라. 빛날지어다, 오시안의 영혼에서 흘러나오는 장엄한 빛이여!

이윽고 그 빛이 힘차게 빛난다. 나의 사별한 친구들이 보이고, 그들은 지난날 그러했듯이 로라를 향해 모여든다. 핑갈은 음습한 안개 기둥처럼 다가오고, 그의 용사들이 그를 둘러싸고 있다. 보라,

노래하는 시인들을! 백발이 성성한 울린! 우람한 체격의 리노! 사
랑스러운 가인歌人 알핀! 그리고 그대 부드럽게 탄식하는 미노나!
벗들이여, 쎌마에서 축제가 열리던 그 시절에 비하면 그대들은 너
무나 변했구나. 그때 우리는 노래의 영예를 얻고자 겨루었지. 언덕
위로 불어오는 봄바람이 여리게 속삭이는 풀잎을 이리저리 눕히
듯이.

　이제 미노나가 아름다운 자태를 드러냈다. 시선을 떨군 눈에는
눈물이 흥건했고, 언덕 위에서 쉴 새 없이 불어오는 바람에 머리칼
이 물결치고 있었다. 그녀가 사랑스러운 목소리를 높이자 용사들
의 마음은 침울해졌다. 그들은 벌써 몇번이나 쌀가르의 무덤을 보
았고, 가슴이 하얀 콜마의 어두운 집도 자주 보았기 때문이다. 목소
리가 고운 콜마는 언덕 위에 홀로 버려졌다. 쌀가르는 돌아오겠다
고 약속했으나, 어느새 사방에 야음이 짙어졌다. 언덕 위에 홀로 앉
아 있는 콜마의 목소리를 들어보라.

콜마

　밤이 되었다! 폭풍우 몰아치는 언덕 위에 나 홀로 버려졌구나.
산속에서 바람이 윙윙 울어댄다. 계곡물은 울부짖듯 바위 아래로
쏟아진다. 폭풍우 치는 언덕 위에 버려진 나에겐 비를 피할 오두막
조차 없구나.

　아, 달이여, 구름을 헤치고 모습을 드러내라! 밤하늘의 별이여,

184

모습을 드러내라! 그대들의 빛으로 나를 인도해다오! 사랑하는 그이가 힘든 사냥을 마치고 시위 푼 활을 내려놓고 쿵쿵거리는 개들에 둘러싸여 쉬고 있는 그곳으로. 하지만 나는 수초 우거진 강가의 바위에 이렇게 홀로 앉아 있어야만 하는구나. 강물과 폭풍우가 윙윙거리는데, 사랑하는 그이의 목소리는 들리지 않는구나.

어찌하여 나의 쌀가르는 오지 않는가? 약속의 말을 잊었을까? 저쪽에는 바위와 나무가 있고, 이쪽에서는 콸콸거리는 물소리가 들린다. 밤이 찾아오면 돌아오겠다고 약속하지 않았던가. 아! 나의 쌀가르는 어디서 길을 잃고 헤매고 있는가? 오만한 아버지와 오라버니 곁을 떠나 그대와 함께 도망치려 했건만! 우리 두 집안은 오래도록 원수였으나, 우리는 원수가 아닙니다. 오, 쌀가르!

아, 바람이여, 잠시만 멎어다오! 오, 강물이여, 잠시만 조용히 있어다오! 내 목소리가 골짜기를 따라 울려퍼질 수 있도록. 나의 방랑자가 내 목소리를 들을 수 있도록. 쌀가르! 내 사랑! 나는 여기 있어요. 어찌하여 머뭇거리고 오지 않나요?

보라! 달이 모습을 드러내고, 강물이 골짜기에서 반짝거리고, 언덕 위로 회색 바위들이 솟아 있다. 하지만 저 높은 곳에도 그이의 모습은 보이지 않고, 주인보다 앞서 도착을 알리는 개들도 보이지 않는다. 나는 홀로 여기 앉아 있어야만 한다.

그런데 저 아래 황야에 누워 있는 자들은 누구인가? 사랑하는 그이일까? 오라버니일까? 말해보아라, 친구들이여! 아무런 대답도 없구나. 어찌하여 이다지도 마음이 조일까! 아, 저들은 이미 죽었구나! 저들의 칼은 싸움으로 피에 물들었구나! 아, 오라버니, 오라버니, 어째서 나의 쌀가르를 죽였나요? 오, 나의 쌀가르, 어째서 나의 오라버니를 죽였나요? 두분 모두를 이토록 사랑하거늘. 아, 그대는 언덕 위에 모인 수많은 용사들 중에서도 단연 빼어났건만! 끔찍한 전투였구나. 사랑하는 이들이여! 대답해주오! 내 목소리를 들어주오! 아, 하지만 말이 없구나! 영영 말이 없구나. 저들의 가슴은 맨땅처럼 차갑구나!

아, 죽은 이들의 혼령이여! 언덕 위의 바위에서, 폭풍우 몰아치는 산꼭대기에서 목소리를 들려줘요! 말해줘요! 나는 조금도 무섭지 않아요! 그대들은 안식을 찾아 어디로 갔나요? 산속 어느 무덤으로 그대들을 찾아가야 하나요? 바람결에 희미한 목소리도 들려오지 않는구나. 폭풍우 치는 언덕에 가녀린 대답 소리도 들려오지 않는구나.

나는 비탄에 젖어 이렇게 앉아서 눈물을 흘리며 아침이 오기를 기다리고 있다. 죽은 이들의 벗들이여, 무덤을 파헤쳐다오. 내가 갈 때까지는 무덤을 덮지 말아다오. 내 삶이 꿈처럼 사라진다. 어떻게 나 홀로 살아남아야 한단 말인가! 물결이 바위에 부딪치는 이곳에서 나는 친구들과 더불어 살리라. 언덕 위에 밤이 찾아오고 황야에 바람이 몰아치면 내 영혼은 바람을 맞으며 벗들의 죽음을 애도하리라. 사냥꾼은 오두막에서 내 목소리를 듣고, 두려워하면서도 그리워하리라. 벗들을 애도하는 내 목소리는 달콤할 것이므로. 두 사람을 그토록 사랑했건만!

아, 이것이 그대의 노래였노라, 미노나여. 그대 토르만의 딸, 얼굴을 살짝 붉히며 수줍음을 타는 미노나여! 우리는 콜마를 위해 눈물을 흘렸고, 우리의 마음은 슬픔에 잠겼다.

울린이 하프를 들고 등장하여 알핀의 노래를 들려주었다. 알핀의 목소리는 다정했고, 리노의 마음은 뜨겁게 타올랐었다. 하지만 이제 두 사람은 무덤 속에 고이 잠들어 있고, 쎌마에서 그들의 목소리는 들리지 않는다. 그 용사들이 전사하기 전에 언젠가 울린이 사냥에서 돌아왔다. 그는 언덕 위에서 알핀과 리노의 노래 시합을 들었다. 그들의 노래는 부드러웠으나 슬펐다. 그들은 으뜸가는 용사 모라르의 죽음을 애도했다. 모라르의 영혼은 핑갈의 영혼을 빼닮았고, 그의 칼 솜씨는 오스카르의 칼 솜씨를 빼닮았다. 하지만 그도 전사했다. 그의 아버지는 비통해했고, 늠름한 모라르의 누이 미노나도 눈물을 쏟았다. 울린의 노래가 시작되자 미노나는 물러났다. 마치 서녘 하늘에 걸린 달이 비구름이 몰려오는 것을 미리 알아보고 아름다운 얼굴을 구름 속에 감추듯이, 그렇게 물러났다. 나는 비탄의 노래에 맞추어 울린과 함께 하프를 켰다.

리노

비바람이 지나가고 구름도 흩어져서 한낮의 날씨는 청명하다. 태양은 쉬지 않고 달아나면서 언덕을 비춰주고 있다. 산속의 계곡물은 햇살을 받아 붉게 물든 채 흘러내린다. 계곡물이여, 너의 속삭임은 달콤하구나. 그런데 내게 들리는 목소리는 더 달콤하다. 이것은 알핀의 목소리다. 그는 죽은 자들을 애도하고 있다. 이제 나이를 이기지 못해 고개를 떨군 채 눈물 고인 눈은 붉게 충혈되어 있다. 알핀, 빼어난 가인歌人이여, 어째서 말없는 언덕 위에 홀로 서 있는가? 숲 속에 바람이 일 듯, 먼 기슭에 물결이 치듯, 어째서 그렇게 애통해하는가?

알핀

리노여, 나의 눈물은 죽은 자를 위해 흘리는 것이며, 내 목소리는 무덤 속에 있는 자들을 위한 것이다. 언덕 위에 서 있는 그대는 날씬하고, 황야의 자식들 가운데 빼어났도다. 하지만 그대 역시 모라르처럼 쓰러질 것이며, 애도하는 사람이 그대의 무덤을 지키리라. 그대가 누비던 언덕들도 그대를 잊을 것이며, 그대의 활은 시위가 풀린 채 방 안에 나뒹굴 것이다.

오, 모라르여, 그대는 언덕 위를 달리는 노루처럼 날렵했고, 밤하늘의 혜성처럼 무서웠다. 그대의 분노는 질풍 같았고, 싸움터에서 휘두르는 칼은 번개처럼 황야를 비추었다. 그대의 목소리는 비가 온 뒤의 계곡물 같았고 아득히 먼 언덕까지 울리는 천둥 같았다. 그대의 손에 숱한 사람이 쓰러졌고, 그대의 분노의 불길은 숱한 사람을 집어삼켰다. 하지만 싸움터에서 돌아오면 그대의 이마에는 얼마나 평온한 기운이 감돌았던가! 그대의 얼굴은 비바람이 그친 뒤의 햇살 같았고, 아늑한 밤의 달님 같았으며, 그대의 가슴은 거친 바람이 잦아든 호수 같았다.

하지만 이제 그대의 거처는 너무 좁고 그대의 처소는 어둡기만 하다! 그대의 무덤은 세 걸음 넓이밖에 되지 않는다. 일찍이 그토록 위대했던 그대여! 이끼로 덮인 네개의 비석만이 유일한 기념물로 남아 있구나. 잎이 떨어진 한그루 나무와 바람에 일렁이는 긴 풀잎만이 한때 막강했던 모라르의 무덤이라는 것을 사냥꾼에게 알려줄 뿐이다. 그대의 죽음을 슬퍼해줄 어머니도 없고, 사랑의 눈물을 흘려줄 여인도 없다. 그대를 낳은 여인은 죽었고, 모르글란의 딸도 죽었다.

지팡이에 의지하고 있는 저 사람은 누구인가? 늙어서 백발이 성성하고, 눈물 고인 눈은 붉게 충혈되었구나. 그대의 아버지로구나, 오, 모라르여! 아들이라고는 그대 하나밖에 없는 아버지로다. 그분은 싸움터에서 그대가 얻은 명성을 익히 들었고, 적들이 혼비백산했다는 이야기도 들었다. 그는 모라르의 명성을 들었다. 아, 그러나 모라르의 상처에 관해서는 들은 바 없던가? 통곡하라, 모라르의 아버지여! 통곡하라! 하지만 그대의 아들은 아버지의 통곡 소리를 듣지 못하리. 죽은 자의 잠은 깊고 먼지 쌓인 베개는 얕으니. 이제 아무 소리도 들리지 않고, 외쳐 불러도 깨어나지 못하리. 아, 무덤 속에는 언제 아침이 밝아와서 곤히 잠든 자에게 깨어 일어나라고 명할 수 있으려나!

잘 있거라, 인간들 가운데 가장 고귀한 자여! 싸움터의 정복자여! 하지만 이제 싸움터는 두번 다시는 그대를 보지 못하리. 그대의 칼은 두번 다시 어두운 숲을 비추지 못하리. 그대는 아들을 남기지 않았으나, 노래는 그대의 이름을 간직하리라. 후세 사람들은 그대의 명성을, 전사한 모라르의 명성을 전해들으리라.

용사들이 애도하는 소리는 드높았고, 그중에도 아르민의 찢어질 듯한 탄식이 가장 높았다. 젊은 나이에 전사한 아들의 죽음을 추모했기 때문이리라. 명성이 자자한 갈말의 영주 카르모르가 아르민의 옆에 앉아 있다. 카르모르가 말했다. '어째서 아르민의 탄식은 저리 애달픈가? 무슨 연유로 저렇게 통곡하는가? 노랫가락은 마음을 녹여주고 기쁘게 해주지 않는가? 노래는 호수에서 피어올라 골짜기를 감싸고 촉촉한 물기로 만발하는 꽃들을 적셔주는 부드러운 안개와 같지 않은가? 하지만 다시 태양이 힘차게 솟아오르고 안개는 사라진다. 아르민이여, 바다로 둘러싸인 고르마의 통치자여! 어찌하여 그대는 그처럼 애통해하는가?'

'애통하도다! 나는 그럴 수밖에 없다. 내가 슬퍼하는 것은 지당하다. 카르모르여, 그대는 아들을 잃지 않았고, 꽃다운 딸도 잃지 않았다. 씩씩한 콜가르는 살아 있고, 절세의 미모를 자랑하는 그대의 딸 아니라도 살아 있다. 카르모르여, 그대 집안의 대를 이을 후손은 그렇게 펄펄 살아 있다. 하지만 우리 집안은 나 아르민이 마지막 생존자다. 아, 다우라여, 네 침상은 어둡구나! 무덤 속의 잠자리는 답답하구나. 언제나 고운 목소리로 노래 부르며 깨어나려느냐? 불어라, 가을바람아! 이 황야에 휘몰아쳐라! 계곡물아, 콸콸 쏟아져라! 비바람이여, 울부짖어라, 떡갈나무 꼭대기에서! 아, 달님이여, 갈라진 구름을 뚫고 나와 이따금 창백한 얼굴을 보여다오! 내 자식들이 죽은 끔찍한 밤이 생각난다. 힘센 용사 아린달이 쓰러지고 사랑스러운 딸 다우라가 숨진 그 끔찍한 밤이.

내 딸 다우라여, 너는 푸라의 언덕 위에 떠오른 달님처럼 어여뻤지. 얼굴은 백설처럼 희고, 들이마시는 공기처럼 감미로웠지! 아린달이여, 너의 활은 강했고, 싸움터에서 휘두르는 창은 날쌨다! 네 눈초리는 물결을 뒤덮은 안개 같았고, 네 방패는 폭풍우 속의 불구름 같았다!

전투에서 이름을 떨친 아르마르가 찾아와 다우라의 사랑을 얻고자 하였다. 다우라는 오래 버티지 않았고, 이들의 친구들은 희망에 부풀었다.

오드갈의 아들 에라트가 아르마르에게 원한을 품었다. 그의 형제가 아르마르에게 죽임을 당했기 때문이다. 에라트는 뱃사공으로 변장하여 찾아왔다. 물결 위로 떠나는 그의 배는 아름다웠다. 늙어서 그의 머리는 하얗게 세었고, 엄숙한 표정은 침착했다. 그가 말했다. '처녀들 중 가장 아름다운 처녀여, 아르민의 사랑스러운 딸이여! 바다에서 멀지 않은 저기 바위에서, 나무에 열린 붉은 과일이 반짝이는 저곳에서 아르마르가 그대 다우라를 기다리고 있구나. 물결치는 바다 건너로 그의 애인 다우라를 데려가기 위해 내가 왔

도다.'

다우라는 에라트에게 끌려가면서 아르마르를 소리쳐 불렀으나 바위에 울리는 메아리밖에 들리지 않았다. '아르마르! 내 사랑! 내 사랑! 어찌하여 저를 이렇게 무섭게 놓아두세요? 아르나르트의 아들이여, 내 말을 들어주오! 그대를 소리쳐 부르는 다우라가 여기 있어요!'

배반자 에라트는 회심의 미소를 지으며 뭍으로 달아났다. 다우라는 목청을 높여 아버지와 오라버니를 찾았다. '아린달! 아르민! 이 다우라를 구해줄 사람이 아무도 없나요?'

그녀의 목소리는 바다 건너에까지 울렸다. 나의 아들 아린달은 갓 잡은 사냥감을 들고 언덕을 내려왔다. 옆구리에 매단 화살통에서는 화살이 달그닥거렸고, 손에는 활을 들고 있었으며, 흑회색 사냥개 다섯마리가 그를 에워싸고 있었다. 그는 대담한 에라트를 물가에서 발견하고 그를 사로잡아 떡갈나무에 묶고 허리를 단단히 동여맸다. 결박당한 자의 신음 소리가 바람을 타고 울려퍼졌다.

아린달은 배를 타고 물살을 가르며 다우라를 데리러 갔다. 아르마르가 달려와 분을 이기지 못하고 회색 깃털이 달린 화살을 당겼다. 오, 아린달, 내 아들아! 소리를 내며 날아온 화살이 네 가슴에 박히고 말았다! 배반자 에라트를 대신하여 네가 죽임을 당했구나. 배는 바윗가에 다다랐고, 아르마르는 바위에 쓰러져 죽었다. 오, 다우라여! 네 발치에 오라비의 피가 흘러내렸으니 네 비통함이 오죽했겠느냐!

파도가 배를 산산이 부숴버렸다. 아르마르는 사랑하는 다우라를 구하기 위함인지 죽기 위함인지 바다로 뛰어들었다. 벼랑에서 떨어진 그의 몸은 쏜살같이 파도 속으로 파묻혔고, 다시는 떠오르지 못했다.

바닷물에 씻기는 바위 위에 홀로 남아 슬퍼하는 내 딸의 울음소리가 들려왔다. 그 통곡 소리는 높이 울렸으나 아버지인 나는 딸을 구해주지 못했다. 나는 밤새도록 물가에 서서 내 딸이 희미한 달빛 아래서 울부짖는 소리를 들었다. 바람이 거세게 휘몰아쳤고, 세찬 비가 산허리를 때렸다. 동이 트기 전에 딸의 목소리는 점점 가냘파졌고, 바위 위에 자란 풀잎 사이로 불어오는 저녁 바람처럼 숨을 거두었다. 내 딸은 비통함을 가누지 못해 죽고 말았다. 이 아르민을 홀로 남겨둔 채! 싸움터에서 용맹했던 나의 기운도 사라졌고, 처녀들 사이에서 자랑거리였던 나의 명성도 사라졌다.

산으로 폭풍우가 몰아치고 삭풍에 파도가 출렁일 때면 나는 파도가 소리내며 부서지는 물가에 앉아 그 끔찍한 바위를 바라본다. 달이 질 때면 종종 내 자식들의 혼령이 보인다. 이들은 희미한 모습으로 슬프게 어울려 떠돌아다닌다.'"

로테의 눈에서 눈물이 쏟아졌고, 갑갑하던 가슴이 후련해졌다. 그 바람에 베르터의 낭송은 중단되었다. 그는 원고를 내던지고 그녀의 손을 잡고 비통한 눈물을 흘렸다. 로테는 다른 손으로 몸을 가누며 손수건으로 눈물을 훔쳤다. 두 사람은 격한 감정을 가눌 길이 없었다. 그 고귀한 용사들의 운명 속에서 그들 자신의 불행을 느꼈고 함께 공감했으며, 두 사람의 눈물은 하나가 되었다. 베르터의 입술과 두 눈은 로테의 팔등에 닿은 채 뜨겁게 달아올랐다. 로테는 흠칫 몸을 떨었다. 그녀는 몸을 빼내려고 했으나, 고통과 동정심이 납덩이처럼 짓눌러서 꼼짝도 할 수 없었다. 그녀는 숨을 내쉬고 정신을 차린 뒤 여전히 흐느끼면서 낭송을 계속해달라고 부탁했다. 마치 천상에서 울려오는 듯한 목소리로 애원했다. 베르터는 여전히 떨고 있었고, 가슴이 찢어질 것 같았지만, 다시 원고를 집어 들고 더듬거리며 낭송을 시작했다.

"봄바람이여, 어찌하여 나를 깨우는가? 그대는 천상의 이슬로 촉촉한 물기를 선사하겠다고 나를 유혹하는구나. 하지만 나도 시들 때가 가까웠다. 나를 낙엽처럼 쓰러뜨릴 폭풍우도 곧 닥칠 것이다! 젊은 시절 내 아름다운 모습을 보았던 나그네가 내일이면 찾아올 것이다. 그의 눈은 나를 찾아 벌판을 헤맬 것이나 끝내 나를 찾지 못하리라."

이 구절의 강렬한 힘이 불행한 베르터를 완전히 압도했다. 그는 극한의 절망감에 사로잡혀 로테의 발치에 털썩 무릎을 꿇더니 그녀의 두 손을 잡아서 자신의 눈과 이마에 갖다대고 꼭 눌렀다. 그가 무서운 일을 저지를 것 같은 예감이 로테의 뇌리에 스쳤다. 그녀는 마음의 갈피를 잡지 못하고 그의 두 손을 꼭 잡아 자기 가슴에 갖다대고 지그시 눌렀으며 슬픔에 사무쳐서 그에게 몸을 숙였고, 그러자 두 사람의 뜨겁게 타오르는 볼이 서로 맞닿았다. 두 사람에겐 주위 세계가 모두 사라지는 것 같았다. 베르터는 로테의 몸을 휘감아 가슴에 꼭 껴안았고, 뭐라고 말하려는 그녀의 떨리는 입술에 미친 듯이 키스를 퍼부었다. 그러자 그녀는 몸을 돌리며 숨이 막히는 목소리로 소리쳤다. "베르터!" 그녀는 다시 "베르터!" 하고 외치면서 연약한 손으로 베르터의 가슴을 자신의 가슴에서 밀쳐냈다. 그러고는 한없이 고결한 감정이 실린 차분한 어조로 다시 소리쳤다. "베르터!" 베르터는 더이상 버티지 않고 팔을 풀고 그녀를 놓아주었으며, 정신이 없는 상태에서 그녀의 발치에 털썩 무릎을 꿇었다. 로테는 일어나서 사랑에 떠는지 분노에 떠는지 갈피를 잡지 못하는 불안한 상태에서 말했다. "이것이 마지막이에요, 베르터! 다시는 저를 보지 못할 거예요." 그러고는 사랑이 가득 담긴 눈길로 불행한 사람을 바라보며 옆방으로 달려가 문을 잠갔다. 베르터는 그녀를 향해 팔을 뻗었지만 감히 붙잡지는 못했다. 그는 머리를 긴 의자에 기댄 채 방바닥에 주저앉아 있었다. 삼십분 이상 그런 자세로 넋을 잃고 있던 베르터는 바스락거리는 소리에 다시 정신이 들었다. 하녀가 식탁을 차리려고 방에 들어왔다. 베르터는 방안을 이리저리 왔다 갔다 하다가 옆방 문 쪽으로 가서 나지막한 소리로 외쳤다. "로테! 로테! 한마디만 할게요! 작별인사만이라도!" 하지만 로테는 묵묵부답이었다. 베르터는 애원하며 기다리고 또 기다리다가 마침내 문간에서 몸을 돌리며 소리쳤다. "잘 있어요,

로테! 영원히 안녕!"

베르터는 성문에 다다랐다. 베르터와 면식이 있는 문지기가 말 없이 문을 열어주며 그를 성문 밖으로 내보내주었다. 진눈깨비가 흩날리고 있었고, 베르터는 11시가 다 되어서야 집에 당도하여 문을 두드렸다. 베르터가 집으로 돌아왔을 때 하인은 주인의 모자가 없어졌다는 것을 알아차렸다. 그렇지만 감히 뭐라고 말하지는 못하고 흠뻑 젖은 옷을 벗겨주었다. 모자는 나중에 골짜기가 내려다보이는 비탈진 언덕 위의 바위에서 발견되었다. 진눈깨비가 내리는 캄캄한 밤중에 어떻게 굴러떨어지지 않고 거기까지 올라갔는지 도무지 이해할 수 없는 일이었다.

베르터는 침대에 몸을 눕히고 오래도록 잠을 잤다. 하인이 다음 날 아침 주인이 불러서 커피를 들고 갔을 때 베르터는 뭔가를 쓰고 있었다. 그는 로테에게 편지를 썼다.

"제가 눈을 뜨는 것도 오늘이 마지막입니다. 정말 마지막입니다. 이제 다시는 태양을 보지 못할 것입니다. 흐리고 안개 자욱한 날씨가 태양을 가리고 있습니다. 대자연이여, 너도 함께 슬퍼해다오! 너의 아들이자 벗이자 사랑하는 사람인 내가 이제 종말을 향해 다가가고 있다. 로테, 나 자신을 향해 오늘이 마지막 아침이라고 말하는 심정은 이루 형언할 수가 없지만, 그래도 가물거리는 꿈결과 가장 흡사한 듯합니다. 마지막 아침입니다! 마지막 아침이라는 말이 전혀 실감나지 않습니다. 지금은 이렇게 기력이 말짱한데 내일 아침이면 사지를 뻗은 채 바닥에 널브러져 있는 것입니다. 죽는다! 그것은 무엇을 뜻하는 것일까요? 보십시오. 죽음에 관해 이야기할 때면 우리는 꿈을 꾸고 있는 것입니다. 저는 여러 사람이 죽는 것을 지켜보았습니다. 하지만 인간은 워낙 시야가 좁아서 자기 인생의 시작과 끝을 알지 못합니다. 아직까지는 이 몸이 나의 것이지요. 아니, 당신의 것입니다! 오, 사랑하는 여인이여, 당신의 것입니다! 그런데 눈 깜박할 사이에 분리되고 헤어지다니요? 그것도 어쩌면 영원히? 아닙니다, 로테. 그렇지 않습니다. 어떻게 내가 사라질 수 있습니까? 어떻게 당신이 사라질 수 있습니까? 우리는 이렇게 멀쩡하게 존재하지 않습니까! 그런데 사라지다니요! 그것은 무슨 뜻일까요? 그것은 내 가슴으로 느낄 수 없는 공허한 소리, 공허한 말에 지나지 않습니다. 로테! 죽어서 차가운 흙 속에 묻히는 것이지요! 그렇게 갑갑하고 캄캄한 곳에! 나에겐 여자 친구가 한 사람 있었습니다. 의지할 데 없던 어린 시절에 그녀는 나의 전부였습니다. 그런데 그녀가 죽었고, 저는 유해를 따라 묘지까지 갔습니다. 그러고는 관을 내려놓고, 관을 받치던 밧줄을 빼내어 다시 당겨올리는 것을 지켜보았습니다. 첫 삽으로 흙을 던져넣으면 비좁은 관의 덮개에서 둔탁한 소리가 났고, 소리는 점점 더 둔탁해지더니 마침내 완전히 덮이고 말았습니다! 나는 무덤가에 털썩 주저앉았습니다. 마음이 사무치고 미어졌으며 가슴이 조여오고 찢어지는 것 같았습니다. 하지만 나에게 어떤 일이 벌어졌는지 알지 못했습니다. 나 자신 장차 어떻게 겪게 될 것인지도 알지 못했습니다. 죽음! 무덤! 그런 말을 이해할 수 없었습니다.

아, 용서하십시오! 어제 일은 용서해주세요! 제 삶의 마지막 순간이 되기를 바랐던 것입니다. 오, 그대 천사여! 그대가 나를 사랑하고 있다! 그대가 나를 사랑하고 있다는 환희의 감정이 의문의 여지 없이 난생처음으로, 정말 처음으로 제 마음속 가장 깊은 곳까지 타올랐습니다. 제 입술에서는 당신의 입술에서 흘러들어온 그 신성한 불꽃이 아직 이글거리고, 제 가슴은 새로운 희열로 뜨겁게 달아오릅니다. 용서해주세요! 용서해주세요!

아, 당신이 저를 사랑하고 있다는 것을 저는 알고 있었습니다. 진심이 가득 담긴 눈길로 처음 저를 바라보았을 때부터, 처음 악수를 나눌 때부터 알고 있었습니다. 그렇지만 다시 당신을 떠나오고, 알베르트가 당신 곁에 있는 것을 보면 다시 열병처럼 의혹이 솟구쳐서 의기소침해지고 말았습니다.

언젠가 그 끔찍한 모임에서 저에게 한마디 말도 못하고 악수도 청할 수 없었을 때 저에게 꽃을 보내주셨던 일을 기억하십니까? 저는 거의 밤을 새우다시피 그 꽃 앞에 무릎을 꿇고 있었습니다. 그 꽃은 저에게 당신의 사랑을 확인시켜주었습니다. 아, 그렇지만 그런 강렬한 인상도 사라져버렸습니다. 마치 한때 신성한 계시를 직접 보고 성령으로 충만했던 독실한 신자의 마음속에서도 점차 하느님의 은총에 대한 믿음이 희미해지듯이 말입니다.

그 모든 것은 덧없이 사라지게 마련입니다. 그렇지만 어제 당신의 입술에서 맛보았고 지금 제 마음속에서 느끼는 이글거리는 생명의 불꽃은 영원히 꺼지지 않을 것입니다! 그녀는 나를 사랑하고 있다! 이 팔로 그녀를 껴안았고, 이 입술이 그녀의 입술 위에서 떨었으며, 이 입이 그녀의 입을 더듬었다. 그녀는 나의 것이다! 그대는 나의 것입니다! 그렇습니다. 로테, 영원히.

알베르트가 당신의 남편이어서 어쨌다는 것입니까? 남편이라! 이 세상에서는 그럴지도 모르지요. 그리고 이 세상에서는 제가 당신을 사랑하고 그의 품에서 당신을 빼앗아 제 품으로 껴안는다면 죄가 될지도 모릅니다. 죄가 된다구요? 좋습니다. 그렇다면 제 스스로 벌을 내리겠습니다. 저는 그 죄로 인해 천상의 환희를 맛보았고, 향기로운 생명수와 기운을 가슴속으로 들이마셨습니다. 바로 그 순간부터 당신은 나의 것이 되었습니다. 오, 로테, 내 사랑이여! 저는 먼저 갑니다. 저의 아버지가 계신 곳으로, 당신의 아버지가 계신 곳으로. 그리고 당신 아버지께 하소연하겠습니다. 그러면 당신이 올 때까지 그분은 저를 위로해주시겠지요. 당신이 오시면 저는 달려가 맞이하여 당신을 붙잡고 무한한 신께서 보시는 앞에서 당신을 영원히 껴안고 있겠습니다.

허황된 꿈이 아닙니다! 망상이 아닙니다! 무덤에 가까워질수록 마음이 점점 환하게 밝아옵니다. 우리는 만나게 될 것입니다! 다시 만날 것입니다! 당신의 어머니도 만날 것입니다! 아, 그분을 찾아내어 만나면 그분께 제 마음을 모두 털어놓겠습니다! 당신의 어머니, 당신이 빼닮은 그분께."

11시경 베르터는 혹시 알베르트가 돌아오지 않았는지 하인에게
물어보았다. 하인은 알베르트가 말을 타고 지나가는 것을 보았다
고 했다. 그러자 베르터는 하인에게 다음과 같은 내용의 쪽지를 봉
하지도 않은 채 건네주었다.

"여행을 가려고 하는데 권총을 좀 빌려주시겠습니까? 안녕히 계
십시오."

그 사랑스러운 여인은 간밤에 거의 잠을 못 이루었다. 그녀가 두
려워하던 일이 이미 결정되어 있었다. 그녀가 미처 예감할 수도 없
고 두려워할 겨를도 없는 방식으로 이미 결정된 상태였다. 평소 그
렇게 순수하고 명랑하던 기분은 열병처럼 끓어올랐고, 온갖 느낌
들이 고운 마음을 뒤흔들어놓았다. 가슴속에 느껴지는 것이 베르
터의 포옹으로 인한 불길이었을까? 아니면 그의 무례함으로 인한
불쾌감이었을까? 한때 전혀 스스럼없이 천진난만하게 아무런 근
심도 없이 자기 자신을 믿었던 시절과 지금의 상태를 비교하니 불
쾌해진 것일까? 어떻게 남편을 대한단 말인가? 어떻게 그런 일을
고백한단 말인가? 털어놓아도 무방하리라는 생각이 들면서도, 감
히 그럴 용기가 나지 않았다. 두 사람은 이미 오래도록 베르터에
대해서는 입을 다물었다. 그런데 먼저 나서서 침묵을 깨고 부적절
한 때에 남편에게 그런 뜻밖의 사건을 털어놓아야 한단 말인가? 베
르터가 찾아왔다는 이야기만 해도 불쾌한 인상을 줄 텐데, 그런 뜻

밖의 불상사까지 이야기하려니 덜컥 겁이 났다! 남편이 자신을 공정하게 보고 전혀 선입견 없이 받아줄 수 있을 거라고 기대해도 좋을까? 남편이 자신의 마음속을 헤아려주기를 바랄 수 있을까? 남편 앞에서는 언제나 수정처럼 맑은 마음으로 기탄없이 털어놓았고, 감정을 숨긴 적이 없고 숨길 수도 없었는데, 그런데 과연 남편에게 시치미를 뗄 수 있을까? 어느 쪽으로 생각해도 걱정이 되었고 당혹스러웠다. 그러면서 자꾸만 베르터에 대한 생각이 맴돌았다. 이제 베르터는 잃어버린 셈이었다. 그를 놓아주기는 싫었지만, 결국 그가 하는 대로 내버려두는 수밖에 없었다. 베르터가 로테를 잃는다면 그에게는 아무것도 남지 않을 터였다.

로테가 비록 그 순간에는 뚜렷이 자각하지 못했지만, 남편과 베르터 사이에 굳어진 서먹서먹한 관계가 얼마나 무겁게 자신의 마음을 짓눌렀는지 몰랐다. 그렇게 이성적이고 선량한 사람들이 뭐라고 꼬집어 말하기 힘든 의견 차이로 인하여 서로 말도 섞지 않기 시작했고, 저마다 자기가 옳고 상대방이 틀렸다고 생각했다. 이런 사정은 더욱 꼬이고 악화되어 마침내 모든 것이 걸려 있는 이 위급한 순간에 매듭을 풀 수 없게 되고 말았다. 진작부터 서로 흔쾌히 믿고 사이를 좁혀서 피차 우애와 배려심을 되살리고 마음을 활짝 열 수만 있었다면 우리의 친구 베르터를 구할 수도 있었으리라.

이런 판국에 또 한가지 특별한 사정이 겹쳤다. 베르터는 그의 편지에서 알 수 있듯이 세상을 하직하고 싶다는 생각을 굳이 숨기지 않았다. 그로 인해 알베르트는 종종 베르터를 논박했고, 로테와 남편 사이에도 그 문제가 화제에 오르곤 했다. 그럴 때마다 알베르트는 자살에 대해서는 단호한 반감을 가졌기에 평소 그의 성품과 달리 다소 신경질적인 태도로 베르터의 자살 생각이 진지하다고는 믿기 힘든 이유가 있다고 로테를 납득시키려 했다. 심지어 더러 농담도 하면서 자기는 그런 생각을 믿지 않는다고 로테에게 의중을 털어놓기도 했다. 그러면 로테는 한편으로 슬픈 상념이 어른거리다가도 마음이 가라앉았지만, 다른 한편 남편의 그런 태도로 인해 그 순간에 자신을 괴롭히는 근심 걱정을 남편에게 털어놓지 못해 답답하기도 했다.

알베르트가 돌아왔다. 로테는 다소 당황해서 경황없이 남편을 맞았다. 남편은 업무를 매듭짓지 못해서 기분이 밝지 않아 보였다. 인근에 사는 법무관은 고집불통이고 옹졸한 사람이었던 것이다. 길 사정이 좋지 않아서 짜증이 나기도 했다.

남편은 별일 없냐고 물었고, 로테는 어제저녁에 베르터가 다녀갔다고 황급히 대답했다. 그러자 남편은 편지 온 게 없느냐고 물었고, 로테는 편지 한통과 소포가 그의 방에 놓여 있다고 대답했다. 남편은 자기 방으로 건너갔고, 로테는 혼자 남게 되었다. 사랑하고 존중하는 남편이 있다는 사실이 그녀의 마음속에 새로운 인상을 심어주었다. 남편의 고결한 성품과 사랑과 선의를 생각하자 마음이 다소 진정되었고, 자기도 모르게 남편을 뒤따라가고 싶은 마음이 생겨서 평소 하던 대로 일거리를 들고 남편의 방으로 갔다. 남편은 소포를 풀어놓고 편지를 읽고 있었다. 더러 그다지 유쾌하지 않은 내용도 들어 있는 것 같았다. 로테는 남편에게 이것저것 물어보았고, 남편은 간단히 대답을 한 다음 책상 쪽으로 가서 뭔가를 쓰기 시작했다.

두 사람은 그런 식으로 한시간쯤 함께 앉아 있었는데, 로테의 마음은 점점 어두워졌다. 남편이 아무리 기분이 좋을 때라도 그녀가 마음에 두고 있는 일을 남편에게 털어놓는 것이 얼마나 힘든 일인지 느껴졌다. 그녀는 기분이 울적해졌고, 그런 기색을 감추고 눈물을 삼키려고 애쓸수록 점점 더 불안해졌다.

베르터의 심부름을 해주는 소년이 찾아오자 로테는 너무 당황했다. 소년은 알베르트에게 쪽지를 건네주었고, 알베르트는 태연하게 부인 쪽으로 몸을 돌리며 "이 아이한테 권총을 내주어요"라고 했고, 소년에게는 "여행 잘 다녀오시라고 전해드려라"라고 말했다. 그러자 로테는 벼락이라도 맞은 듯했다. 그녀는 비틀거리며 일어섰는데, 도무지 무슨 영문인지 정신을 차릴 수 없었다. 그녀는 천천히 벽 쪽으로 걸어가서 권총을 집어내리고 먼지를 닦아내고는 머뭇거렸다. 한참 동안 그렇게 망설이고 있는데, 드디어 알베르트가 뭐하고 있느냐는 눈초리로 재촉을 했다. 그녀는 그 불길한 물건을 소년에게 건네주면서 아무 말도 하지 못했다. 소년이 집으로 돌아가려고 밖으로 나가자 로테는 하던 일을 접고 이루 말할 수 없이 불안한 심정으로 자기 방으로 들어갔다. 마음속에 온갖 불길한 예감이 들었다. 그녀는 남편의 발치에 무릎을 꿇고 어젯밤 있었던 일과 자신의 잘못 그리고 불길한 예감 등 모든 것을 털어놓고만 싶었다. 하지만 만약 그렇게 할 경우 결말이 어떻게 될지 도무지 가늠할 수 없었다. 적어도 남편을 설득하여 베르터에게 가보도록 하는 것은 도저히 기대하기 어려웠다. 식탁이 차려졌다. 절친한 여자 친구 한명이 뭔가 물어보러 와서는 금방 되돌아가려다 다시 머물러 있게 되어 식사 분위기가 그럭저럭 견딜 만했다. 로테는 억지로라도 말을 꺼내어 이야기를 하면서 자기 자신을 잊으려고 했다.

심부름하는 소년이 권총을 가지고 돌아왔을 때 베르터는 로테가 직접 내주더라는 말을 듣고는 감격해서 총을 받아 들었다. 베르터는 빵과 포도주를 가져오게 했고, 소년에게는 식사를 하라고 한 다음 자리에 앉아 뭔가를 쓰기 시작했다.

"이 권총은 당신의 손을 거쳐 왔습니다. 당신이 먼지도 닦아내셨다고요. 저는 이 총에 수없이 입을 맞춥니다. 당신의 손길이 닿은 것이니까요! 하늘의 신령이여, 당신은 제 결심을 더욱 굳건히 다져줍니다. 그리고 로테, 당신은 결심을 실행에 옮길 도구를 제게 건네주었습니다. 저는 당신의 손으로 죽음을 맞기를 고대했는데, 아, 이제 그렇게 되는군요. 아, 심부름하는 아이한테 물어보았습니다. 당신은 총을 건네주면서 떨었다고 하더군요. 작별의 인사도 하지 않으셨다구요! 서운합니다! 정말 섭섭합니다! 작별인사도 없으시다니! 저를 영원히 당신과 결속시킨 그 순간 때문에 저에게 마음을 닫아야만 하는 겁니까? 로테, 천년이 흘러도 그 순간의 인상은 지워질 수 없습니다! 당신을 위해 이렇게 마음이 불타는 사람을 당신이 미워하지 않으리라는 것도 느껴집니다.”

  식사를 마치자 베르터는 심부름하는 아이에게 모든 짐을 남김
없이 꾸려넣으라고 지시하고는 많은 서류들을 찢어 없앴으며, 밖
으로 나가서 아직 사소하게 남아 있는 빚을 정리했다. 그러고는 다
시 집으로 돌아왔다가 비가 내리는데도 성문 밖으로 나갔다. 그는
백작의 정원을 둘러보고 그 일대를 더 멀리까지 돌아다니다가 날
이 어둑해질 무렵에야 집으로 돌아와 다시 편지를 썼다.

  “빌헬름, 나는 마지막으로 들판과 숲과 하늘을 둘러보았네. 자네
도 잘 있게! 어머니, 저를 용서해주세요! 빌헬름, 어머니를 위로해
드리게! 하느님이 자네와 어머니에게 축복을 내리시길! 내 물건들
은 모두 정리되었네. 잘 있게! 언젠가는 더 기쁜 마음으로 다시 만
나게 될 걸세.”

  “알베르트, 이 배은망덕한 사람을 용서해주기 바라네. 나는 자네
가정의 평화를 해쳤고, 자네 부부 사이에 불신을 키웠네. 잘 있게!
나는 이런 상태를 끝내려고 하네. 오, 나의 죽음으로 그대들이 행복
해질 수 있다면! 알베르트! 알베르트! 그 천사 같은 사람을 행복하
게 해주게! 하느님의 축복이 자네와 함께하길!”

  베르터는 그날 저녁에 많은 서류를 뒤적이고 찢어서 난로에 집

어넣었고, 몇몇 꾸러미는 빌헬름을 수신인으로 해서 봉했다. 거기에는 소논문과 단편적인 생각을 적은 글들이 들어 있었는데, 나는 그중 여러편을 직접 읽어보았다. 그는 밤 10시에 난롯불을 더 지피라고 하고 포도주를 한 병 더 가져오게 하고서 하인을 자러 가라고 내보냈다. 하인의 방은 이 집에 딸린 다른 사람들의 침실과 마찬가지로 한참 후미진 곳에 있었다. 하인은 자기 방으로 돌아가 아침 일찍 일을 볼 수 있도록 옷을 입은 채 잠자리에 들었다. 주인이 아침 6시 전에 우편마차가 집 앞에 당도할 거라고 했던 것이다.

"밤 11시가 넘어서

주위는 너무나 조용하고 내 마음도 고요합니다. 하느님 감사합니다. 당신은 마지막 순간에 따뜻한 마음과 기운을 베풀어주셨습니다.

사랑하는 그대여, 나는 창가로 가서 휘몰아치며 흘러가는 구름 사이로 영원한 천상의 별들을 하나씩 바라봅니다! 그래, 너희는 떨어지지 않으리라! 영원한 신께서 너희를 가슴에 품고 계시고, 나를 품고 계시니. 나는 모든 별들 중에서도 가장 좋아하는 수레자리의 손잡이 별들을 바라봅니다. 밤에 당신과 헤어져 대문 밖을 나서면 저 별이 나를 지켜보곤 했지요. 종종 저 별을 바라볼 때마다 얼마나 도취되었는지요! 그럴 때마다 저 별을 향해 두 손을 들어올리고 지금 내가 느끼는 행복의 징표와 신성한 이정표로 삼았습니다!

이것만이 아닙니다. 아, 로테! 그 무엇인들 당신을 상기시켜주지 않는 것이 있겠습니까! 당신은 나를 에워싸고 있지 않습니까! 나는 마치 어린아이처럼 만족할 줄 모르고 당신의 성스러운 손길이 닿은 것이면 무엇이든 온갖 자잘한 것까지도 긁어모으지 않았습니까!

당신의 사랑스러운 씰루엣 그림! 로테, 이것을 당신께 유품으로 돌려드리니 소중히 간직해주기 바랍니다. 저는 외출할 때나 집에 돌아올 때면 이 그림에 수없이 입을 맞추었고, 수없이 윙크했습니다.

당신 아버님께는 제 유해를 보호해달라고 쪽지로 부탁드렸습니다. 공동묘지에는 들판을 향해 있는 후미진 구석에 보리수가 두그루 서 있습니다. 저는 그곳에 묻히기를 원합니다. 아버님께서 친구를 위해 그 정도는 해주실 수 있겠지요. 당신도 부탁드려주십시오. 물론 독실한 기독교 신자라면 이렇게 비참한 불행을 당한 사람 곁에 묻히기를 바라지는 않을 테지요. 아, 차라리 당신들이 직접 길가에나 혹은 한적한 골짜기에 묻어주었으면 싶기도 합니다. 그러면 사제나 레위 사람들은 묘비 앞에서 십자가를 그으며 지나가고, 사마리아 사람이 한 방울 눈물을 떨구겠지요.[33]

이제 때가 되었습니다, 로테! 저는 겁내지 않고 저 차갑고 끔찍한 술잔을 들어 죽음의 도취를 마시겠습니다! 저 술잔을 저에게 건

---

33 루카 복음서 10:30~34.

네준 것은 바로 당신입니다. 그러니 망설이지 않겠습니다. 모든 것이, 제 삶의 모든 소망과 희망이 이렇게 채워지는 것입니다! 냉정하고 담담하게 죽음의 철문을 두드리겠습니다.

제가 다름 아닌 당신을 위해 죽는 행운을 누릴 수 있다니요! 로테, 바로 당신을 위해 저를 바칠 수 있다니요! 당신에게 인생의 평온과 기쁨을 되찾아드릴 수만 있다면 저는 의연히, 기꺼이 죽겠습니다. 아, 사랑하는 사람을 위해 피를 흘리고 자신의 죽음으로 벗들에게 백배의 새로운 생명을 지펴주는 것은 오직 소수의 고귀한 사람들만 해낼 수 있는 일이지요.

로테, 당신의 몸이 닿아 신성해진 이 옷차림 그대로 묻히고 싶습니다. 당신 아버님께도 그렇게 부탁드렸습니다. 이제 제 영혼은 죽음의 관 위를 서성입니다. 제 주머니를 뒤져서 비우지 않도록 해주십시오. 이 분홍색 리본을 주머니에 넣어 가겠습니다. 제가 처음 당신이 어린 동생들과 함께 있는 모습을 보았을 때 당신의 가슴에 달고 있던 것입니다. 아이들한테 저 대신 수없이 키스를 해주시고, 이 불행한 친구의 운명에 대해 이야기해주십시오. 얼마나 사랑스러운 아이들입니까! 아이들이 지금 제 주위에 오글오글 모여드는 것만 같습니다. 아, 저는 처음 만난 순간부터 당신과 떨어질 수 없이 결합되었고 당신 곁을 떠날 수 없었습니다! 이 리본을 저와 함께 묻어주십시오. 제 생일날 선물해주신 것이지요! 이 모든 것들을 저는 얼마나 애틋하게 모아두었는지요! 아, 그런데 제 인생행로가 이렇게 끝날 줄은 몰랐습니다! 마음의 평정을 지켜주세요! 제발 부탁이니 평정을 지켜주세요!

탄환은 장전되어 있습니다. 시계가 자정을 울리고 있습니다. 이제 다 되었습니다! 로테! 로테, 잘 있어요! 잘 있어요!"

이웃 사람이 탄환이 발사되는 불꽃을 보았고 총성을 들었다. 하지만 그러고는 잠잠했기 때문에 더이상 주의를 기울이지 않았다.

아침 6시에 하인이 등불을 들고 베르터의 방에 들어왔다. 주인은 바닥에 쓰러져 있었고, 권총이 발견되었으며, 피가 흥건했다. 하인은 주인을 붙잡고 소리쳐 불러보았지만 아무런 대답도 없었고, 단지 목구멍에서 가르릉거리는 소리가 들려왔을 뿐이다. 하인은 의사를 부르러 달려갔고, 알베르트에게도 달려갔다. 로테는 초인종 소리가 울리자 온몸이 떨려왔다. 그녀는 남편을 깨웠고, 두 사람이 일어나자 하인은 울부짖으며 더듬거리는 소리로 소식을 전해주었다. 로테는 알베르트가 보는 앞에서 실신하여 쓰러졌다.

의사가 도착했을 때 바닥에 쓰러져 있는 불행한 사람은 가망이 없어 보였다. 아직 맥박이 뛰긴 했지만 이미 사지는 모두 뻣뻣하게 굳어 있었다. 총알은 오른쪽 눈 위로 머리를 관통하였고, 뇌수가 밖으로 흘러나와 있었다. 팔뚝의 동맥을 째고 사혈瀉血을 시도해보았지만 아무런 소용이 없었다. 피가 흘러나왔고, 아직 숨은 남아 있었다.

안락의자 팔걸이에 피가 묻은 걸로 봐서는 책상을 마주하고 의자에 앉은 채 총을 쏜 것으로 짐작되었다. 그러고는 바닥으로 쓰러졌고, 경련을 일으키며 의자 주위로 나뒹굴었던 것으로 보였다. 그는 온몸에 맥이 풀린 채 창문 쪽으로 고개를 돌린 채 바닥을 등지고 누워 있었다. 정장 차림을 하고 장화를 신었으며, 파란색 연미복에 노란색 조끼를 걸치고 있었다.

집안과 이웃과 온 시내가 발칵 뒤집혔다. 알베르트가 들어왔다. 베르터는 침대 위로 옮겨졌고, 이마를 동여맸다. 얼굴에는 이미 사색이 역력했고, 사지는 꿈쩍도 하지 않았다. 허파에서 단말마의 숨소리가 약해졌다 강해졌다 하면서 끔찍하게 들려왔다. 이제 임종을 기다리는 수밖에 없었다.

포도주는 한 잔만 마신 채로 남아 있었다. 책상 위에는 『에밀리아 갈로티』[34]가 펼쳐져 있었다.

알베르트가 받은 충격이나 로테의 비통한 심정에 관해서는 더 언급하지 않기로 하겠다.

늙은 법무관이 소식을 듣고 달려왔다. 그는 죽어가는 사람에게 입을 맞추며 뜨거운 눈물을 흘렸다. 그의 큰 아들들이 금방 뒤따라 들어와서 침대맡에 무릎을 꿇고 가눌 수 없는 고통을 표하며 베르터의 손과 입에 키스를 했다. 그중 베르터가 늘 가장 아끼던 맏이는 베르터의 입술에서 떨어질 줄 몰랐는데, 마침내 베르터가 숨을 거두자 사람들이 소년을 강제로 떼어냈다. 그는 정오에 숨을 거두었다. 법무관이 자리를 지키며 사태를 수습해서 별다른 소동은 없

---

34 괴테 앞 세대의 극작가 고트홀트 에프라임 레싱의 희곡.

었다. 법무관은 밤 11시에 베르터가 지정해놓은 장소에 그의 유해
를 묻도록 했다. 노인네와 그의 아들들이 유해를 뒤따랐고, 알베르
트는 그럴 수 없었다. 로테의 목숨이 염려되었던 것이다. 일꾼들이
관을 메고 갔다. 성직자는 한 사람도 따라가지 않았다.

절대적 사랑과 전인(全人)의 꿈

프랑크푸르트의 부호 집안에서 태어난 괴테(Johann Wolfgang von Goethe, 1749~1832)는 독일 문학사상 최초로 생전에 이미 세계 문학의 거목으로 평가받은 대문호이다. 괴테의 출세작으로 꼽히는 『젊은 베르터의 고뇌』(*Die Leiden des jungen Werther*, 1774)는 감성의 해방과 전인적 자아실현의 이상을 추구한 '슈투름 운트 드랑'(Sturm und Drang, 질풍노도) 문학운동을 대표하는 서간체 소설이다. 그밖에 유럽 교양소설(Bildungsroman)의 효시로 평가받는 『빌헬름 마이스터의 수업시대』(*Wilhelm Meisters Lehrjahre*)와 그 후속편 『빌헬름 마이스터의 편력시대』(*Wilhelm Meisters Wanderjahre*) 『친화력』(*Die Wahlverwandtschaften*) 등의 소설을 남겼다. 괴테가 죽기 직전까지 육십여년에 걸쳐 집필한 희곡『파우스트』(*Faust*)는 근대적 자아의 갈등과 자본주의적 근대화의 내적 모순을 파헤친 불후의 대작이다. 괴테는 시, 소설, 희곡을 통틀어 모든 장르에서 빼어난 작품을 남겼을 뿐 아니라, 이십대 후반 이후 평생 동안 바이마르 공국(公國)의 고위 관리로 재직하며 국정에 참여한 정치인이기도 했다. 또한 해부학, 식물학, 광물학, 광학 등 자연 탐구에도 몰두했는데, 뉴턴의 광학을 논파하려 실험과 연구를 거듭하고 그 결실을 모아『색채론』(*Zur Farbenlehre*)을 저술하기도 했다. 오늘날의 관점에서 보면 인문학, 사회학, 자연과학의 모든 분야를 지칠 줄 모르고 탐구한 괴테는 세계문학에서 전무후무한 '종합적 지성'을 갖춘 작가라 할 수 있다.

'가슴의 피로 쓴 작품'―체험적 배경

괴테가 스물다섯살에 발표한 소설『젊은 베르터의 고뇌』는 청년 괴테의 실제 체험에 바탕을 둔 작품이다. 대학에서 법학을 전공한 괴테는 1772년 5월부터 베츨라(Wetzlar)에 있는 독일제국고등법원에서 법관 시보로 근무했다. 그러던 중 샤를로테 부프(Charlotte Buff)라는 여성을 만나 첫눈에 반하는데, 훗날 괴테는 자서전『시와 진실』(*Dichtung und Wahrheit*)에서 이 '탐스러운 여인'과 이내 '떨어질 수 없는 동반자'가 되었다고 회고하였다. 하지만 샤를로테

는 이미 약혼자가 있는 몸이었고, 결국 그녀를 단념할 수밖에 없었
던 괴테는 절망감을 이기지 못해 같은 해 9월에 수습근무를 중단
하고 고향 프랑크푸르트로 낙향한다.

그런데 괴테가 실연의 슬픔을 달래고 있던 차에 예루잘렘
(Jerusalem)이라는 친구의 자살 소식을 접하게 된다. 괴테와 마찬가
지로 법원에 근무 중이던 그 친구는 법원 서기관의 아내인 어떤 여
성을 사랑했으나, 결국 이루어질 수 없는 사랑의 괴로움을 못 이겨
1772년 10월, 권총으로 자살하였다. 괴테가 사랑의 괴로움을 이기
지 못해 공직을 포기하고 베츨라를 떠난 지 불과 한달 만에 괴테와
비슷한 처지에서 번민했던 친구가 스스로 목숨을 끊은 것이다. 더
구나 기구하게도 예루잘렘이 자살에 사용한 권총은 괴테가 사랑했
던 샤를로테의 약혼자에게서 빌려간 것이었다.

이렇듯 친구를 죽음으로 몰아간 비운의 사랑과 괴테 자신의 쓰
라린 실연이 『젊은 베르터의 고뇌』를 집필하게 된 직접적인 동기
이다. 그러고서 일년 반쯤이 지난 1774년 2월부터 3월까지 불과
사주 만에 괴테는 『젊은 베르터의 고뇌』를 탈고하였다. 만년의 괴
테는 자신도 실연의 고통 속에서 죽음의 충동에 빠지곤 했다고 고
백한 바 있다. 그리고 그러한 극한의 고통과 싸우면서 작품을 집필
한 과정을 떠올리며 '마치 펠리컨처럼 가슴의 피를 먹여 탄생시킨
작품'이라 토로하였다.

하지만 그처럼 혹독한 산고를 겪으며 작품을 완성함으로써 청
년 괴테는 죽음의 충동으로부터 벗어날 수 있었다. 그 과정을 괴테

는 이렇게 회고하였다. "나는 몽유병자처럼 거의 무의식중에 써내려갔다. 작품을 통해 폭풍우처럼 격렬한 격정에서 구제되었고, 일생일대의 고해를 하고 난 후처럼 새로운 삶을 시작할 수 있었다." 괴테에게 창작 과정은 견디기 힘든 실연의 고통과 싸우며 작품을 통해 일생의 고해를 바침으로써 치명적인 격정으로부터 벗어나는 치유의 과정이었던 것이다.

절대적 사랑의 갈구

이 작품을 이해하기 위한 관건은 베르터가 느끼는 사랑의 감정이 과연 어떤 의미를 갖는가 하는 데 있다. 베르터의 편지에서 드러나는 생각을 정리해보면, 베르터는 무엇보다 사랑을 통해 자아의 모든 가능성들이 충족될 수 있다고 믿는다. 예컨대 베르터가 궁정에서 직무상 만나는 사람들과의 관계에서는 규율과 규범에 맞춰 자신의 제한된 역할을 감내해야 하지만, 사랑의 감정은 그 모든 속박을 초월해 있다고 여긴다. 그런 점에서 베르터에게 사랑은 사회의 외적 속박을 끊고 순수한 영혼의 내적 자발성이 온전히 발현될 수 있는 유일한 가능성으로 다가온다. 나아가서 그런 사랑의 체험을 통해 사회적 규범에 얽매인 인간 존재는 본래의 자연적 본성을 회복할 수 있다고 믿는다. 베르터가 이처럼 사랑을 통해 인간의 자연적 본성의 회복과 본래적 자아의 실현이 가능하다고 믿는 것은

18세기 후반 유럽의 지적 조류에 비추어보면 문명의 질곡을 타파하고 '자연으로 돌아가라!'고 설파한 루소의 사상과 맥을 같이한다.

그러면 베르터는 어떤 연유로 하필이면 로테라는 여성에게서 그런 사랑의 실현 가능성을 찾고 있는가? 우선 베르터가 로테를 처음 만나서 한눈에 반하는 장면에 주목할 필요가 있다. 그 장면에서 로테는 두살부터 열두살까지의 어린 동생들에게 빵을 나누어주는 정겨운 모습으로 묘사되어 있다. 로테는 두해 전에 어머니를 여의고 여덟명이나 되는 어린 동생들을 키우고 있는 것이다. 요컨대 지극히 자애로운 모성의 원형적 이미지가 한 폭의 목가적 이상으로 구현된 모습이라 할 수 있다. 베르터는 이렇듯 자연 그대로의 소박함과 무구함을 간직한 여성상에 매료되는 것이다. 다른 한편 처녀의 몸으로 여덟명의 동생들을 키우는 '엄마'의 역할을 해야 하는 로테는 '성(聖)처녀'의 이미지를 떠올리게 한다. 베르터가 줄곧 로테를 가리켜 '성스러운 존재'라고 토로하는 것은 그녀에게서 감히 범접하기 힘든 성스러움을 느끼기 때문이다. 이처럼 지극한 모성과 순진무구함, 성처녀의 숭고함과 영혼의 순수함을 온전히 간직한 로테의 모습에 반한 베르터는 오직 자신만이 로테의 영혼에 부응하는 감정을 느낄 줄 안다고 생각하며, 로테 역시 그러한 감정의 공감대를 형성하고 있다고 느낀다. 6월 16일자 편지 마지막 부분에서 로테가 시인 '클롭슈토크'(Klopstock)의 이름을 부르며 눈물을 흘리고 둘이 손을 맞잡는 장면은 베르터와 로테의 교감이 숭고한 감정으로 고양된 절정을 보여준다.

저 멀리서 천둥소리가 울려오고 보슬비가 대지를 적시는 장관이 펼쳐졌다. 상쾌하기 이를 데 없는 향기가 대기를 가득 채우며 우리가 있는 위층에까지 번져왔다. 로테는 창틀에 팔꿈치를 괴고 서서 바깥 풍경을 골똘히 바라보고 있었다. 그녀는 하늘과 나를 번갈아 바라보았는데, 눈에는 눈물이 가득했다. 그녀는 자기 손을 내 손 위에 올려놓으며 "클롭슈토크!" 하고 외쳤다. 나는 그녀가 염두에 두고 있는 장엄한 송가를 금방 떠올렸고, 그녀가 이 암호 같은 한마디로 내게 쏟아놓은 감정의 물결에 빠져들었다. 나는 도저히 견딜 수 없어서 몸을 숙이고 환희의 눈물을 흘리며 그녀의 손등에 입을 맞추었다.(44면)

여기서 두 사람이 교감의 '암호'로 떠올리는 '장엄한 송가'는 두 사람을 에워싼 자연경관과 똑같은 분위기의 자연을 배경으로, 순수한 우정과 사랑의 감정이 천상의 신의 뜻과 맞닿는 숭고한 희열을 노래하는 시상(詩想)을 가리킨다. 시를 매개로 순수한 영혼의 교감과 숭고한 신성과 대자연이 삼위일체를 이루는 황홀한 절정의 표현인 것이다. 일찍이 베르터가 로테를 만나기 전에 이미 대자연 속에서 "인간을 창조하신 전능한 분의 현존"을 느끼면서 천지간의 만물이 "사랑하는 여인의 모습처럼 온전히 내 영혼 속에 고이 깃든다"고(14면) 벅찬 희열을 예감했다면, 이 장면에서 그 예감은 마음과 마음의 교감으로 현현한다. 이렇듯 베르터의 가슴속에서 '사랑하는 여인의 모습'은 '전능한 분의 현존'과 동일시될 만큼 절대적 사랑의 대상이 된다. 베르터가 로테를 떠올릴 때면 '주위의 모든 것이 사라진다'고 되뇌는 것은 로테가 곧 그가 마주하는 세계 전부이기 때문인 것이다.

죽음에 이르는 병

그러나 베르터는 로테와 결합될 수 없는 운명이다. 그녀에겐 이미 약혼자가 있기 때문이다. 몽상적인 성격의 베르터와 달리 로테의 약혼자 알베르트는 궁정에서 유능한 관료로 촉망받는 인물이다. 여덟명의 동생들을 먹여살려야 하는 로테의 입장에서는 선택의 여지가 없는 것이다. 더구나 로테의 어머니가 죽음을 맞는 임종의 자리에서 로테와 알베르트는 평생을 함께하기로 기약한 사이이다. 실제로 작품 중반부에서 두 사람은 결혼을 하고 정식 부부가 된다. 그럼에도 베르터는 로테를 향한 애절한 마음을 끊지 못한 채 거의 매일 로테의 집을 방문하지만, 조신한 주부의 역할에 충실한 로테는 우정 이상을 결코 허용하지 않는다. 이런 상황에서 로테에 대한 사랑의 감정이 끓어오를수록 베르터는 감정의 격렬한 공회전으로 인해 생의 에너지를 소진시킨다. 극심한 조울증을 수반하는 그런 악순환의 과정은 일체의 감각이 마비될 정도로 생의 에너지가 완전히 소진되어서야 비로소 종결된다. 베르터는 그 자신의 표현대로 '죽음에 이르는 병'에서 헤어나지 못한 채 드디어 자살을 결심하기에 이른다. 죽음을 결심한 베르터는 자신이 직접 번역한 오시안(Ossian)의 노래를 로테에게 낭송해준다. 앞에서 언급한 클롭슈토크 장면이 순수한 교감의 희열로 충만한 절정이었다면, 오시안 장면은 비극적 이별의 절정에 해당된다. 망자의 넋을 기리는 진혼의 노래가 절정에 이르자 베르터는 이승에서 이루지 못한 사랑을 다음 생으로 기약하며 죽음을 결심한 자신의 운명에 복받쳐 낭송을 중단하고 비통한 눈물을 흘린다. 그리고 로테 역시 베르터가 "무서운 일을 저지를 것 같은 예감"에 사로잡혀 전율하며 두 사람은 처음이자 마지막으로 뜨거운 입맞춤을 나눈다.

그는 원고를 내던지고 그녀의 손을 잡고 비통한 눈물을 흘렸다. 로테는 다른 손으로 몸을 가누며 손수건으로 눈물을 훔쳤다. 두 사람은 격한 감정을 가눌 길이 없었다. 그 고귀한 용사들의 운명 속에서 그들 자신의 불행을 느꼈고 함께 공감했으며, 두 사람의 눈물은 하나가 되었다. 베르터의 입술과 두 눈은 로테의 팔등에 닿은 채 뜨겁게 달아올랐다. 로테는 흠칫 몸을 떨었다. 그녀는 몸을 빼내려고 했으나, 고통과 동정심이 납덩이처럼 짓눌러서 꼼짝도 할 수 없었다. (…) 그는 극한의 절망감에 사로잡혀 로테의 발치에 털썩 무릎을 꿇더니 그녀의 두 손을 잡아서 자신의 눈과 이마에 갖다대고 꼭 눌렀다. 그가 무서운 일을 저지를 것 같은 예감이 로테의 뇌리에 스쳤다. 그녀는 마음의 갈피를 잡지 못하고 그의 두 손을 꼭 잡아 자기 가슴에 갖다대고 지그시 눌렀으며 슬픔에 사무쳐서 그에게 몸을 숙였고, 그러자 두 사람의 뜨겁게 타오르는 볼이 서로 맞닿았다. 두 사람에겐 주위 세계가 모두 사라지는 것 같았다. 베르터는 로테의 몸을 휘감아 가슴에 꼭 껴안았고, 뭐라고 말하려는 그녀의 떨리는 입술에 미친 듯이 키스를 퍼부었다.(193~95면)

이 마지막 포옹 이후 얼마 지나지 않아 베르터는 권총으로 자살한다. 기구하게도 베르터의 시동에게 권총을 건네준 사람은 다름 아닌 로테였으니 베르터는 그토록 사랑하는 여인이 손수 건네준 독배를 마시고 생을 마감한 셈이다. 베르터 사후에 유품으로 발견된 편지에서 베르터는 로테에게 이런 마지막 말을 남겼다. "저는 당신의 손으로 죽음을 맞기를 고대했는데 (…) 제가 다름 아닌 당신을 위해 죽는 행운을 누릴 수 있다니요! 로테, 바로 당신을 위해 저를 바칠 수 있다니요!"(204, 208면) 역시 유품으로 남겨진 편지에서 베르터는 스스로 목숨을 끊기로 한 결심에 대하여 이렇게 말한다. "이 결심은 절망의 소산이 아니라, 내가 끝까지 견뎌냈고 당신을 위해 나를 바칠 수 있다는 확신에서 나온 것입니다."(178면) 사랑하는 사람을 위해 자신을 제물로 바칠 수 있다는 확신에서 나온 베르터의 정사(情死)는 절대적 사랑에 봉헌된 순사(殉死)였던 것이다.

신분 차별의 질곡

이렇듯 베르터는 이룰 수 없는 사랑에 자신의 목숨을 바쳤지만, 그의 죽음을 돌이킬 수 없도록 부추긴 또다른 요인에 주목할 필요가 있다. 베르터가 상류사회 귀족들에게 당한 치욕적인 수모가 그것이다. 궁정에서 평소에 베르터를 신임하고 아끼던 C 백작 댁에서 베르터는 귀족들이 '말단 관리'인 자신을 아예 알은체도 않고 '왕따'시키는 수모를 당한다. 심지어 평소에 베르터에게 허물없이 대하는 B 양마저 그가 가까이 다가가자 당황하며 외면한다. 결국 쫓겨나다시피 연회장에서 도망 나온 베르터는 이 사건이 삽시간에 온 동네에 소문난 것을 알게 된다. 그리고 하필 B 양의 입으로 그런 사실을 전해들은 베르터는 "그녀의 말 한마디 한마디가 비수가 되어 내 가슴에 꽂혔다"(119면)며 "동맥을 열어젖혀 영원한 자유를 얻고 싶다"(120면)는 충동을 토로한다. 대부분 직장의 상관이거나 동료임에도 직장 밖에서는 인간적인 교제를 허용하지 않는 이러한 신분 차별의 질곡은 베르터가 '감옥 같은 세상'을 떠나서 자유를 얻고 싶다는 죽음의 충동을 부채질한다. 이 장면에 대해서는 괴테가 나뽈레옹을 직접 만나서 논평을 받은 유명한 일화가 있다. 나뽈레옹은 『젊은 베르터의 고뇌』를 일곱번이나 읽었고 이집트 원정 때도 이 작품을 배낭에 넣어 다녔다고 할 정도로 열렬한 애독자였다. 1808년, 점령군의 수장으로 독일에 진주한 나뽈레옹은 괴테를 접견하는 자리에서 베르터가 수모를 당하는 이 장면이 베르터의 순수한 사랑을 다룬 이 작품에 어울리지 않는 옥에 티라는 견해를 밝혔다고 한다. 그렇지만 나뽈레옹의 견해는 역으로 베르터의 '고뇌'를 단지 이성에 대한 사랑의 문제로만 환원시키는 단순화일 뿐이다. 실제로 작품에서 귀족들에 대한 묘사를 보면 베르터가 평소에 거드름을 피우는 귀족들에 대해 지독한 반감을 품고 있음을 알 수 있다.

그때 잔뜩 거드름을 피우는 S 부인이 남편을 대동하고 딸과 함께 등장했다. 그 딸은 잘 부화시킨 거위 새끼 같았는데, 가슴은 펑퍼짐하고 화려한 코르셋을 두르고 있었다. 이들은 지나가면서 조상 대대로 물려받은 지체 높은 귀족의 눈매와 콧구멍을 드러냈다. 나는 이런 족속에게는 정나미가 떨어졌기 때문에 곧바로 자리에서 물러나려고 했고, 백작이 주위 사람들과의 지겨운 수다에서 벗어나기만 기다렸다.(115면)

이런 귀족들을 상관으로 모시고 일해야 하는 궁정사회를 베르터는 '노예선'에 견주기도 하는데, 관료사회가 강요하는 소외에 대해서도 베르터의 통찰은 예리하다.

나는 요지경 상자 앞에 서서 작은 인형으로 만든 인간들과 말들이 눈앞에서 이리저리 돌아다니는 것을 보면서 혹시 헛것을 보고 있는 것은 아닐까 하고 종종 자문하곤 합니다. 나도 함께 그 요지경 놀이에 끼어듭니다. 아니, 마치 꼭두각시처럼 나도 모르게 끌려들어갑니다. 그러다가 이따금 이웃 사람의 손을 잡으면 나무로 만든 손에 화들짝 놀라서 움찔하기도 합니다.(109~110면)

궁정사회에서 판에 박힌 역할에 따라 기계적으로 움직이는 인간 군상을 '요지경 속의 작은 인형으로 만든 인간들'에 견주고 있으며, 베르터 자신도 직책을 맡고 있는 이상 '꼭두각시'처럼 그런 메커니즘에 끌려갈 수밖에 없는 것이다. 인간관계에서 겪는 소외감에 대한 이처럼 예민하고도 적확한 묘사는 베르터의 감성이 로테에게만 모조리 쏠려 있지 않고 주위 현실을 직시할 때는 이성적 판단과 균형을 맞추어서 비범한 통찰력과 비판정신을 발휘한다는 것을 여실히 보여준다.

그런 얼간이들은 본래 지위가 중요한 것은 아니며, 맨 윗자리에 있는 사람이 가장 중요한 역할을 하는 경우도 좀처럼 드물다는 사실을 직시하지 못하는 것이다! 얼마나 많은 왕들이 대신들에 의해 다스려지고, 또 얼마나 많은 대신들이 그 비서들에 의해 다스려지는가!(108면)

위에서 명령을 내리는 자가 실제로는 아래에서 묵묵히 일하는 자에게 의존할 수밖에 없다는 '주인과 노예의 변증법'에 대한 이런 날카로운 통찰은 명령을 내리는 귀족에게 꿀릴 게 없다는 시민계

급의 당당한 자부심이라 보아도 무방할 것이다.

베르터 씬드롬

이상 살펴본 대로 베르터는 절대적 사랑을 희구하는 순수한 영혼과 풍부한 감성의 소유자이자 당대 사회의 모순을 직시하는 예리한 지성의 소유자이기도 하다. 따라서 베르터의 자아실현 욕구는 감성과 이성의 전면적인 발현을 통해 전인적인 인간으로 거듭나기를 갈구하던 당대 청년층의 집단적 열망을 대변하는 것이라 할 수 있다.『젊은 베르터의 고뇌』가 독일뿐 아니라 유럽 전역에서 열광적인 호응을 얻었던 것도 그런 맥락에서 이해할 수 있다. 이 작품은 전인적 이상을 추구한 '슈투름 운트 드랑' 문학 운동의 구심 역할을 했을 뿐 아니라, 유럽 전역 독자층의 호응을 얻고 서구 문학의 고전으로 자리 잡았다. 그리고 작품 출간 이후 오늘에 이르기까지 전세계에 수많은 언어로 번역되어 여전히 많은 애독자를 확보하고 있다는 점에서 독일 문학 최초로 '세계문학'의 반열에 오른 작품으로 그 문학사적 의의를 평가할 수 있다.

한편, 베르터의 자살이 당시 독자들에게 일종의 베르터 씬드롬으로 확산되어 모방 자살이 속출했다는 것은 익히 알려진 사실이다. 이처럼 걷잡을 수 없이 번지는 파장 때문에 당시 보수적인 교단의 성직자들은『젊은 베르터의 고뇌』가 자살을 '미화'하고 '옹

호'하는 불경스러운 작품이라고 당국에 '판매 금지' 조치를 청원하기도 했다. 실제로 이 작품이 처음 출판된 라이프치히와 독일 여러 지역에서 그러한 청원이 받아들여져서 이 소설은 '금서'가 되었다. 어떻든 당시 독자들의 열광적인 베르터 씬드롬은 베르터의 자살이 당시의 시대적 분위기와 동떨어진 극단적 예외 상황이 아니라, 당시 베르터처럼 예민한 감성을 지닌 젊은이들의 심성과 깊은 연관성이 있음을 말해준다. 나중에 괴테가 『시와 진실』에서 회고하듯이, 끓어오르는 정열을 해소할 길이 없고 답답한 사회환경에서 자아실현의 가능성도 찾을 수 없었던 예민한 감수성을 지닌 젊은이들로서는 그럼에도 무의미한 삶을 영위해야 한다는 현실에 직면하고는 끝 모를 자살 충동을 느낄 만큼 삶의 권태에 시달렸던 것이다. 그렇게 보면 베르터는 완고한 사회질서를 향해 온몸을 던진 시대의 반항아요 이단아라 할 수 있다. 훗날 만년의 괴테를 방문한 영국의 어떤 성직자는 괴테에게 왜 『젊은 베르터의 고뇌』 같은 작품을 써서 숱한 젊은이들이 따라서 자살하게 만들었느냐고 훈계한 적이 있다. 그러자 괴테는 당신네 성직자들은 숱한 전쟁을 승인하는 서명을 해서 무수한 젊은이들을 사지로 내몰았는데 거기에 대해서는 어떻게 생각하느냐고 받아쳤다고 한다. 괴테의 이러한 발언에 비추어보더라도 『젊은 베르터의 고뇌』가 당시 사회의 억압적 관습과 규범에 대한 저항의 의미를 지녔음을 짐작할 수 있다.

서간체 형식과 작품의 구성

『젊은 베르터의 고뇌』는 서간체 소설이다. 작품의 서두를 보면 베르터가 빌헬름이라는 친구에게 보낸 편지를 익명의 편집자가 '편집'한 것으로 되어 있다. 하지만 그러한 '편집자'의 말은 베르터의 '편지'가 소설로 공개되는 경위에 대한 형식적인 주석일 뿐이고, 작품 전체는 거의 전적으로 베르터의 편지들로만 구성되어 있다. 알다시피 편지라는 것은 편지의 발신자가 자신의 내밀한 생각과 감정을 아무런 여과 없이 수신자에게 직접 전달하는 형식이다. 그런데 『젊은 베르터의 고뇌』에는 명목상 수신자인 친구 빌헬름의 편지는 한통도 나오지 않고 오로지 발신자의 편지만 제시된다. 소설 형식으로 보면, 화자를 최대한 숨기고 소설의 주인공이 직접 독자에게 말을 거는 독백 형식인 셈이다. 『젊은 베르터의 고뇌』가 괴테 당대의 독자들에게 엄청난 호소력을 지녔던 이유는 이처럼 독자에게 직접 호소하는 독백 형식에 힘입은 바 크다.

소설은 1771년 5월 4일에서 시작하여 이듬해 12월 23일로 끝난다. 1771년 9월 10일까지 이어지는 1부는 다시 세 부분으로 나누어볼 수 있다. 5월 30일까지 쓴 열통의 편지가 1부의 첫 부분으로, 소설의 도입부에 해당된다. 이 부분까지 베르터는 도시에서 벗어나 자연 속에서 마음의 안정을 취하고 있는데, 비교적 고른 주기로 편지를 쓰는 것으로 보아 마음의 리듬이 안정되어 있음을 드러낸다. 그다음 6월 16일부터 7월 26일까지 쓴 열일곱통의 편지가 1부의 두번째 부분에 해당되는데, 5월 31일부터 6월 15일까지 이주 동안의 공백기는 베르터가 로테를 만나 사랑에 빠진 기간으로, 로테를 사랑하는 격정에 휩싸여 미처 편지를 쓸 겨를이 없었던 것이다. 이 시기에는 친구에게 편지를 보내는 간격이 일정하지 않은데, 그만큼 마음의 굴곡이 심하다는 뜻으로 볼 수 있다. 이어 7월 30일부터 9월 10일까지 쓴 열두통의 편지에는 베르터가 맞는 첫번째 위기와 마음의 동요를 드러낸다. 위기의 발단은 로테의 약혼자인 알베르트가 출현했기 때문이다. 사랑의 장벽에 괴로워하던 베르터는 결국 로테가 있는 곳을 떠나기로 결심한다.

소설의 2부는 베르터가 로테를 떠난 후 거의 육주 만에 쓴 10월 20일자 편지로 시작되는데, 2부의 첫 부분은 이듬해 5월 5일까지 약 반년 동안에 해당된다. 로테와 떨어져 있는데다 궁정에서의 교제에도 흥미를 잃은 상태에서 우울한 나날을 보내던 베르터는 결국 다시 도시를 떠나기로 결심한다. 두번째 부분은 5월 9일부터 6월 18일까지 이어진다. 고향 도시에 머무는 이 기간 동안에는 다섯통의 편지밖에 쓰지 않는데, 작품 전체의 흐름에서 보면 짧은 간주곡에 해당되며, 베르터는 다시 로테를 찾아가기로 결심한다. 작품의 결말부에 해당되는 마지막 기간 동안 베르터는 다시 로테 가까이에서 무한한 행복감과 절망의 나락 사이를 오간다. 12월 6일자 편지 다음에는 '편집자'가 등장하여 정황을 설명하며, 그다음부터는 베르터의 편지와 편집자의 보충 설명이 뒤섞여서 이야기가

진행된다. 베르터가 크리스마스 전야에 로테의 집에서 빌려온 권
총으로 자살을 하는 것으로 소설은 끝난다.

번역의 문제

이 작품의 제목은 흔히 '젊은 베르테르의 슬픔'으로 번역되어
왔다. 하지만 '베르테르'는 독일어 발음과는 동떨어진 것이기에 원
어 발음에 충실하게 '베르터'로 옮겼다. 또한 '슬픔'이라는 말은
베르터로 하여금 죽음을 택하게 할 만큼 처절한 고통을 담아내기
에는 너무 어감이 약하다는 문제점이 있다. 그리고 베르터가 죽음
을 택하는 동기가 이루지 못하는 사랑의 괴로움 말고도 신분 차별
로 인한 모멸감, 갑갑한 사회환경에서 의미 있는 활동을 하지 못하
는 지독한 권태, 그리고 이 모든 요인이 마음의 깊은 병으로 도져
서 극단적 조울증으로 생의 에너지를 소진시킨 점 등이 복합적으
로 작용한 결과라는 사실을 고려하여 '고뇌'로 번역하였다. 제목에
서 독일어 원어 'Leiden'이 단수형이 아니라 복수형이라는 점도 베
르터로 하여금 죽음에 이르게 하는 마음의 병이 그만큼 복합적임
을 명시한다. 아울러 'Leiden'에는 '수난'의 의미도 담겨 있는데, 사
랑을 위해 자신을 제물로 바쳐야 했던 베르터의 삶 자체가 곧 '수
난'이었던 셈이며, 그가 죽음을 택한 날짜가 바로 성탄절 전야였다
는 사실도 그런 맥락을 상기시켜준다.

　본문의 번역과 관련해서는 편지글의 형식을 어떻게 살리느냐 하는 문제가 간단치 않았다. 통상적인 의미에서 편지글 어투를 그대로 살리자면 친구인 빌헬름에게 '~했네' '~했었지' 식으로 옮기는 것이 타당해 보일 수도 있다. 그렇지만 간혹 친구 빌헬름의 이름을 호명하는 부분을 제외하면 실제로 편지의 흐름은 거의 대부분 베르터 자신의 독백으로 이어지고 또 일기처럼 쓴 부분도 적지 않다. 따라서 베르터 자신의 내면 풍경을 있는 그대로 전달하기 위해서는 독백체의 어조를 살리는 것이 오히려 적절하다고 판단되어, 따로 친구 빌헬름을 호명하는 부분을 제외하고는 모두 일인칭 독백체로 번역하였다.

임홍배(서울대 독문과 교수)

1749년   8월 28일, 프랑크푸르트에서 태어남.

1750년   여동생 코르넬리아 태어남.

1756년   공립 학교를 잠시 다니다가 중단하고 가정교육을 받기 시작함.

1765년   라이프치히 대학에 입학하여 법학을 공부함.

1767년   희곡 『연인의 변덕』(*Die Laune des Verliebten*) 집필 시작.

1768년   폐결핵으로 학업을 중단하고 귀향. 희극 『공범자들』(*Die
         Mitschuldigen*) 집필 시작.

1770년   슈트라스부르크 대학에서 법학 공부를 계속함. 헤르더(Herder)를
         만나 많은 영향을 받음. 목사의 딸 프리데리케 브리온(F. Brion)과
         사귐.

1771년   대학 졸업 후 프랑크푸르트로 돌아옴. 희곡『괴츠 폰 베를리힝엔』
         (*Götz von Berlichingen*) 초고 집필.

1772년   베츨라 소재 제국고등법원에서 근무함.『젊은 베르터의 고뇌』에
         등장하는 로테의 모델이 되는 샤를로테 부프(Charlotte Buff)를 만
         남. 법원 동료 예루잘렘 자살.

1773년   『괴츠 폰 베를리힝엔』수정본 출간.『파우스트』(*Faust*) 집필 시작.

1774년   『젊은 베르터의 고뇌』출간.『괴츠 폰 베를리힝엔』초연. 희곡『클
         라비고』(*Clavigo*) 탈고.

1775년   노래극『에르빈과 엘미레』(*Erwin und Elmire*) 탈고. 희곡『스텔
         라』(*Stella*) 탈고.『에그몬트』(*Egmont*) 집필 시작. 프랑크푸르트
         은행가의 딸 릴리 쇠네만(Lili Schönemann)과 약혼했으나 반년 후
         파혼. 카를 아우구스트(Carl August) 공의 초청을 받아 바이마르
         방문.

1776년   바이마르에 정착을 결심. 희곡『자매들』(*Die Geschwister*) 탈고.

1777년   『빌헬름 마이스터의 연극적 사명』(*Wilhelm Meisters theatralische
         Sendung*) 집필 시작. 여동생 코르넬리아 사망.

1779년   희곡『타우리스의 이피게니에』(*Iphigenie auf Tauris*) 산문본 탈고.
         추밀 참사관에 임명됨.

1780년   『타우리스의 이피게니에』수정본 탈고. 희곡『타소』(*Tasso*) 집필
         시작.

1782년   요제프 2세 황제에게 귀족 작위를 받음. 부친 사망.『빌헬름 마이
         스터의 수업시대』(*Wilhelm Meisters Lehrjahre*) 집필 시작.

1783년   『젊은 베르터의 고뇌』 개작.

1784년   악간골(顎間骨) 발견.

1785년   『빌헬름 마이스터의 연극적 사명』 탈고.

1786년   8월에 이탈리아 여행길에 올라 이년 가까이 체류한 후 1788년 6
           월에 바이마르로 돌아옴.

1787년   『타우리스의 이피게니에』 운문 개작.『에그몬트』 탈고.

1788년   평생의 반려자가 될 평민 출신의 크리스티아네 불피우스
           (Christiane Vulpius)를 만나 동거를 시작함. 쉴러(Schiller)와 처음
           만남.

1789년   『타소』 탈고. 아들 아우구스트 태어남.

1790년   두번째 이탈리아 여행. 색채론 연구 시작.

1792년   프랑스 군에 대항하는 독일 연합군에 소속되어 종군.

1794년   쉴러와 긴밀한 교류 시작.

1795년   『독일 피난민의 대화』(*Unterhaltungen deutscher Ausgewanderten*)
           탈고. 쉴러가 발행하는 잡지『호렌』(*Die Horen*)에 연작시「로마
           비가」(Römische Elegie) 기고.

1796년   『빌헬름 마이스터의 수업시대』 탈고.

1797년   서사시『헤르만과 도로테아』(*Hermann und Dorothea*) 탈고.

1798년   「식물 변형론」(Metamorphose der Pflanzen) 탈고.

1802년   희곡『사생아』(*Die natürliche Tochter*) 탈고.

1806년   『파우스트』1부 탈고. 불피우스와 정식 결혼.

1808년   모친 사망. 나폴레옹 접견.

1809년   『친화력』(*Die Wahlverwandtschaften*) 탈고.

1810년   『색채론』(*Zur Farbenlehre*) 탈고.

1811년   자서전『시와 진실』(*Dichtung und Wahrheit*) 1부 출간.

1812년   『시와 진실』2부 탈고.

1813년   『시와 진실』3부 탈고.

1816년   『이탈리아 기행』(*Italienische Reise*) 1부 탈고. 부인 불피우스 사망.

1817년   『이탈리아 기행』2부 탈고.

1819년   『서동시집』(*West-östlicher Divan*) 탈고.

1821년   『빌헬름 마이스터의 편력시대』(*Wilhelm Meisters Wanderjahre*) 초
판본 탈고.

1829년   『빌헬름 마이스터의 편력시대』수정본 탈고.

1831년   『시와 진실』완결.『파우스트』완결.

1832년   3월 22일 서거.

고전의 새로운 기준, 창비세계문학

오늘날 우리는 인간의 존엄과 개성이 매몰되어가는 시대를 살고 있다. 물질만능과 승자독식을 강요하는 자본주의가 전지구적으로 확산되면서 현대사회는 더 황폐해지고 삶의 질은 크게 훼손되었다. 경제성장만이 최고의 선으로 인정되고 상업주의에 물든 문화소비가 삶을 지배할수록 문학은 점점 더 변방으로 밀려나고 있다. 삶의 본질을 성찰하는 문학의 자리가 위축되는 세계에서는 가진 자와 못 가진 자 할 것 없이 모두가 불행할 수밖에 없다.

이 시대야말로 인간답게 산다는 것의 의미가 무엇인지 근본적인 화두를 다시 던지고 사유의 모험을 떠나야 할 때다. 우리는 그 여정에 반드시 필요한 벗과 스승이 다름 아닌 세계문학의 고전이라는 점을 강조한다. 고전에는 다양한 전통과 문화를 쌓아올린 공동체의 경험이 녹아들어 있고, 세계와 존재에 대한 탁월한 개인들의 치열한 탐색이 기록되어 있으며, 새로운 세상을 꿈꾸는 아름다운 도전과 눈물이 아로새겨 있기 때문이다. 이 무궁무진한 상상력의 보고이자 살아 있는 문화유산을 되새길 때만 개인의 일상에서 참다운 인간적 가치를 실현하고 근대적 삶의 의미와 한계를 성찰하는 지혜를 얻을 수 있을 것이다.

'창비세계문학'은 이러한 문제의식에서 출발한다. 세계문학의 참의미를 되새겨 '지금 여기'의 관점으로 우리의 정전을 재구성해야 할 필요성이 그 어느 때보다 절실하다. '정전'이란 본디 고정된 목록으로 존재하는 것이 아니라 그때그때 주어진 처소에서 새롭게 재구성됨으로써 생명을 이어가는 것이다. 우리는 먼저 전세계 문학들의 다양성과 차이를 존중하면서 국가와 민족, 언어의 경계를 넘어 보편적 가치에 기여할 수 있는 가능성에 주목하고자 한다. 근대를 깊이 성찰한 서양문학뿐 아니라 아시아와 라틴아메리카, 중동과 아프리카 등 비서구권 문학의 성취를 발굴하고 재평가하는 것 역시 세계문학의 지형도를 다시 그리려는 창비의 필수적인 작업이 될 것이다.

여러 전집들이 나와 있는 세계문학 시장에서 '창비세계문학'은 세계문학 독서의 새로운 기준이 되고자 한다. 참신하고 폭넓으면서도 엄정한 기획, 원작의 의도와 문체를 살려내는 적확하고 충실한 번역, 그리고 완성도 높은 책의 품질이 그 기초이다. 독서시장을 왜곡하는 값싼 유행과 상업주의에 맞서 문학정신을 굳건히 세우며, 안팎의 조언과 비판에 귀 기울이고 독자들과 꾸준히 소통하면서 진정 이 시대가 요구하는 세계문학이 무엇인지 되묻고 갱신해나갈 것이다.

1966년 계간 『창작과비평』을 창간한 이래 한국문학을 풍성하게 하고 민족문학과 세계문학 담론을 주도해온 창비가 오직 좋은 책으로 독자와 함께해왔듯, '창비세계문학' 역시 그러한 항심을 지켜나갈 것이다. '창비세계문학'이 다른 시공간에서 우리와 닮은 삶을 만나게 해주고, 가보지 못한 길을 걷게 하며, 그 길 끝에서 새로운 길을 열어주기를 소망한다. 또한 무한경쟁에 내몰린 젊은이와 청소년들에게 삶의 소중함과 기쁨을 일깨워주기를 바란다. 목록을 쌓아갈수록 '창비세계문학'이 독자들의 사랑으로 무르익고 그 감동이 세대를 넘나들며 이어진다면 더없는 보람이겠다.

2012년 가을
창비세계문학 기획위원회

창비세계문학 1

젊은 베르터의 고뇌

초판 1쇄 발행／2012년 10월 5일
초판 4쇄 발행／2024년 4월 26일

지은이／괴테
옮긴이／임홍배
펴낸이／염종선
책임편집／권은경
펴낸곳／(주)창비
등록／1986년 8월 5일 제85호
주소／10881 경기도 파주시 회동길 184
전화／031-955-3333
팩시밀리／영업 031-955-3399 편집 031-955-3400
홈페이지／www.changbi.com
전자우편／lit@changbi.com

한국어판 ⓒ (주)창비 2012
ISBN 978-89-364-6401-1 03850

* 이 책 내용의 전부 또는 일부를 재사용하려면
  반드시 저작권자와 창비 양측의 동의를 받아야 합니다.
* 책값은 뒤표지에 표시되어 있습니다.